谢谢你出现在我的生命里，
点缀所有平凡枯燥的岁月，
让盛夏薄荷味的风，
挂在我青春的尾巴上。

by 姜在山陌

妾在山阳 / 著

图书在版编目（CIP）数据

绥喻而安 / 妾在山阳著. —— 武汉：长江出版社，2024.12——ISBN 978-7-5492-9766-5

I.I247.5

中国国家版本馆 CIP 数据核字第 2024FG9596 号

绥喻而安　妾在山阳　著
SUIYU ER'AN

出　　版	长江出版社
	（武汉市解放大道 1863 号）
选题策划	忽　忽
市场发行	长江出版社发行部
网　　址	http://www.cjpress.cn
责任编辑	李诗琦
封面设计	光学单位
印　　刷	长沙鸿发印务实业有限公司
版　　次	2024 年 12 月第 1 版
印　　次	2024 年 12 月第 1 次印刷
开　　本	880mm×1230mm　1/32
印　　张	9.75
字　　数	262 千字
书　　号	ISBN 978-7-5492-9766-5
定　　价	54.80 元

版权所有，翻版必究。如有质量问题，请联系本社退换。
电话：027-82926557（总编室）　027-82926806（市场营销部）

第一章	001
命运让我惩恶扬善，救人于水火	

第二章	026
薄荷味的风	

第三章	051
差一点儿考八百分的未来市第一	

第四章	075
装学霸一时爽	

第五章	108
问就是乐于助人	

第六章	142
咱们要有班级荣誉感	

第七章 — 169
养精蓄锐明天去当老大

第八章 — 194
明天来我家写作业吗?

第九章 — 219
猜一猜喻哥的月考成绩

第十章 — 245
嘴里的棒棒糖瞬间就不甜了

第十一章 — 270
这怎么还耍起人来了

第十二章 — 287
从"小可怜"变成"危险人物"

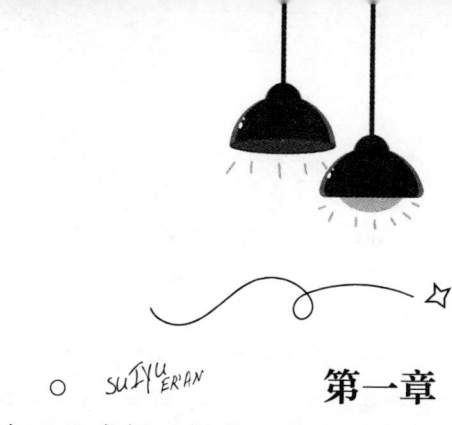

第一章
命运让我惩恶扬善,救人于水火

宋喻做了一个漫长的梦,可谓丧心病狂,惨不忍睹。

他也不知道为什么会做这样的梦,而且梦里的际遇也太离奇了吧,梦的剧情居然还分为了两部分,各自精彩,各有不同。

第一部分发生在高中时期,这时梦里的另一位主角谢绥是个小可怜。

谢绥的妈妈年轻时候懵懂无知,被谢三少的甜言蜜语哄骗,谢三少的原配知道后,妒火中烧,将谢绥妈妈毁容,并赶出了 A 市。

不肯接受现实的谢绥妈妈,到新城市的第七天晚上,就当着谢绥的面从楼顶一跃而下,结束了自己的生命。

可想而知,这对谢绥留下了怎样的心理阴影。住在同一栋楼的老奶奶膝下无子无孙,看他可怜,收养了他。

谢绥从小到大生活的环境就是充满恶意的,被同楼道里的熊孩子欺负,被街区里的妇人在背后指指点点,她们用最大的恶意猜测他的妈妈。

老旧的建筑,逼仄的小巷,路面坑坑洼洼的菜市场,各种难听的流言蜚语,组成了他扭曲的童年。

这些经历,造成了谢绥骨子里的自卑和脆弱,也为之后,他总因为一点儿温暖就容易感动埋下伏笔。

梦境始于谢绥上高中的时候。

谢绥凭着中考全市第一的成绩，考上了景诚中学重点班。

重点班内的学生有两种，要么是成绩拔尖的，要么就是家世极好的。

谢绥若单是属于前一种也就算了，关键是他还遗传了他妈妈的美貌基因，气质清冷，样貌出众。这样优秀的人有人喜欢，自然也有人嫉妒。于是，他一入学就被班上一个富家子弟盯上了，对方看他哪哪都不顺眼，处处找他的麻烦。

出众仿佛是种原罪，那个富家子弟在班上每天变着法欺负谢绥，总说些恶毒的话，旁边人跟着起哄。

谢绥沉默着，都当没听到。

对方变本加厉，有一次贬损谢绥时，说到谢绥的妈妈，谢绥像是被人触到逆鳞，赤红着眼发了狠。

他因为这事儿被全校通报批评，也让那富家子弟恼羞成怒，彻底记恨上了他。

这个时候谢绥的第一个"好朋友"就出现了。他是那富家子弟的表哥，也是有名的公子哥，来景诚中学读书不过是躲家里老爷子。他一眼就注意到了谢绥，觉得谢绥那股清冷感和别人很不一样，于是主动接近。

他纵容着自己的表弟为非作歹，自己再对谢绥施以援手，一来二去，便获得了谢绥的信任。

谢绥从小到大收获的都是冰冷的恶意，第一次有人这样保护他、尊重他，渐渐地放下了戒备，很听这个好朋友的话。

但对方并未真的将他当做朋友，新鲜劲儿过了，也就没意思了。他要离开 C 市时，眼一瞥眼巴巴望着自己的表弟，笑吟吟道："想报仇？那随便你了。"

于是谢绥高三那年，被那富家子弟骗去了偏僻的小巷。

幸好谢绥也不是弱不禁风，狠起来也算无人可挡，砸晕对方逃了回去。回到家，他却得知噩耗，他奶奶见他那么晚没回来，出门寻他时，被车撞瘫痪了。

这恐怕是压倒谢绥的最后一根稻草,十七岁的少年那一刻如坠深渊。

奶奶被救回,可医疗费却犹如天价,于是谢绥上大学后,开始了没日没夜的兼职工作。正是在工作时他遇到了第二个"好朋友"。

对方是个总裁。他在看到谢绥的第一眼就愣住了,因为谢绥的样子很像他一位重要的故人。

梦境的后面是匆匆跳过去的,因为套路跟前一段差不多,反正综合来说就是:好惨的一个谢绥。

剧情开始反转,是在谢绥回谢家后。

原来谢三少自始至终深爱谢绥的母亲,对谢绥愧疚不已,为了补偿他,还把整个谢家都给了他。

谢绥这时彻底对"朋友"失望,于是出国去了。

三年后回来,谢绥成为了真正意义上的天之骄子,谢家掌权人。他气质矜贵,样貌出众,待人疏离冷淡,是名媛们趋之若鹜的新贵。

而在此期间,谢绥识得的第三个"好朋友"联合另外两个一起计划搞垮谢家。

宋喻回想完整个荒唐的梦境,将最后一杯水灌下,把挤成一团的塑料杯扔进垃圾桶。他出去上了个厕所后,回来就躺着睡了,睡前脑子里又想起那个梦的情节,摇头嗤笑。

梦里他的身份,实际上是个出场不到十分钟的配角。

他六岁之前和谢绥是发小,之后出国养病,唯一的作用就是在国外和谢绥重逢时,告诉谢绥一些以前的事,说"你的妈妈很爱你,你不要恨她",让谢绥放下过去。

宋喻以为这不过是养病生活里的一段小插曲,万万没想过,再次入梦时,他继续扮演了这个出场不超过三章,整天病恹恹的,还死得早的宋喻。

在医院里待了三天,宋喻拿着手机,疯狂搜了一堆信息后,终于确认自己又做梦了。

延续了上次梦中的剧情,他成了 A 市宋家三少爷,宋喻。

宋喻把手机丢到一边，烦躁地抓起头发，偏头看去，玻璃窗上映出一张少年的脸。他的肤色苍白，黑发柔软，五官尤其精致，眼睛大而清澈，穿着蓝白色的病服更显得病弱可怜。

这张脸和宋喻少年时候简直一模一样，他要自闭了。

作为梦里出场次数屈指可数的配角，宋喻根本不清楚自己的病情。他问遍了身边人，包括医生护士、保姆阿姨，没一个答得出来病名，但他们都双眼含泪，悲伤地望着他。

就连他的母亲，宋氏集团那位历来雷厉风行的女强人，听到他这个问题，也是一下就红了眼眶。

宋母勉强挤出一个温柔的微笑，答非所问："喻喻乖，等出了医院，你想去哪儿玩，妈妈都陪你。"

宋喻算是懂了，这个剧情压根儿就不想让他活。别问，问就是触及当代医学知识盲区的绝症，反正等死就完事了。

黑色轿车缓缓驶入A市郊外的一栋别墅。这是宋喻父母为了他养病专门买的房子，靠着山水，风景雅致，环境清幽。

宋喻怏怏地下车，精致苍白的脸上尽是厌世之态。宋母看着心惊肉跳，生怕一个不慎，她的宝贝儿子就要出事。

别墅内，保姆已经做好了饭。

宋父和宋哥哥都在公司，今晚抽不开身，只有宋母和宋喻一起吃饭。

宋母担忧地看着宋喻，往他碗里夹菜，柔声道："都出院了，喻喻怎么愁眉苦脸的？你不是最喜欢王姨做的菜了吗？"

宋喻没什么胃口，也不想说话。

宋母压抑住内心的酸楚，维持笑容说："你这次回A市，妈妈给你办了个洗尘宴，就定在自家。反正你也要在A市读高中了，趁这个机会，多认识一些同龄人好不好？喻喻觉得怎么样？"

宋家在A市算得上是家世显赫，随便举办什么宴会都会被媒体争相报道，让宋喻这样高调地回来，足以说明宋家的宠爱。只是……多认识同龄人，如果他没记错的话，谢绥的两个"好朋友"，现在也在A市，勉强算是同龄人，还是同一个圈子内的。

宋喻的手指顿了一下,过了很久,脑海里突然出现了一道微弱的机械声音:"嘀……系统启动中……"

宋喻瞳孔一缩,忽然抬头:"妈,我先回房休息一下。"

宋母愣住了,看着自己儿子离席,往楼上跑。

宋喻回到房间里,关上门,拉上窗帘后转身,沉默地看着站在自己面前苍白缥缈的影子,紧蹙眉头问:"你是谁?是你把我拽到这个梦里来的?"

站在他面前的,赫然就是这个梦里原本的宋喻。

"宋喻"穿着病服,脸色苍白到近乎透明,模样像小绵羊一样无害温润。他迟疑很久,慢慢地点了点头:"嗯,是我。"

"为什么?"宋喻问。

"宋喻"本就苍白的脸又白了一分,弱声弱气地说:"对不起,是我们梦世界出了故障,才不得不把你拉过来做补救措施的。我是原来的宋喻,但你也可以叫我系统008。本来我存在的价值,就是五年后跟主角聊天、开导主角放下过去的。但不知道为什么,这一次生病宋喻没挺住,死在了病房。

"我们需要有人走完宋喻的剧情,于是自作主张把你拉了进来。在这先向你道个歉,不过作为补偿,我们会在这个梦结束以后,给原来世界的你汇入一笔补偿金。你只用在这个梦里待上五年,待到这个梦的剧情走完,就可以离开。"

宋喻嗤笑,清亮幽深的眼里满是冷意:"你觉得我缺钱?"

008不说话了。

宋喻一点儿都不想在这里浪费五年时间。虽然只是一个梦,但此时此刻,他的感受却是真实的。他烦躁地皱眉,问:"我不答应,你们能不能现在就把我送回去?"

008心虚地低下了头,不敢直视宋喻:"对不起,我没有这个能力。"

它试图说服宋喻:"其实这五年对你造成不了什么影响,只要不影响剧情,我们不会插手你的任何行为。你的现实世界时间是静止的,而且在这里你拥有完美的家世,可以随心所欲做很多事。"

宋喻冷笑一声。

008胆子小，跟宋喻解释完这些就消失了："就，就这样。你好好休息，如果有事可以随时召唤我，就在脑海里喊两声008就好。"

当然，它不一定会出来。

宋喻站在原地，气得牙疼。

这时宋母上楼了，在外面敲门，声音里满是担忧："喻喻，怎么了？怎么吃饭吃得好好的，突然回房了？"

宋喻收拾好情绪，出去朝宋母露出一个笑："没什么，妈，我们下去继续吃饭。"

这顿饭，宋喻自始至终都吃得心不在焉。

宋母时刻留意着他的情绪，也食不下咽，犹豫了一会儿道："是刚才妈妈说办宴会，让你觉得不开心了吗？"

宋喻用勺子搅着粥，听了一愣，低头说："没。"

宋母心疼坏了："要是不喜欢我们就不办了。是妈妈错了，忘记我们宝贝喻喻喜欢安静，以后有什么活动，妈妈也都帮你推了。"

宋喻叹了一口气。他内心的烦躁郁闷，在宋母温柔的目光中一点一点散去。

他把这当作一个梦境，可是梦中的人每一个人却仿佛都不是单薄的假象，而是真实活着的。比如对面保养得体的贵妇人，那种对儿子的爱和担忧，做不得假。

宋喻低头喝了一口粥，垂下眼眸。

宋母和宋父都很忙，少有时间陪在宋喻身边，这天还是宋母推了很多会议，才有空接他出院陪他吃饭。之后他去上高中，可能和家人聚少离多。

宋喻并不喜欢Ａ市，在这个梦里，Ａ市的富家子弟一个个都很奇怪。再加上不知道为什么，他总是容易想到谢绥那个小可怜。

宋喻吞下嘴里的粥，想到了一些之前在梦里，自己从上帝视角了解到的剧情。

谢绥和他同龄，现在也正处高中的暑假，只是远没有他命好。

这个暑假，谢绥为了赚生活费，拼命兼职打工，惹上一群社会青年，还被黑心老板坑了一笔。和社会青年争执过程中，他的手指受伤，因为没有得到最好的治疗，留下了一辈子的病根。

宋喻想起谢绥遇到的那些恶意，又想起了这个少年最开始的纯真善良——谢绥会惹上这群人，是为了救一个险些被他们欺负的女孩。

宋喻越想越心烦意乱，这段梦里的记忆，或许应该叫"谢绥的悲惨人生"。反正他之前梦到的时候，一方面被气得脑仁疼，一方面又对谢绥同情得不行。

在这个梦里他只有五年时间，可以混吃混喝混过这一千八百多天，或许也可以……改变一个人的命运。

宋喻幽深的瞳仁里很多情绪翻涌莫测，最后他将勺子放下，眸中掠过一丝坚定："妈，我想转学。"

宋母疑惑："什么？"

谢绥所在的C市，是宋喻外婆的老家。

宋喻淡淡道："我想去C市，去外婆那里先住一段时间。"

宋喻回来的消息在A市宋家的亲朋好友和合作伙伴中都传遍了，人人都对这个一直养病不露面的宋家三少爷非常好奇，外界把他传得神乎其神，他们都满心期待着在宋家宴会上见他一面。

只有宋喻的姐姐宋婉莹知道，这群人彻彻底底没机会了。因为宋喻出院后的第三天，就已经坐上了去C市的飞机。

宋喻的手机里，姐姐宋婉莹的信息正在狂轰滥炸。

宋婉莹："什么意思？你是不是针对我？不给我面子？"

宋婉莹："我前脚刚跟我的姐妹们吹嘘保证，让她们见见你的盛世美颜，结果你后脚就上飞机了？"

宋婉莹："给我个说法，不然你完了。"

宋喻这时已经到了C市，下了飞机，坐上了去外婆家的车。

C市也是省会城市，繁华热闹，但少了些A市的奢靡浮躁、灯红酒绿。

黑色轿车行向市中心，两旁的行道树飞速后退。

司机是个五十多岁的憨实男人，对宋喻笑道："老夫人一个人住在C市多年，清闲却也寂寞，听说你来了，从早上就一直在念叨，还高兴得亲自下厨，做了好些C市的家常菜。"

宋喻一边给宋婉莹回消息，一边笑道："嗯，我相信外婆的手艺。"

司机说："少爷是要去景诚中学读高中吗？"

宋喻："嗯。"

司机眼一亮："那敢情好，我儿子也在景诚中学，我一定叫那臭小子在学校好好照顾你。"

宋喻体弱多病的事不是秘密。他接受了这份好意，温柔一笑："那就谢谢叔叔了。"

但他觉得自己没那么金贵，这病纯粹就是为了剧情需要，反正现在他没有一点儿患病的感觉，打架估计都不虚。

此时，手机屏幕还在闪个不停。

宋喻："你要什么交代？"

宋婉莹："你说我要什么交代？突然转去C市读高中，连个理由都没有，A市怎么你了，我待了那么多年，舒舒服服，现在出个省浑身难受。"

宋喻："啧。"

宋婉莹："快说！"

宋喻："理由嘛，世界那么大，我想替你去看看。"

宋婉莹："……"

这姐弟没法做了。

C市孟家是当地数一数二的大家，虽然近几代孟家人从政从商的居多，但书香门第的气质却留在了骨子里。

宋喻的外婆年轻时是标准的江南美人，哪怕如今老了，那种精致温婉的气质也不曾削减半分，连苍白的头发都梳得整整齐齐。此时她站在雕花铁门门口，踮起脚尖，紧张又期待地看着路的尽头。

宋喻下车，暖色的灯光照亮他秀气苍白的面容。孟外婆见了他，眼眶微红，拿手揉揉眼角，唏嘘道："喻喻长大了，外婆一时间都没认出来。"

宋喻微笑，扶着她说："让外婆久等了，外面风大，先进屋。"

孟外婆红着眼微笑，拍着他的手背，轻声细语："不久，不久，你来了就好。"

宋喻走进去看到了很多人，都是孟家的，其中年轻一辈居多，表兄妹们齐聚一堂。

见他进来，大家都起身热情地打着招呼，只是望向他的眸光闪烁，并不单纯。

宋喻清楚他们的目的，估计都是听大人的话，冲着Ａ市宋家的名头来和他打交道。

"这都是你的表兄妹们，一家人。以后你在Ｃ市，有什么想去的地方，都可以找他们，他们可比你熟悉这座城市。"

孟外婆挨个介绍。她的目的很简单，怕宋喻初来Ｃ市寂寞，想让他多认识一些同龄人。

可宋喻对他们都不感兴趣。

宋喻在现实世界出身就不差，应对这种场面游刃有余，他礼貌乖巧地微笑，态度却很冷淡。

落座后，一家人安静吃饭，孟外婆是大家闺秀，少时家学严谨，现在还保持着食不言的传统。

她不说话，家中小辈自然也不敢放肆，虽然焦急得视线快要在宋喻身上戳出洞了，也没擅自搭话。

这对宋喻来说倒是件好事。他吃完，就拿坐久了车、身体疲惫为借口，上楼洗澡睡觉了。

留下餐桌旁神情复杂又郁闷的一群人，欲言又止。

洗了澡，擦干头发，宋喻放任自己躺在床上。

被子、枕头隐隐还有茉莉花的香味，Ｃ市的空气比Ａ市清新，孟外婆又在花园里种了很多花，晚风徐徐，显得特别安宁。

宋喻盯着天花板，想着下一步该怎么做。

要是他突然去找谢绥，肯定会被人怀疑的。

要不要等开学？反正他们会是一个班。

不行。宋喻拿手挡住眼，心想，谢绥这个暑假手指会受伤，留下病根，自己还是救一救他吧。

"不过，他住在哪儿来着？"宋喻喃喃道。

对哦，他忘了最关键的一点——谢绥住在哪儿？

想到这，宋喻猛地坐起来，眼睛瞪大，心想：这还得了？

"008！008！"宋喻开始疯狂喊着008。

不一会儿，008微弱又复杂的声音在他的脑海里响起："我在，您有什么事吗？"

宋喻坐直身体："你有没有谢绥现在的住址？"

008下意识说："当然有。"不过很快它反应过来，惊恐又警惕地问，"你要这个干什么？"

宋喻笑了一下："肯定是去找他！"

008："什么？！"

008又急又气，猛地出现在宋喻面前。看见周围的环境后，它心如死灰，压抑着愤怒说："宿主，你在干什么，你怎么在C市？"

宋喻道："不是你说这五年内随便我做什么吗？"

008急得转圈圈："可是我的前提是你不影响剧情，你现在不能在C市，不能和主角见面，还没到你出场的时候，你快回去。"

宋喻挑了一下眉。

008心里是有点儿怕宋喻的，只能语重心长地劝他："宿主，回去吧！回A市吧，你不能以宋喻的身份出现在谢绥面前。这样脱离剧情了。"

宋喻盘腿坐在床上，笑得特别无所谓："那简单，我不用宋喻的身份不就成了？我记得原来的故事里，谢绥是一直喊宋喻英文名的，而且他现在那么小，也不可能记得我。我随便编个身份，出现在他身边不就行了。"

008语气焦急："话不是这么说的！"

宋喻打了一个响指："话就是这么说的，我觉得没毛病，你告诉我谢绥的住址就行了。"

008被说得哑口无言，气到头上冒烟。

宋喻见此，笑意微收，淡淡道："你们不顾我意愿，强行把我拉进这个梦里，也该想过有这样的后果。"

008低头，抿了一下唇。

008真是觉得糟心透了，只是它充满人道情怀，本来就理亏，也没办法。

过了很久，它终于咬咬牙，挠挠头，脸色极其难看地做出了让步："这……这我要跟主世界请求指示。你，你先不要轻举妄动，就算出现在谢绥身边，也不要暴露身份。"

宋喻得到了满意的答案，微笑道："没问题，这世间又不只有一个A市宋三少叫宋喻。"

008现在一点儿都不想理宋喻，闷头化为一缕烟，重新回到了宋喻脑海。

宋喻愣住："喂，你还没告诉我谢绥家地址呢！"

"不知道！"回应他的是008气急败坏的怒吼声。

宋喻："……"

所以，自己喊它到底是干什么？什么信息都没得到，还给自己加了一堆束缚，好无用的008！除了给自己添堵，啥都不会。

宋喻叹口气，重新躺回去，睡了。

在偌大的C市找一个人，看似大海捞针，可对宋喻来说并不是不可行，毕竟他有一个做大领导的大舅，还有一群上赶着和他搞好关系的表兄表姐。

但他还没有来得及动用这些关系网，阴差阳错之下，他就和谢绥见面了。

在宋喻到C市的第三天，孟外婆怕他宅在家里憋坏了，变着法儿劝他出去走走，还特别吩咐表哥孟光带他出去玩。

耐不住外婆的催促，宋喻坐上了他表哥孟光的车。

孟光的跑车是酒红色的，和他的人一样浮夸。

孟光摘下墨镜，露出一双桃花眼，看着副驾驶座上的宋喻道：

"我奶奶是不是很烦?"

宋喻笑了一下:"还好。"

"什么叫还好?"孟光轻声一笑,踩下油门,"她这里规矩多得不行,每次我来这里,头两天还勉勉强强让她看得顺眼,第三天能被她从早骂到晚。"

宋喻笑而不语。他还蛮喜欢孟外婆做的菜的,这几天过得也挺自在。

孟光朝他眨了一下眼睛,说:"表哥带你去一个好玩的地方,要不要?"

孟光是宋喻大舅唯一的儿子,作为当地土生土长的公子哥,他都说好玩,那肯定就是非同寻常。

宋喻有些心动,不过还是提醒他:"表哥,我不能喝酒。"

孟光笑道:"你放心,我不会让你沾一滴酒的。你出了事,别说我奶奶,我那暴脾气的小姑也会从A市飞过来,扒掉我一层皮。"

宋喻乐了。

孟光说:"算是对三天前没去接你的事道个歉,我带你去一个好玩的地方。你点个头,要不要?"

宋喻现在无所事事,反正闲着也是闲着,干脆点头答应了。

孟光笑了:"好嘞,这是我们的秘密。你可要讲点儿义气,别转头就把我卖了。"

宋喻失笑道:"我不会告诉外婆的。"

得了宋喻的保证,孟光这才掉转方向,把车子往南边开。

孟光带宋喻来到一处叫作"临水"的高级会所,听说这里的音响设备都是进口的。孟光领着他进去后向前台出示会员卡,由服务员领着往里面走。

穿过富丽堂皇的大厅,经行昏暗走道,再出去,映入眼帘的是一方古色古香的庭院。红色的木板回廊建在池水上,往下望,清澈的水里还有锦鲤游动。

孟光说:"表哥带你去见我的几个朋友。"

宋喻点了点头。

孟光的朋友都是C市有名的公子哥，其实这天是他们私底下的聚会，跟往常一样，几个人抢麦，唱起来魔音贯耳。

孟光气得不行："你们就这么糟蹋我表弟的耳朵？"

一人嗤笑："把话筒交到你手里才是毁灭性的伤害。"

孟光气得拍桌："瞧不起谁呢！"

"……"

靠着沙发喝水的宋喻算是知道了，他被自己表哥摆了一道。说得那么神秘，实际上就是出来唱歌。估计表哥是推托不了外婆，又不想放兄弟"鸽子"，才装模作样地骗他过来。

中计了。

宋喻受不了这群五音不全的人，他忍无可忍，决定出去走走，说："表哥，我去外面透透气。"

孟光正在兴头上，摆手道："好的，别乱跑。"

宋喻出去透气，也是想去上厕所。只是他在假山重重的庭院里绕了半天，还没找到洗手间，绕着绕着就莫名其妙来到了会所的二楼。

会所游廊里的冷色蓝灯灯光调得特别暗，每一个包间的门都关得紧紧的，隔绝外面的世界。

厚厚的红毯将声音吸收，宋喻根据指示灯，往最里面走。

上完厕所，宋喻一边洗手一边想，干脆跟表哥发个消息就溜吧，反正他是不想再听他们唱歌了。

这时，两个穿着会所制服的工作人员从厕所出来，在他旁边聊着天。

水声哗哗，他们的声音清晰地传入宋喻耳中。

"现在的小年轻都那么倔的吗？"

"是，不知道说他傻还是天真。"

"真是瞎逞威风。那女人一看就是装可怜。我猜，她就是没想到会碰上王二少这么个狠人，打算临时跑路，让新来的那小子去帮她应付。"

"王二少出了名的脾气暴躁,她不想受罪就推人家下火坑,真恶毒。"

"关键是那小子还信了她那一通鬼话。搞笑,进去送个喝的,还不知道能不能好好出来了。"

另一人嗤笑:"怪谁呢,一个愿打一个愿挨,他要当英雄,又没人逼他。"

宋喻不是见死不救的人,打算等下跟前台反应一下这件事,总不能眼睁睁看着人家被欺负。他拿出手机,编辑信息发给他表哥:"表哥,我先打车回去了。"

他的手指刚按到发送键,就听见两个工作人员走到门口传来的对话。

"那小子叫什么来着?"

"好像姓谢,谢……谢绥,对,谢绥!"

宋喻的手指僵住了,谢绥?!

宋喻浑身一震,把手机揣进兜里,忽然大跨步出去,叫住了那两个工作人员:"等一下!"

两个工作人员一愣,回头就看到一个身材高挑的少年,急匆匆地从厕所出来。

他们在临水工作,服务意识还是有的,看宋喻的衣着打扮也知道出身不凡,问:"您好,有什么事吗?"

宋喻的语气带了几分焦急:"哪个包间?"

工作人员一头雾水:"什么?"

宋喻按捺住内心的急躁,问:"谢绥在哪个包间?"

工作人员很为难:"这……"

宋喻静静地凝视他们,幽深的眼眸满是认真,一字一句地说:"我和谢绥是同学。"

工作人员心中叹了一口气,他们也不是冷血之人,说:"他在305。"

宋喻低声说了一句"谢谢"就跑下楼了。下楼的过程中,他又给表哥编辑了一条信息:"我在305。"

如果是陌生人,宋喻也会帮忙,但不会那么急。谢绥这个名字,让他心里的担忧和不安立刻到了顶峰。

毕竟谢绥的体质堪称多灾多难。

宋喻骂着梦境中的设定,跑到了前台,焦急的语气里还掺杂跑步带来的喘息:"小姐!我要举报!"

前台小姐愣了片刻,认出了他是孟光带来的人,尊敬地问:"您说什么?"

宋喻:"我要举报,305有人闹事!"

前台小姐精致的脸微微僵硬:"闹事?好的,我、我问一下。"

她正要联系三楼的服务人员,谁料对讲机都还没接通,宋喻已经一拍桌吼道:"来不及了,你们经理在吗?先借我几个人,我朋友就在305,我感觉去晚一秒他都有危险。"

前台小姐:"……"

这少年的主意也太大了,好想叫保安拎出去。但她能怎么办,只能僵硬地微笑:"好的,好的,您别急。"

临水的后院,装潢古意的包间内,孟光纵情一曲累了,坐在沙发上正准备开一瓶酒,手机屏幕忽然闪了一下。

他滑屏解锁,看到是他表弟给他的两条消息。

"表哥我先打车回去了。"

"我在305。"

两条消息只隔了几分钟,孟光隐隐察觉不对劲,随口一问:"临水305今天来了什么人吗?"

坐在他旁边的是韦家少爷,韦家是C市餐饮娱乐产业的巨头,临水就是他家旗下会所。

韦侧说道:"305?你问这干吗?"他正洗着牌,忽然想起一件事,"不对,我好像有点儿印象,今天我上楼的时候,遇到了王北单一群人,他们进的好像就是305。"

"噗!"孟光嘴里的酒全部喷了出来。

孟光气得把易拉罐捏成一块,站起身,眼里一片阴沉,语气森寒道:"王北单?"

旁边人看出他非常生气,疑惑地问:"怎么了?虽然他那人确实恶心,不过也没招惹你吧?"

王北单在他们圈子里名声坏得不行。

孟光脸色一片黑,怒道:"我表弟现在在305!"

一群人齐齐倒吸一口凉气。

孟光护弟心切,大步往外走。

"哎,等等,我们陪你去。"

几名C市大少爷也急忙站起来。开玩笑,宋喻要是真出了点儿什么事,他们得被家里老爷子打断腿。

临水,三楼。

经理跟在宋喻后面,苦不堪言地劝说:"这位小少爷,我们这里怎么会有你的同学呢?"

宋喻冷着一张小脸说:"我说有就是有。"

经理感觉自己是在被一个"小屁孩"往火坑里推,但也只能硬着头皮敲门。

不一会儿,305的门打开了,开门的是个染黄头发的年轻人,眼下一片青灰,满脸都写着不爽,语气不善地问:"干什么?"

经理汗涔涔地说:"听说你们这有人闹事,我过来看一下。"

"黄头发"嘴皮子一掀:"没有!滚!"

说完他就要关上门,门把手却被一只修长白皙的手握住了,随后一道微冷的声音响起:"我朋友在里面。"

"黄头发"往后望去,他跟着王北单在C市横行霸道惯了,看到一个穿着白T恤和牛仔裤的少年,只觉得这臭小子不知天高地厚,冷声道:"你说那个叫谢绥的?他是你朋友?那你进来吧。"

经理还想提醒"黄毛"一下:"不行,这位……"

谁料宋喻已经推开他,冷笑道:"好。"

"黄头发"热情地把门打开,宋喻直接迈了进去。

包间里的音乐嘈杂喧哗,灯光混乱而浮躁。沙发上坐着几个男男女女，视线都投向包间正中央，嘴里瞎起哄。

"喝！"

"王少说话算话的！"

"你喝完这十瓶饮品，我们就放了那个女人！"

宋喻顺着视线，看到了谢绥。

谢绥穿着白衬衫、黑长裤，还有着学生的稚气，容颜却已经精致到凌厉。光落在他眉眼上，清冷似乎也化成霜。

桌子上已经有好几个空瓶，但谢绥的动作还是不停，修长的手打开瓶盖仰头就喝，动作一气呵成。

一瓶饮尽，他将瓶子放在桌上，低垂眼眸，声音冰冷："十。"

在这纸醉金迷的地方，他干净冷漠得像是一道光。

跪坐在地上的是个已经哭花了妆容的女人，她抬起头，愣愣地看着他。

这种饮品是临水特制的整蛊饮料，味道不仅仅是难喝可以容易的，喝上一口都得反胃半天，更别说十瓶了。

沙发中心坐着的是个微胖的男人，正抽着烟，意味深长地说："居然真的都喝完了。"

谢绥声音淡漠："放了她。"

王北单盯着少年精致的脸，把烟头摁在桌上熄灭，幽幽道："好，我放了她。不过仅仅十瓶特制饮品就让我放了，我觉得很亏。要不你赔我点儿东西？"

谢绥的瞳孔一缩，没说话，手却一点一点握紧。

旁边的人都露出了笑容。

王少盯上的人，无论如何都是走不了的。

包间门口。

"黄头发"抵着门，很不满地说："我跟几个小辈玩，你凑什么热闹，走开。"

经理苦兮兮道："别，要出事的，他是孟家少爷带过来的人，要出事的。"

017

"黄头发"："啥？谁带来的？"

下一秒，包间里就传出了王北单声嘶力竭的吼声："谁？！谁放他进来的？！"

谢绥也愣住了。上一秒他身边还是一片黑暗，下一秒突然有人出现，打碎了这个噩梦。他喝了那么多东西，胃里早就翻江倒海，一贯清冷的眼眸显现出几分迷茫，沉默地看着这个突然出现的人。

宋喻气得肝疼，从黑暗中走出，看着王北单冷笑。

他清楚地记得，梦里前期有很多谢绥在会所被欺负的情节，他做梦时气得牙都要咬碎了，更何况现在事情就发生在他眼前。

路见不平，难道不该直接拔刀相助吗？宋喻可不怕王北单，A市宋三少的身份在这样狗血的剧情里，只管横着走。

宋喻拎起一个空瓶，往前走。

王北单看他就像看疯子，气急败坏道："人呢？人呢？！你们一群废物！快点儿！"他一脚踹上桌子，怒吼，"把他给我抓起来，我今天绝对不能放过他！"

被吓傻的一群人现在才醒过来，连忙从沙发上爬起来，要去架住宋喻。

谢绥已经感到很不舒服了，不过强撑镇静。他忍着不适，对宋喻说："你快走。"

宋喻正在气头上，衣服突然被抓住了。他偏头，见是谢绥，对方比他高一点儿，他只能看到对方的下巴和抿成一线的薄唇。

宋喻心里感叹着这孩子真倒霉，面上却淡淡道："没事，不用担心我。"

王北单愤怒地站起来，咬牙切齿地说道："还走？！一个都别想走！"

这时305外面传来了喧哗声，"黄头发"原本堵着门不让经理进来，突然感觉身体往后倒，直接撞到了桌子上。

"砰！"

305的门被一脚踹开，门口站的是黑着脸的孟光。

孟光一字一句阴寒至极："王北单！你敢动我弟弟？！"

包间里所有人都傻了，因为孟光在当地是出了名的不好惹，他这张脸，C市没人不认识。

王北单也愣住了："孟，孟，孟光？"

孟光一进去就看到拿着瓶子的宋喻，误以为宋喻拿的是酒瓶，他的眼睛瞬间就红了。

孟光怒吼："你知不知道我弟弟不能喝酒？！你居然敢逼他喝酒，今天不把你制服了我不姓孟！"

王北单心中的惊慌变成了愤怒，也火了，高声道："谁逼他喝酒了，是他先……"

而孟光已经气疯了，根本就没空理他说什么，仍说："你居然敢逼他喝酒？！"

王北单要被气死了。

包间里一群人僵硬地看着眼前的一幕，呆若木鸡，也不敢去碰宋喻了。

经理不知道自己是造的哪门子孽，焦急得满头是汗，关键是旁边自家少爷还乐呵呵地看戏。

韦侧道："你急什么？我们早就想教训王北单一顿了。放心，孟光心里有数，不会有大事的。"

经理："……"

宋喻也被表哥吓到了，这也太猛了吧！他还没回神，忽然身旁的人一个踉跄，倒在了他身上。

他偏头，发现谢绥脸色苍白，额头上全是汗。

宋喻吓了一跳，忙喊道："快点儿，快点儿，过来扶他去医院！"

谢绥最后还是没有去医院，只是到休息室去坐着了。

出了那乌烟瘴气的包间，冷白的灯光把谢绥的五官照得越发清晰。毕竟他是这梦里的主人公，颜值很高，他的睫毛纤长，瞳仁纯粹幽深，眼型内勾外翘，清冷又华丽。

现在的谢绥还是个小可怜，敏感自卑又固执。对待突如其来的善意，总是惶恐和不安。他能冷漠面对恶意，却不敢直视一个人眼眸里的担心。

"你真的不去医院？"宋喻问。

谢绥低头，"嗯"了一声。

宋喻想了想，也能理解，毕竟谢绥家里还有一个老人，这些工作应该都是他背着陈奶奶做的，不想让老人家知道担心。

宋喻："把你的手机号码给我。"

谢绥愣了一下，苍白的脸上闪过一丝无措，低头说："我没有手机。"

宋喻："……"

对不起，他忘了。

陈奶奶现在就靠微薄的补贴金过日子。一家人生活非常穷苦。

"那把你家地址告诉我。"宋喻退而求其次。

谢绥一愣。

宋喻有理有据道："你是我救下的，那我当然要选择负责到底了，不然不是白费了时间精力？"

谢绥抿唇，垂下眼睫，遮住瞳孔，给宋喻报了一个地址。

宋喻把他的地址记下，心情挺好地勾起嘴角，心想：啧，垃圾008，要你何用，地址我现在不就搞定了？

宋喻得到地址，非常高兴地跟谢绥说："我叫宋喻，刚来C市，大概率我们会成为同学。"

谢绥有点儿出神，或许是对陌生人的善意感到束手无措，迟钝地说："我，我叫谢绥。"

宋喻勾唇一笑。他长相乖巧，笑起来就格外有亲和力："嗯，谢绥，名字真好听。"

他在临水听人唱歌就听了一个下午，又闹了这么一出，时间已经到了晚上。临水发生了这么大的事，老板哪还有心思继续营业，赶紧清场，叫工作人员提前下班。

谢绥出去的时候，宋喻把专门托人买的药递给他，叮嘱道："回去吃完药好好睡一觉，年轻人，身体不是那么玩的。"

月色流淌，路灯下，谢绥接过药，睫毛颤动，精致清冷的五官有几分愣怔。片刻后，他抬头轻声说："谢谢。"

他的声音淡漠，细听之下却有几分沙哑，像是将一些情绪强行压下。

宋喻心里叹了一口气，跟谢绥招了一下手，就往回走了，毕竟他还有事要处理。

他表哥虽然惹出了祸，但全是为了他，而且他看表哥为他出头看得很爽，舅舅舅妈要是追问起来，他肯定要帮忙说好话。

走出临水的一刻，谢绥脸上的惶恐无措消失得一干二净，气质瞬间变得神秘又危险。他眉眼间依旧清冷，却透露出一种久居高位者的漫不经心。

谢绥摊开手，掌心是一个小型监听器，记录了包间里的所有对话。他垂眸，神色冷漠，嘴角勾出一个嘲弄的弧度。

王家迟早毁在王北单这个口无遮拦的草包手里。

繁华的高楼大厦遮住天空，谢绥迈开长腿，走过路口的一个垃圾桶时，想把另一只手拿着的药顺手丢进去。

只是，他愣了一下，脑海里闪过包间里那个少年出现在绚丽灯光下的脸。不知为何，他的手指微紧，重新将药握在手里。

他低声笑了一下，喃喃道："……宋喻？"

孟家主宅，精致典雅的大厅内。

孟光跪在地上，低着头不说话，但表情倔强，一副"你尽管骂，认错算我输"的态度，把他爸气得不行。

孟爸爸简直要被这个孽子气死，怒道："打架！你那么厉害要不要把我也打一顿！"

"你是不是还觉得你自己很厉害，觉得自己没错？给我拿板子来，今天不给他点儿教训，明天他就得给我闯出更大的祸来！"

佣工颤抖地递上一块很长的木板。

孟光还是跪在地上，一言不发。

宋喻看他表哥是不打算把他供出来了，只能硬着头皮站起来说："不是的，舅舅，其实今天这事我也有责任。"

他突然出声，一屋子的人都愣住了，齐齐看向他。

宋喻继续硬着头皮说:"今天我也在临水,表哥是为了我才出头的。"

孟外婆瞪大眼睛。她年纪大了根本接受不了这个刺激,惊讶地问:"喻喻,你去临水干什么?"

在她的认知里,临水不是个什么好地方。

孟爸爸也皱了一下眉,说:"喻喻,你先去睡,不用替这臭小子说话,他什么德行我知道的。"

"不不不,是真的。"宋喻忙道,"舅舅你可以去看监控,是王北单强迫我喝酒,我发消息给表哥,表哥赶过来救我才和他发生争执的。"

当然,监控是不存在的,王北单怎么会留下证据,监控肯定早就被他们自己处理掉了。

孟外婆的眼睛瞪得更大了,惊道:"什么,喝酒?他们强迫你喝酒?!"

孟妈妈也愣住了。她和宋母关系很好,知道宋喻小时候因为一杯酒差点儿送命。

一想到自家小姑的儿子差点儿在自己这出事,孟妈妈就气不打一处来,孟光的性子多半是随了她。

孟妈妈直接从孟爸爸手里抢过板子,气愤地说:"听到没有!这回我站我儿子!"

孟爸爸本来的惊讶也被老婆这泼辣劲儿弄没了,愤怒道:"你瞧瞧你说的是什么话,有你这么当妈的?!"

"那你这做爸的就做对了?"

他们吵得鸡飞狗跳,孟外婆听得烦躁,重重一拍桌:"要吵回房里吵!你儿子都在地上跪半天了!"

可怜孟爸爸在外温和儒雅、风度翩翩,在家里被两个女人活生生气到自闭,饭都没吃就走了。

孟光被孟妈妈扶着起来,朝宋喻眨了一下眼。

吃过饭后,宋喻还是要回外婆那里住,孟光开车送他。

房子外花园里有虫鸣声,夜空纯净,月色皎洁。

孟光在车上没忍住，趴在方向盘上先笑了起来："够义气，不枉费你哥我豁出命去帮你出气。哎哟，我爸那脸色，哈哈哈。"

宋喻扯了一下嘴角："你高兴得太早了，王家那边不会善罢甘休的。"

孟光满不在乎道："不会善罢甘休又怎样，这事他们理亏，不敢宣传出去，只能闷头吃哑巴亏。"

他虽然看起来是个纨绔子弟，但做事有分寸，谁能惹谁不能惹，事情会不会闹大，他心里门儿清。

宋喻："嗯。"

孟光这个时候突然反应过来："王北单真逼你喝酒了？"

他那时脑热没看清，现在想想，好像有点儿不对劲。

宋喻笑了一下。

孟光偏头，眼里满是好奇："你怎么到 305 去了，不是去透气的吗？"

宋喻想了想，笑："大概就是，命运让我救人于水火之中，也算惩恶扬善吧。"

这件事也确实如孟光所说，在 C 市没翻出一点儿水花。

对宋喻来说，唯一的影响就是，孟外婆心有余悸，之后再也不逼他出门了。

宋喻查了一下 C 市王家，终于知道那种熟悉感是怎么来的了。

梦里那个最初疯狂刁难谢绥的富家子弟，就是王家最小的儿子，王辞。全家上上下下宝贝似的宠着他，简直就是要风得风、要雨得雨，又有王北单这么一个哥哥带着，王辞从小就肆无忌惮，人品烂到了骨子里。

这人在高中的时候就不干人事，几次三番搞小动作，毁了谢绥的一生。

宋喻觉得自己不能去想原本的剧情发展，想了就是自找罪受。

在家无所事事的第三天，外婆怕宋喻无聊，给他带来了一个同龄的小孩。

是那天到机场接宋喻的司机的儿子，长得瘦瘦小小，皮肤小麦色的少年，叫马小丁。

马小丁不知道从他爸那里听说了什么，最开始跟宋喻说话时像蚊子似的，好像分贝大一点儿宋喻就得进医院。宋喻后来忍无可忍，警告他后他才正常说话。

马小丁和谢绥以前居然还是同班同学。

宋喻有意多了解一点儿谢绥，跟马小丁聊天："你们班上那个谢绥，以前是什么样的？"

马小丁瞪圆了眼睛，看起来憨憨的，问道："少爷你问这个干什么？"

宋喻不喜欢这个称呼："别叫我少爷，你要是实在发自内心敬佩我，就叫我喻哥！"

马小丁挠挠头："好的少爷，啊不，好的喻哥，你问谢绥的事干什么？"

宋喻一噎，马上灵光一现说："这人不是 C 市中考市第一吗，成绩不错，我想和他切磋切磋，知己知彼，百战不殆。"

马小丁瞬间肃然起敬。虽然他不知道成绩怎么切磋，但还是老老实实，把他知道的都告诉了宋喻。

"谢绥这人我觉得怪可怜的，他家里应该特别穷，一件衣服能穿三年，洗得发白还继续穿。他的性格也特别孤僻，没几个人敢接近他，三年下来一个朋友都没有。

"本来一开始也有人接近谢绥，毕竟他长得好看、成绩又好，当个朋友也不亏。但班上有人和他住在一个街区，经常在背后说他妈妈的坏话，讲他妈妈是染了坏病跳楼死的，那个病会传染，他多半也有。这下子班里人都怕了，他也从来不主动和人打交道，久而久之，在班上就成了一个透明人。

"大家做什么都刻意忽视谢绥，老师也是。初中三年，我都没听到他说过什么话。

"我听人说，他为了补贴家用，课后会去一些地方收废品。班上有一群爱闹事的，知道他去的地点，就集体去刁难他，他也不反抗。有一次，我路过，看到他伤痕累累，扶着柱子在吐。"

"他……"马小丁叹了一口气，"为了生存下去，命也不顾了。"

宋喻听脸色越冷，压抑着怒火，垂眼玩着手机。

马小丁望着天，继续说："我想过帮谢绥，但他性格太冷也太难以接近了，跟他说一句话，要半天才能得到一句回复。他大概也不想理我们吧。"

宋喻忽然想起昨晚，那个少年最后一声沙哑的"谢谢"。他冷笑一声，把手机切到导航页面，输入谢绥说的地址。

宋喻说："他不是难以接近。"而是他的出生环境太过恶劣，不曾感受到半点儿温暖，对善意和温柔不知所措。

马小丁："啊？"

宋喻从床上跳下来，道："我出门一趟，你就跟我外婆说，我去买书了。"

马小丁："啊？！"

宋喻停了停，随便编了一个理由："入乡随俗，去买一点儿教材预习。"

马小丁："……"

学习这么拼的吗？

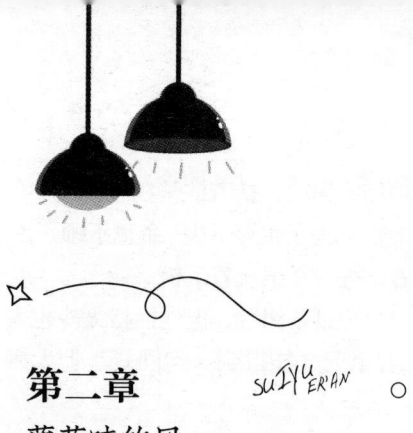

第二章
薄荷味的风

"喻喻你没事吧？怎么一去C市就出事？要不要回A市来？你一个人在那妈妈总觉得不放心。"

宋喻坐在出租车上，看着宋母的这条短信，想了想，回复："没有，外婆将我照顾得很好，这次是我任性了，对不起妈妈。"

他等了很久没有回复，估计宋妈妈现在在忙。

宋喻将页面切换，变成了导航地图。

C市七月天气燥热，蝉声嘶力竭地叫着。

下了出租车，宋喻打量着周围的环境，靠着阴凉处走。

这条小巷一眼能望到头，地上的菜叶子零零散散，估计早上还是菜市场。街道旁的建筑老旧，走近能看到发黑的墙体，脱落的石灰。电线杆上贴着各种"重金求子"的广告，不知道谁吐的痰黏在散落地上的传单上。一路走来，车辆很少，听到的大多是妇女的对骂。

压抑、贫穷、吵闹，这就是谢绥从小到大生活的地方。

绕过这条巷子，前面是正常的大街，宋喻猜谢绥现在在打工，于是沿着街边走。随即他在一个小餐馆前找到了谢绥，不过好像出了什么事，街道上围了一些人。

街道中心处是一辆倒了的自行车和散了一地的土豆辣椒，谢绥正蹲下去沉默捡菜,旁边有一个妇人牵着一个小孩,站在那里破口大骂:"我和我小孩好端端地走在街上,他骑着自行车就撞了过来。他肯定是故意的,我的孩子那么小,他这是想要我孩子的命!那车差点儿撞到我孩子了!他没长眼睛?他就是故意的!"

"我一家人是造了什么孽哦,遇上他和他妈。不愧是一家人,他妈一过来就勾引男人,他也不是什么好货。真不知道那老太婆操的什么心,恶心了一整街的人。"肮脏的话语从妇人嘴里吐出。

谢绥蹲在地上的背影僵直而脆弱,黑发遮住表情,在妇人说到他母亲的时候,少年的手指瞬间握成拳,抬头如困兽般吼道:"我妈妈没有!"

他的气势把妇人吓到了。

她后退一步,立刻提高声音:"快看,快看,他终于露出真面目了!打人了!他要打人了!"

谢绥咬牙,像是要站起来。

妇人吼得更大声了:"小崽子打人了,打人了!"

下一秒,人群中走出一个高壮的成年男人,谢绥身形单薄,被推倒在旁边的柱子上,额头当场就磕破了。

"撞了人,还想打人?"

旁边围观的人开始指指点点,议论纷纷:

"本来我还觉得他可怜,现在觉得,可怜之人必有可恨之处。"

"被所有人讨厌,总该从自己身上找原因吧。"

"那么小的孩子都下得去手,谢绥真是心肠歹毒。"

"那老太婆能不能把他送走,跟个灾星似的,有他在这边就没出现过什么好事。"

……

那妇人还在骂:"不仅差点儿撞倒我孩子,他还想打我!没救了!没救了!谁报个警,他这种人就该在里面待一辈子,别出来祸害人。"

宋喻一路过来,把她的话听得清清楚楚,挤开人群就看到这样的一幕。

对于谢绥来说，这样的事每天都要发生无数次。

成年男子看样子还觉得自己很正义，得意扬扬地说："你没父母，我来当一回你爸，教你做人。"

宋喻捡起地上的几颗弹珠，朝男人扔去。

成年男人吓得大叫一声，后退一步。

"谁打我？！"他怒急，抬头就看到了宋喻，气得够呛，问，"你小子是他同学是不是？我今天连你一起教训！"

他挽起袖子，气势汹汹地大跨步走过来。

成年男人的威慑力还是挺足的，但是宋喻自始至终没看他，而是在打电话："喂，110吗？我要报警。连云街这边有人打架，一个成年男人欺负一个高中生，你快点儿来！"

电话那边的警察似乎在问细节，宋喻直接对着电话吼："那个高中生就在我旁边！等会儿要是出人命了你们管不管？"

众人："……"

挂掉电话，宋喻冷冷地和那个成年男人对视。他报警的操作太突然，震慑住围观的一群人，成年男人也愣住了。

宋喻懒得理他，径直往前走到那对母子面前，对一直躲在母亲后面的小孩说："手伸出来。"

妇人护鸡崽子似的，声音尖厉道："你要干什么？！"

宋喻越过她，直接把那个小孩拽出来，摊开他的手心，一把弹弓握在他手里。

妇人脸色瞬间一白。

宋喻笑道："哟，可以啊小朋友，射弹珠射得挺准的。"他偏头，对妇人道，"阿姨，求仁得仁，我报警了。你看看最后被拘留的人是谁。"

围观的所有人都哑然无声，肉眼可见，谢绥的脸上有一个明显被弹珠打到的痕迹，而且就在眼下，要是再偏一点儿就伤到眼睛了。

妇人神色慌乱道："我小孩玩个弹珠怎么了？他才五岁，他知道些什么！"

宋喻冷冷道："他不知道，他妈妈总是知道的。"

那个孩子被宋喻的脸色和语气吓得忽然哇哇大哭起来。

他这一哭，那妇人瞬间就有了底气，撒泼似的骂起来："我看你就是和那小东西一伙的，一个撞了人还打人，一个颠倒黑白欺负我们母子。果然没教养的人就和没教养的人一起玩，蛇鼠一窝，都是一样的货色！你也是个黑心肝烂肚肠的！"

宋喻看她刻薄的眉眼，淡淡道："你留点儿体力等着警察过来解释吧。"

妇人怒骂："我孩子才五岁，什么都不懂，他怕什么！谢绥就是个没教养的，心毒得很。"

现在她倒只字不提自行车撞她的事了。

宋喻都气笑了，风度翩翩地说："阿姨，我也是个孩子，同样什么都不懂——我怕什么？"

他往前走了一步，幽深的眼眸流露出刻骨寒意。

妇人这一刻彻彻底底哑声了，话都吞进肚子里。她拉着孩子的手，往后面退了一步，装腔作势地数落："疯子，疯子……"

宋喻回以呵呵一笑。

坐在地上的谢绥抬起头，看着宋喻俊秀的侧脸，若有所思。他忘了装出惶恐悲伤的样子，黑色碎发下眼眸幽深冷漠，如华丽又冰冷的宝石。

谢绥突然觉得索然无味。

不一会儿，从街对面的商场走出了一对衣着打扮时髦的男女，男的大腹便便，女的面相刻薄。女的穿着高跟鞋，骂骂咧咧地抱怨C市天气不好，一到车前，忽然脸色大变，看着几千万买来的车的窗上被砸出的蜘蛛网般的裂缝，尖叫出声。

街这边的妇人被宋喻唬得不敢大声骂了，只能背地里偷偷骂着。她压根儿就不怕，敢睁只眼闭只眼让她儿子拿弹珠射正在骑车的谢绥，她也是有底气的。她儿子才五岁，那么小，别人能拿他怎么样？

宋喻过去扶谢绥，关切道："还好吗？"

谢绥垂眸凝视着他的手，很久后才敛去眸里的深思和怀疑，虚弱地说:"谢谢。"

谢绥额头上青紫一片,伤口还未愈合,宋喻看着他狰狞的伤口,叹了一口气道:"这次你总得去医院了吧。"

其实这伤对谢绥来说真的是小儿科。他小时候为了一点儿钱,受伤都成习惯了。

谢绥心里不在意,可是脸上却装出隐忍的样子,点了点头。

那苍白着脸,沉默不言的模样,让宋喻同情不已。

警车的声音从街尾处响起。

就在围观的人都把视线投向警察那边时,一个女人气势汹汹从对街走过来。她一把扬起小孩的手,看着那弹弓,气得火冒三丈:"就是你这个崽子是不是?!"

"呜啊啊——"小孩儿哭得更大声了。

妇人也急了:"你干什么!怎么欺负小孩!"

豪车车主也是泼辣的主,破口大骂:"你怎么不问问你这个儿子都干了些什么事?他弄坏了我的车!几千万!乡巴佬,你赔得起吗?"

几千万。妇人这一刻如坠冰窖。刚刚她儿子在用弹珠打谢绥时,谢绥正过马路,她根本就没注意有没有打到旁边的车。

后悔和焦虑铺天盖地袭来,她只能硬着头皮喃喃:"我们家孩子才五岁……不懂事……"

豪车车主气得往前一步,高跟鞋却踩到了地上的弹珠,她直接摔到了地上。她的心情糟糕透了,本来脾气就暴躁骄横的她在这一刻,愤怒达到了顶峰。

从警车上下来几位民警,他们正在找那位报警的高中生,然后就听到一声女人的怒吼:"警察来了?那太好了,这事我们没完,怪就怪你家那没教养的小崽子!什么玩意儿!不懂事?老娘也不懂事!"

宋喻也被这一出搞蒙了,这算什么,恶人自有恶人磨?

本来他和谢绥才是事故的主角,但现在出了这事,也没什么人在意他们了。

蔡明珠的爸爸是C市这片区一个集团的总裁,她张扬跋扈惯了,为人斤斤计较,小肚鸡肠,惹上了她,可就不是赔钱那么简单的事了。

派出所内,查了监控录像,看清楚事情原委后,宋喻气得脸都青了。事情的经过就是那小孩打弹珠,差点儿打到谢绥的眼睛,谢绥紧急刹车,从车上摔下来。这妇人还倒打一耙,说谢绥故意撞过去,她这是什么恶人啊!

只是现在那妇人的脸色比宋喻还难看,因为监控里清清楚楚地显示,是她儿子打的弹珠砸到了那辆车。

五岁的小男孩被打得鬼哭狼嚎,妇人拉着孩子一起跪下,哭得上气不接下气。

妇人哭着求饶:"我错了蔡小姐,蔡小姐,我打死这个不听话的!我给您出气!我错了!蔡小姐,我赔不起,我们一家老小都窝在小房子里,无论如何也赔不起。"

蔡明珠全程冷笑。

妇人最后哭晕了过去。她彻底后悔了,但什么都晚了。

从派出所出来,宋喻带谢绥去附近的诊所拿了点儿药。

"你还能走吗?"

从自行车上摔下来,谢绥的腿也受了点儿伤,宋喻皱起眉,看着他的腿。

谢绥一只手提着装蔬菜的塑料袋,声音很低沉,淡淡道:"应该还好。"

宋喻想了一下,说:"我送你回家吧。"

谢绥愣怔,微卷的睫毛遮住微冷的眸中的光。他握着塑料袋提手的手指不由自主地蜷紧,但看着宋喻认真的神情,还是点了点头。

现在已经是晚上了,漫漫星光照在这条路上,路灯下的影子被拉长。

七月的风带着微微燥意,宋喻本来暴躁的心安静了下来。他想了想,问:"你现在没有去临水工作了吧?"

谢绥轻轻"嗯"了一声。

宋喻舒了一口气，说："可以，那地方乱糟糟的，你不适合去那里。"

谢绥犹豫了一会儿，似乎是鼓足勇气问出了盘旋心中很久的话："你，你为什么对我……"

后面那三个字，以他的性格怎么都说不出口。

路灯下，少年精致的脸上有些无措和迷茫。

宋喻接他的话："为什么对你这么好？"

谢绥的声音低到融入风中："嗯。"

宋喻抬眼看了一下夜空："大概……怪我太善良吧。"

谢绥："……"

真是与众不同的回答呢。

宋喻觉得自己就是太善良。本来好好的五年，混吃混喝就过去了，他非要到C市来，行侠仗义，见义勇为，他都快被自己感动了。他挠了挠头发说："我就是见不得别人在我面前受欺负，而你好巧不巧，每次让我撞见都是这些破事。"

谢绥没忍住，笑了一声。

只是宋喻沉浸在自己的世界里，没听到，还认真说："救了你两次，怎么说也算有缘分，勉强算朋友吧。你别误会，我对别人也是一样的。"

谢绥微笑："好。"

但他不信。

宋家那么宝贝这个儿子，怎么可能舍得他到C市来。在临水帮他还可以说是意外，但他出现在连云街，怎么都不可能是"缘分"。

那么……为什么？

说起来谢绥和宋喻小时候还一起玩过，只是那是五岁之前的事了，他们不算有什么交情。

抱着几分试探的心思，谢绥把宋喻带到了自己家。

陈奶奶居住的楼道非常陈旧，声控灯也是时好时坏，宋喻跺了好几下脚，那个浊黄的灯泡才亮起来。楼梯非常狭窄，楼道间堆积了很多传单，散发出一股子陈旧的气味。

"几楼？"

"三楼。"

对于这栋小房子，三楼就是顶楼了。

推开门，微黄的光照在这虽小却温馨的房间，陈奶奶已经在沙发上睡着了，身上就披了一条毯子，桌上的饭菜一动也没动，看样子是在等着谢绥。

谢绥轻手轻脚把蔬菜放到桌上，走到沙发前。

宋喻知道他想干什么，道："我来吧，你现在腿不方便。"

他将陈奶奶抱起。

陈奶奶年纪大了，眼神不好使，迷迷糊糊地醒来，说："……阿绥回来了，怎么出去了那么久？"

宋喻轻声说："陈奶奶，我是谢绥的朋友。"

陈奶奶半梦半醒，咕哝道："朋友，朋友好，阿绥一直都是一个人……"

宋喻想了很久，低声说："他以后不会是一个人了。"

暖黄的光流过少年的眉睫，温柔得像静止的旧时光。

谢绥在宋喻身后，眉眼间清冷又矜贵。良久后，他嗤笑一声，转身洗手，顺便将藏在袖子里的弹珠丢进垃圾桶。

少年时期的谢绥，从小到大没有一个朋友，哪怕表面冷漠，内心却向往美好，也会因为一些很微不足道的事而感动。但二十五岁的谢绥，经历了太多人的阿谀奉承和别有目的的接近，外貌和家世让他身边围绕着太多真真假假的讨好。他的冷漠渗入骨髓，善良和温柔再也不可能像打动少年的他一样打动现在的他。

谢绥想起梦里的一些事，嘴角勾勒出一个不知道是对谁的嘲讽笑意。

多自卑才会因为一点儿温暖而掏心掏肺，多懦弱才需要靠别人的帮助走出阴影。

宋喻出来的时候，谢绥在厨房煮面。

宋喻不客气地坐到了桌前，说："这不是还有饭吗？"

关火声响起，一碗热腾腾的面被谢绥端了出来。

他的厨艺很不错，面上有着葱花，浮一层肉末和油，看起来就很好吃。香味入鼻，一天都没吃饭的宋喻忽然觉得饿了。
　　"饭冷了。"谢绥坐到他对面，把面推到他前方，道，"你吃。"
　　他想起宋喻这一天没吃饭，这算是一份报答。
　　宋喻愣了："给我的？"
　　天，他人也太好了吧！
　　谢绥被他的目光看得似乎还有一点儿不好意思："嗯。"
　　"谢谢。"
　　宋喻用筷子搅着面，心里唉声叹气，那么善良可爱的人，怎么就被这么对待呢。
　　宋喻吃完之后就走了，打电话让司机过来接。
　　坐在车上，司机很是纳闷："少爷你不是去买书吗，怎么到这地方来了？"
　　宋喻望着窗外，道："遇到了一个很重要的朋友，临时改变主意了。"
　　司机惊了："你这才来C市几天，就有很重要的朋友了？"
　　宋喻的话看似很有道理："叔叔你不懂，这叫一见如故。"

　　宋喻回家，孟外婆见他平安回来，问了几句，便没再多说什么。
　　宋喻洗完澡回房，躺在淡淡茉莉香的被子里，收到了A市宋妈妈发来的消息："那就好，喻喻在C市还习惯吗？"
　　宋喻打字："挺好的，我还挺喜欢C市的。"
　　想了一会儿，宋喻又说："妈，我开学想要住在学校里。"
　　还有一个月开学，住宿是拯救谢绥计划中比较关键的一步。
　　宋妈妈很快回复："住宿？怎么想住宿了呢？"
　　宋喻说："想体验一下热闹的住宿生活。"
　　这话可把宋妈妈心疼得不行："那我跟你外婆商量一下，让她帮你安排。"
　　宋喻笑起来："谢谢妈妈。"
　　时间还早，宋喻不是很困，便玩了一会手机。

他的QQ（聊天软件）加了马小丁，这个少年的精神世界非常丰富，网名叫"贞子不忘挖井人"，头像就是披头散发的贞子。

宋喻敢肯定，马小丁因为这个头像挨了不少毒打。

马小丁的QQ个性签名更加搞怪：我爬得出电视，爬不进你的心窝。

宋喻："……牛。"

马小丁能从网名到头像再到个性签名都散发出注定孤独一生的气质，也是了不起。

马小丁加了宋喻，非常兴奋，先发了一个表情包来试探。他发现宋喻的网名后，大吃一惊。

贞子不忘挖井人："天哪，喻哥，你的网名好牛。"

宋喻的网名是瞎取的。他本来想取得中规中矩，但想自己现在就是一个青少年，此时不青春何时青春，于是改成了"你老大喻哥"。这是他以前游戏的名字，专门用来装酷的。

宋喻看着马小丁那个贞子头像，面无表情地打字："没你牛。"

马小丁发了两个可爱的表情包，不一会儿又发来一条信息。

贞子不忘挖井人："不行！我还是觉得喻哥你的名字牛，不改备注，我真以为我在和自己老大说话！"

宋喻笑出声。

你老大喻哥："那你赶紧改备注。"

贞子不忘挖井人："喻哥，你嫌弃我……"

好在马小丁找宋喻不是真的闲得没事。他作为土生土长的C市人，自然比宋喻要了解景诚中学，给宋喻科普了很多东西。

马小丁先是发了个聊天群的号码过来。

贞子不忘挖井人："喻哥，这是咱们这一届新生的聊天群，你加一下。"

接着又是一个网址。

贞子不忘挖井人："喻哥，这是校园社，景诚中学的社交论坛，你可以去里面看看咱们的生态环境，我觉得还挺好玩的。"

宋喻对新生群不感兴趣，但是实在是闲着没事，点进了马小丁发过来的这个网址，拿自己的QQ注册了一个号。他本来就是太闲，于是名字也没改，就这么进去了。

首页就是论坛，被置顶的是关于新生的提问，各种学姐学长回复，忙得不亦乐乎。

灌水的帖子很多，其中一篇标题是"新一届校花校草评选"。

"新生来，报名字、身高、地址。"

"急！峡谷'五排'缺一，一个大佬带四个'菜鸡'，现在有四个'菜鸡'了，大佬来！速度！"

"有没有兄弟告诉我，二食堂暑假什么时候开门？"

……

窗外皎洁的月光照进来，花园里小虫子叫声绵长，宋喻靠着枕头，垂眸笑着刷帖子。

高中少年的生活都无忧无虑，多姿多彩，只是这个梦境赋予谢绥的却是那样不公平的一面。

"你不该如此。"宋喻轻喃。

谢绥那么好的少年，不该在这个年纪承受那些痛苦。

他应该是学校内的风云人物，成绩优秀，长相俊美，名字会被女孩写在有香味的日记本上；应该是老师眼中的好学生，上课提问时，视线落到他脸上总是带着肯定和笑意；应该是很多同学崇拜的对象，每次考试一堆人围着他叽叽喳喳。

自信优秀又明亮地活着，这才是他该有的高中生活。

孟外婆从马小丁那里得知宋喻热爱学习，便联系了中学的校长，先是说了宋喻的情况以及住宿的事，又问开学需要准备些什么。

得到对方认真敬业的回答后，孟外婆满意地买了一堆书和练习题，送到宋喻房间，还特别温柔地嘱咐："喻喻，尽力而为就好，不要太累着自己。"

宋喻坐在床上，神情僵硬地看着地上的两摞书，艰难地扯动嘴角："谢谢外婆。"

外婆放心，他绝对不会累着自己的。

宋喻对高中的知识早在高三毕业那个暑假全部忘光,重新捡起来非常痛苦。虽然他没想成为学霸,但是考倒数真的好丢脸。

宋喻在家里静不下心,干脆去找谢绥了,临走前还抱了一本书和一张卷子。

谢绥工作的地点在一个奶茶店。

奶茶店现在挺热闹,基本上都是女孩子,她们三三两两地坐在一起喝着奶茶,视线却一直往谢绥那边飘。估计她们都是来看帅哥的。毕竟谢绥身高腿长,大热天看他一眼,赏心悦目。

宋喻点了一杯柠檬水,坐在靠窗的位置,把数学试卷摆了出来,苦大仇深地拿着笔做题。做一道排列组合问题时,宋喻忘了公式。他的心情怏怏的,用手机上网搜的心思都没有,干脆扯了一张卫生纸,写六位数的排列组合,一张卫生纸写不完,又扯了一张。

时间慢慢流逝,店里渐渐冷清下来。

谢绥看宋喻的柠檬水已经见底,便又拿了一杯过去。

他过来的时候,宋喻也没发现,正专心致志地做题。

宋喻的睫毛像洋娃娃一样卷翘,阳光透过街道外的香樟树落在他脸上,有一种奇异的乖巧。

谢绥看他那么认真,看了一眼卷子。

看清题目后,谢绥低声提示:"720。"

微凉的声音在头顶响起,宋喻的笔一停,有点儿气愤地说:"我快要算出来了,你这下把我思路都打断了。"

谢绥:"……"

就你这"憨实"的算法还能跟思路扯上关系?

当然,宋喻很快就反应过来自己刚刚有多傻,扯了扯嘴角,转移话题:"你下班了?"

"没有,"谢绥坐在他对面摇头,又问,"你在做题?"

宋喻举了一下手里的数学书,说:"是。"

已经见过两次,他们之间的相处也不再那么尴尬拘束,宋喻吐槽:"我真是闲得无聊才写这个,好麻烦,越写越困。"

"其实不麻烦,6 的阶乘。"

谢绥笑了一下，修长的手拿起一支笔，抽出一张纸，在上面写了一个公式，递给宋喻："刚才那题。"

宋喻尴尬地接过来，说："谢谢。"

好在奶茶店这时又进来了客人，谢绥便去忙了。

宋喻看着他的背影，把吸管戳进杯子，吸一口柠檬水，满嘴清凉酸涩。他心里郁闷，越想越懊恼，谢绥会不会以为他是个傻的，小学生都不会那么算的吧。

快到傍晚的时候，宋喻的这张卷子，终于在他"充分"的答题"技巧"下磕磕绊绊地写完了。那"技巧"便是：三长一短选最短，三短一长选最长，本人没文化，解字行天下。

把卷子写完，宋喻感觉灵魂都得到升华。

店长要谢绥去买些草莓来，一个女店员终于找到了机会，热情地过来跟宋喻套近乎："小哥哥，我能问一下吗，你跟谢哥是什么关系呀？"

这个女店员叫小溪，长得挺漂亮的，眼睛很大，涂了一点儿橘色的口红，看起来清纯又艳丽。

宋喻写完卷子，心情很好，随便答道："是朋友，等开学，我们可能还是同班同学！"

小溪听了，笑起来，露出了两个甜甜的酒窝，似乎很开心，说："真好，原来谢哥还有朋友。"

她把一直拿在手里的精致礼物盒放到了桌上，轻声说："我能拜托你一件事吗？"

宋喻摆摆手："……这个你还是要亲口跟他说吧。"

小溪哭笑不得："不是，谢哥连话都不怎么跟我说，我哪有那个胆子。"

她低下头，耳侧的发垂落，似乎是陷入回忆："上周谢哥救了我一命，我一直想跟他道谢来着。但我有点儿怕他，到现在还没敢说出口。"

宋喻一愣，忽然觉得小溪这个名字有点儿熟悉。

小溪咬了唇，继续道："我想请你帮我把这份礼物给他。谢哥可能已经忘记了,但我真的,真的特别谢谢他。"

像是想起了什么恐惧的事,她的眼眶泛起了一圈红,吸了吸鼻子道:"我那天一个人走夜路,差点儿就碰到了坏人,是他救了我。谢哥真的是个特别特别好的人。"

宋喻终于想了起来,之前梦里,谢绥暑假会惹上那群社会青年、手指受伤,就是因为救了这个叫小溪的女孩。

宋喻心里顿时五味杂陈。他咬着吸管想了一下,转头跟小溪说道:"既然你觉得他是个特别特别好的人,为什么还怕他?"

小溪愣住。

宋喻睫毛微颤,问:"你为什么不亲自去谢谢他?可能他并没有忘记,可能你的这份感谢会让他开心很久,可能他一直在等你和他说话。"

小溪脸上是无措和迷茫。

宋喻的话入了小溪的耳,少女微红的眼睛又慢慢清澈起来,发出坚定的亮光。她把包装精巧的礼物盒子重新拿回手里,深呼一口气,起身朝宋喻鞠了一躬:"谢谢,我明白了。"

宋喻拿吸管搅着杯子里的柠檬片和小青柠,看着提着草莓回来在门口突然收到一份礼物,表情僵硬的谢绥,不由得低头笑了一下。

他来到这个梦里,来到谢绥身边,是心疼这个善良单纯的少年,想让谢绥摆脱厄运、活出这个年纪该有的模样。不是为了得到谢绥的感谢,也不是要成为谢绥身边不可缺少的重要的朋友。

他想要让谢绥看到这个世界的温柔。

奶茶店晚上九点关门,宋喻照例让司机在街头岔路口等他。

小溪送完礼物后,现在还红着脸,但是胆子也大了很多。她看宋喻要走了,还催促道:"谢哥,你去送送人家。"

谢绥皱了一下眉。

这个地方说偏僻也偏僻,一条街就零星几盏路灯,街道黑黢黢的。宋喻想起了一件事,问特意送自己的谢绥:"你要不要买个手机?"

谢绥手里拎着那个礼物，走在暗处表情淡漠，幽深眸底浮现一丝戾气。宋喻的到来，改变了很多事，而他并不喜欢这种事情出格的感觉。

"喂，你有听我在说什么吗？"

得不到回复的宋喻又问了一遍。

谢绥垂眸，淡淡道："攒够了钱就买。"

宋喻停了一下，问："我家里有个旧手机，反正也是要丢的，一百卖给你，你要不要？"

一百块，其实跟送没什么区别。

谢绥眼底一片冰冷，心里的烦躁越来越重，藏在阴影中的脸浮现出冷冷的笑意，道："好呀。"

谢绥答应得那么爽快，宋喻倒是呆了。他还以为以谢绥敏感自卑的性子，他得多费口舌，说一些"你不用我也是丢"这类的话劝说一番呢。

"那好，明天我带过来给你，然后陪你去办张卡。"

宋喻有些兴奋，这样自己就可以直接用手机联系谢绥了。

他还想要说什么，忽然从正前方传来一声口哨："哟，这不是我们的大英雄吗！我找了你好久，你倒是送上门来了。"

宋喻转头，看向前方。

路灯下蹲着几个看起来就不是善茬的青年，他们用脚把烟头碾灭，面色阴狠地朝他们走来，确切地说，是朝谢绥走过来。

为首的青年面黄肌瘦，盯着谢绥冷笑道："上次是你小子走运，这次我人都到齐了。今晚你跑不了了。"

他们大概七八个人，身上有一股子狠劲儿。

宋喻思忖，哦，重要的剧情点来了。他有点儿后悔这天出门没带保镖。

谢绥在黑暗里冷淡地扯了一下嘴角。他伸手拽住宋喻，声音低沉冷冽："我惹的事，你先走。"

宋喻哪能丢下他。

宋喻把谢绥拉到身后，神色冷淡道："你闭嘴，我来。"

谢绥:"……"

为首的染着酒红色头发的青年笑了。

宋喻的衣着打扮跟那些乖乖崽一样,干净清秀,手里还抱着一本数学书,简直毫无威慑力。

酒红色头发青年上前一步,威胁道:"没人告诉过你不该管的事不要管,小心惹祸上身的道理?但既然你已经管了,就自认倒霉吧。"

他咧嘴一笑,手臂一挥。

谢绥神情一冷。

但下一秒,街道上就响起一声惨叫,被撂翻在地的竟然是酒红头发的青年!

电光石火间,宋喻反擒踹人一气呵成。浅褐色的发拂过他的眉眼,看起来乖巧温顺的五官显露出凌厉。

旁边的人看得目瞪口呆,连谢绥那么处变不惊的人,都被宋喻的举动弄愣了。

宋喻在手机上输入一串号码:"喂,马叔,车开进来吧。这有几个人阻碍交通,你顺便拉走送警局得了。"

谢绥看着宋喻,心里的那种烦躁随着温柔的夜风慢慢消散。或许宋喻带来了很多变数,但也带给他很多新的体验,至少不是他反感的。

马叔接到电话,一脸茫然:"什么?"

但他还是按着宋喻的意思,把车子开了进去。

车灯亮起,两条光柱穿破漆黑的街道,几个青年感觉这光刺得他们眼睛都睁不开了,神色惊恐地呼喊:"我去!是真的?"

酒红色头发的青年跌跌撞撞地从地上爬起来,色厉内荏地道:"你给我等着!"

而后几人一溜烟地跑了。

马叔按了几声喇叭,无语地看着那几个人屁滚尿流地离开,将车停到宋喻面前。

宋喻正在跟谢绥说话:"以后遇到这种事,别跟他们硬杠,善用技巧。"

他怕自己不在的时候,谢绥又重蹈覆辙。

谢绥幽深的眼里带了一点儿真实的笑意,点了点头。

宋喻又道:"你买保险了吗?"

谢绥:"没有。"

宋喻给他支招:"去买份保险,以后在连云街横着走。"

谢绥微笑:"好。"

马叔:"……"

看着宋喻装酷的样子,马叔没好意思提醒他,打架保险好像是不赔的。

坐回车上,马叔握着方向盘,好奇地问:"少爷,这就是你那个一见如故的朋友?"

宋喻道:"是,是不是很帅?"

马叔哈哈笑起来:"很俊的小伙,和少爷一样俊。"

回到家,孟外婆问宋喻学习的事。

宋喻实在没脸把他正确率不足百分之二十的卷子给她看,只好含糊道:"勉强有点儿状态了。"

孟外婆很欣慰,专门给他熬了一碗补肝明目的汤。

喝碗汤,洗完澡,宋喻躺上床,刚点进QQ就看到一个女鬼头像的账号给自己连发了好几条消息。

贞子不忘挖井人:"喻哥,你要我查的那件事,我查清楚了。"

贞子不忘挖井人:"祝志行说他也不清楚谢绥到底有没有病,都是听他妈和几个阿姨说的,街区里的人都在传,他就信了。"

贞子不忘挖井人:"我就又去调查了一下,什么叫'谢绥的妈妈有病',估计就是这群八婆管不住家里的男人,那些男人在谢绥妈妈刚搬过去的时候天天献殷勤,她们嫉妒得不行,于是编了那些诋毁的话。"

贞子不忘挖井人:"祝志行妈妈好像开了一个小餐馆,太可恶了,我决定明天带一群兄弟去,让她体会一下流言蜚语的伤害。"

宋喻被他逗乐了。

你老大喻哥:"你觉得你能斗过一群泼妇?"

马小丁发了两个委屈的表情包。

其实宋喻也不打算对那人做什么,毕竟雪崩的时候,没有一片雪花是无辜的。

上街嚷嚷不一定能伸张正义,说不定还会被围攻。

贞子不忘挖井人:"喻哥,那我们怎么办?"

宋喻突然想起,好像有一款名叫"食客"的软件,浏览量非常大,许多人订外卖时会参考上面的评价。

你老大喻哥:"你把他家的店名发给我。"

贞子不忘挖井人:"哦。"

随后马小丁便把店名发给了宋喻。

宋喻在"食客"上输入店名,发现那家餐馆的评分还挺高,在同类饮食里排行很靠前,好评如潮。只不过看那敷衍重复的好评,大概率都是找人写的虚假宣传。

"食客"现在在参加一个活动,评分最高的餐馆能获得一笔一万元的奖金,而每个用户只能对一家餐馆投一次票。

宋喻眯了一下眼,将页面截图之后转发给他姐姐。

宋喻:"这个软件,你有认识的人在用吗?"

宋婉莹看到截图,先是发了几个问号,然后问道:"我可怜的弟弟,你怎么了?是爸妈克扣了你的生活费,还是外婆把你丢出家门了?现在你已经沦落到点外卖维持温饱了吗?"

宋喻:"是啊姐姐……"

宋喻:"委屈,不说……"

卖个萌嘛,谁不会。

宋婉莹:"……呕。"

宋婉莹:"你要干什么?"

宋喻:"惩恶扬善。"

这四个字被他打得杀气腾腾。

好在宋婉莹很靠谱,一下子就给他发来了账号,账号密码都整整齐齐。

　　宋喻懒得去找人，打差评嘛，还是自己来比较出气。

　　第二天，宋喻照旧在奶茶店坐着，这一次换了一张化学试卷做。小溪咬着吸管坐在他对面，百思不得其解："喻哥，你在干什么？两个小时了，怎么一个选择题还没写？"

　　宋喻慢悠悠地切换账号："忙着呢，别打扰我。"

　　小溪眼睛亮亮的，凑过来问："忙着干什么？"

　　宋喻说："忙着打差评。"

　　小溪："……"

　　最开始宋喻给那家店的评论堪称妙语连珠，从服务态度、上餐速度、卫生环境到肉的口感以及菜的新鲜程度，全部挑剔了个遍，开头还很欠地加一句"没吃过"，励志做一个把商家气出病的顾客。但写了那么久，他难免江郎才尽，于是画风就逐渐变了，差评的理由跟抬杠也没两样了。

　　"我点的夫妻肺片居然没有夫妻？！涉嫌欺诈，举报了。"

　　"老板娘生的是个儿子不是女儿，辣眼睛，一星。"

　　后面更是随心所欲。

　　"哈哈哈！"小溪绕到宋喻后面，看到这一连串评论，笑得眼泪都要出来了。她好半天才止住笑意，问："喻哥，你在干什么，这商家得被你气死吧！"

　　这个时候谢绥走了过来。小溪和他是轮流值班，当即吐了一下舌头，跑去收银台前笑道："谢哥，你快来阻止喻哥，他疯了。"

　　宋喻："……"这位女士你怎么说话的？

　　谢绥将袖子捋起一点儿，露出白皙的手腕，坐到宋喻对面。他的视线落在宋喻空白的化学卷子上，笑了笑，问道："一点儿思路都没有？"

　　水滴石穿、天道酬勤的方法他怎么不用了？

　　宋喻的心思压根儿就不在卷子上，反问谢绥："你还记得你之前班上有一个叫祝志行的人吗？"

谢绥一愣。他的记忆力非常好，片刻便想起来了。那个初中三年什么也不干，每天致力于团结全班同学孤立自己的混蛋？

"他怎么了？"谢绥语气淡淡，心里毫不在意，但表面上还是装得惊讶。

宋喻看谢绥的脸色，以为祝志行果真是他以前的噩梦，更气了。

"你有什么想骂他的话吗，我给你写在评论里，让他家的店丢脸。"宋喻想了想，干脆把自己的手机丢给谢绥，说，"算了，可能还是自己骂解气，我有账号，你随便骂。"

谢绥低头，看到宋喻的手机页面停在祝志行妈妈开的餐厅，下面全是一星评论。

谢绥："……"

宋喻喝着奶茶，嚼着珍珠，含糊道："别跟我客气，请随意。"

谢绥没忍住，笑了起来。不知道为什么，他总是会被宋喻的一些举动逗笑。

"谢谢，不过不用了。"

宋喻看着他："是觉得不过瘾吗？那开学我带你去出气？"

盛夏的光透过玻璃窗落下，宋喻卷翘的睫毛被光覆上一层淡淡的金。他头发颜色偏浅，在光下看起来很柔软，牙齿咬着吸管，十分乖巧。

谢绥的脑海里却想起昨夜宋喻在灯光下凌厉的眼神和冰冷的笑，那时他的语气也嚣张得不行。他笑着摇头："不用了。"

宋喻看了他一眼，接过手机，继续干活了。

奶茶店十分安静，外面的香樟树被燥热的风吹响。

谢绥下意识摸了一下右手手腕。这是他思考时的习惯动作，却发现腕上空无一物，没有表……他黑眸一凝，反应过来，现在他是在学生时代。

宋喻并不知道，梦里的谢绥，也是在这场梦中梦里，又回到了十几岁时留下遗憾的地方。

不过这对谢绥来说没有什么特别，反而让他的内心更加坚强。

该报的仇他一个不落。

奶茶店下班后，宋喻带着谢绥去办电话卡。

"你有了手机后，我们就网上联系，我现在天天往这里跑，我外婆都好奇了。"

走在街上，谢绥似笑非笑道："那你都怎么跟她说？"

宋喻说："还能怎么说，你不是中考市第一嘛。我就说认识了一个学霸，过来请教学习。"

谢绥一笑，想起宋喻昨天那张不忍直视的数学卷子，说："真荣幸。"

不过不用请教了，没救了。

走到路口时，绿灯还有十几秒，宋喻见了，拉起谢绥就跑："快过去。"

晚霞把大地照成橘色，风带着香樟树的气味吹过。远处是汽车鸣笛声、广播声、路人交谈声。

谢绥看着宋喻的背影，眼眸越发深沉。

在营业厅排队浪费了很长时间，等他们办完电话卡已经是晚上七点了。

"先存电话，然后加一下我的QQ。"

谢绥输入号码，搜索联系人看到"你老大喻哥"时，心中轻轻喷了一声，感叹宋喻真小孩脾性。他问："为什么取这个名字？"

宋喻回答得很直白："帅。"

同意好友申请后，宋喻发现谢绥的网名是一个句号，个性签名也是一个句号，头像纯黑，看起来比自己更喜欢装酷。他嘲笑道："句号君？你好非主流。"

谢绥："……"

走出营业厅，宋喻觉得口渴，便去旁边的小卖部买了一瓶水，付钱的时候顺带拿了一袋薄荷糖。他很喜欢柠檬薄荷这类清凉的东西，含在嘴里神清气爽，连夏天的燥热都仿佛减少了很多。

二人往连云街那边走，车辆慢慢变少，连灯光也暗淡下来。

"你要不要吃？"宋喻把薄荷糖递给谢绥。

谢绥摇头。他不喜欢吃糖。

"哦。"宋喻把糖收了回去。

这时，前面突然响起阴沉冰冷的声音："我要吃，你给不给我吃？"紧接着，是一群人的哄笑声。

宋喻和谢绥往前望，只见从旁边小巷子里走出了一群人，赫然就是昨天晚上那帮人，只是人数比昨天多了一倍。

"红毛"青年脸上是森冷的笑意。如果说昨天他的恨只针对谢绥，那么这天又多了一个宋喻。

他身后跟着的青年们，现在也是一脸愤恨。

"臭小子，昨天还真被你唬住了！这次我在回去的路上逮你，让你连电话都打不了。"

新仇旧恨加在一起，"红毛"恨得牙痒痒。

后面的人昨天被摆了一道，也气得不行。

"今天你们走不了了！"

宋喻："……"

谢绥眼睛一眯，觉得这群人是真的应该被收拾一下了。他想让宋喻先走，谁料宋喻又跟昨天一样，站在了他前面。

"红毛"笑得阴狠："怕了？怕了也晚了！"

宋喻说："我会怕你？"他一捋袖子，烦不胜烦地吼道，"你们要是把我打伤了，当心我告你们赔个倾家荡产。"

谢绥："……"

"红毛"一群人顿时怒不可遏。

"别太嚣张。"

"你完了！"

谢绥："我……"

"来"字还没说出口，宋喻就拽着他朝街道的另一边跑去，速度像风一样："快走！"

上一秒放完狠话，下一秒掉头就跑。

不良青年们一愣，反应过来被耍了，气得直跳脚。

宋喻压根儿就不熟悉这里的地形，一边跑一边打电话给警察，气喘吁吁道："喂，110吗？连云街这边有人要群殴两个可怜高中生,有没有人管?"

就让警察来除暴安良吧。

警察那边觉得这段话有点儿耳熟,说:"这位同学……"上次那个报警的是不是也是你?

只是他的话还没说完,宋喻已经挂了电话。

连云街这边巷子很多,月光迷离,星子暗淡,拖出路灯长长的影子。

宋喻绕来绕去,最后绕进了一个死胡同。虽然他们东绕西绕暂时把人甩出了很远,但这巷子很深,又通主街,原路返回太危险了。

宋喻往旁边看,看到了一个垃圾桶,又抬头看了一下墙的高度,一咬牙,往上指,道:"我们翻过去。"

谢绥偏头,幽深的眼睛认真看他:"你确定?"

宋喻已经开始推他了:"上去。"

垃圾桶是塑料做的,宋喻只敢踩边缘,还要借着谢绥的力,才攀上墙。坐上墙后,宋喻往后一转头,骂了一声。

墙的后面是一户人家的院子,院子里的围栏很尖还带玻璃碎片,跳下去的地方是那种长刺的灌木,何况,还有一条沉睡的狗。

宋喻:"……"

好巧不巧,他怕狗。

这个时候谢绥非常轻松地坐到了宋喻旁边。

墙上的风和月色和路灯都与众不同,视线变得远,整个夜间就显得更安静了。宋喻这一路不知道吃了多少薄荷糖,身上都带着那股气味,凉凉的,甜润微辛。

谢绥随着他的目光往后看,压低声音笑问:"现在怎么办?"

宋喻嚣张那么久,头一次闷声不说话了。

"找到了!"

"这边!"

这个时候那群人追了过来,堵在死胡同口,看到坐在墙上骑虎难下的两个人,顿时猖狂大笑。

"你小子在这里!"

"哈哈哈，这是你们自己把自己逼上绝境的！"

宋喻根本不怕他们。他在现实生活里学了那么多年格斗，丝毫不虚。他只是担心不好跟外婆交代。

孟外婆要是认真起来追根究底，他以后都别想和谢绥见面了。

"红毛"大摇大摆地走到墙下，说："坐墙上那就是活靶子，你小子昨天那么狂，今天我要你哭着求饶！"

他身后的"绿毛"憨憨地提出了一个问题："可老大，他们不下来我们怎么搞？"

"红毛"怒骂："你是傻子吗？非要他们下来干什么？！手上有什么就丢什么，直接往上招呼！"

几位小弟这才唯唯诺诺听命令。

宋喻听了这话哪还能忍，冷笑一声，就要从墙上跳下去。结果他低头一看，那个垃圾桶已经不小心被他踢翻了。

宋喻本来就有点儿恐高，忍不住头晕了一秒，开始思索，这个高度跳下去好像有点儿危险。

"红毛"看他脸色苍白，笑得更加猖狂："狂啊，你继续狂！今天我就告诉你，城南城北这条街，到底谁是老大！"

谢绥欣赏了一通宋喻变来变去的脸色，忍住笑意，问："往哪儿走？"

宋喻的人生原则从来都是输人不输阵，捋起袖子就要下去，谢绥被宋喻逗乐了。他按住宋喻，笑道："算了，上次是你，这次我来解决。"

宋喻一愣，抬头看着他。

城市的星光暗淡，昏黄的路灯反而明显，谢绥眼睛带笑，桃花眼内勾外翘，有一种独特的魅力，从容又优雅。

"你别做傻事。"

宋喻的话还没说完，就见谢绥已经特别轻松地从墙上跳了下去，落地的姿势还特别帅。

"红毛"蒙了，随后咬牙切齿道："你还敢下来？！"

谢绥微笑："下来做你老大。"

宋喻的手指按着墙，吓得嘴巴都张开了。

一群头发染得五颜六色的人瞬间炸了："谢绥！当英雄很好玩是不是？我让你装！"

他们嚷嚷着，但宋喻坐在墙上都看呆了，谢绥的动作只有"猛"字可以形容。他不怕受伤的打法将为首的青年都吓到了，一时不敢再进攻。

谢绥抬手擦了一把脸，走到墙下抬头，与宋喻形成一个墙上一个墙下，一个仰头一个低头的姿势。

"你要下来吗？"他轻声问，刚刚那股狠劲儿似乎转瞬即逝。

夏天的夜晚风转凉，穿白衬衣的少年站在巷子里，微冷的月光笼罩在他精致的脸上，眼眸幽深而认真，干净又温柔。

宋喻回过神来，心里可太不是滋味了。

想起刚刚那场面，他又想起马小丁曾经说的谢绥的过去。

宋喻顿时心疼得不得了。

安静的夜晚使人感性，但宋喻的感性坚持不住一秒。因为他一低头，就发现刚刚那个问题还摆在那里——垃圾桶倒了，他怎么下去？总不能让谢绥把它从垃圾堆里扶起来吧。

"我……不好下去。"

宋喻心想，怎么今天什么倒霉事都被他遇到了。

谢绥一愣，然后微笑道："你跳下来吧，我接住你。"

宋喻低头，犹豫了一会儿，但最后还是郑重地点了点头，嘱咐道："那你接准点儿。"

"好。"

宋喻一咬牙一闭眼，从墙上跳了下去。

警车的鸣笛声这时候在街道上响起，车灯照进深巷。在刺眼的灯光中，宋喻搭住谢绥的肩膀缓冲，才稳稳地站到了地上。

在宋喻跳下来的一刻，有薄荷味的风，在这个 C 市的盛夏吹拂而过。

第三章
差一点儿考八百分的未来市第一

派出所，通讯室内，警察和宋喻大眼对小眼。

警察握着一只笔，似笑非笑地说："怎么又是你？"

宋喻慢吞吞地答："大概因为我天生责任感强，遇到不公平的事就喜欢报警吧。"

警察乐了："不是，我问的是，怎么被揍的总是你？"

宋喻："……"

谢绥在旁边笑出声。

对方受的伤其实比他们重，但"红毛"这群人早在警局有过记录，前科无数。警察知道他们是正当防卫，只简单记录了一下，就让他们走了。

警察本来是要联系家长接他们走的，但宋喻主动和警察说了谢绥家里的情况，动之以情，晓之以理，才把这一环节给取消了。

回家路上他们又去了上次去过的小诊所，诊所里寥寥几个人，灯光通明。

诊所里面的男医生对他们还有印象。

医生感慨："上次是腿受伤，这次是手受伤。年轻人，可以啊。"

谢绥坐在椅子上，眼睛微弯，谦虚地说："还行。"

医生气不打一处来，写医嘱时钢笔差点儿弄破纸："说你你还得意上了?你在外面是逞威风了,家里人是怎么担心的你想过吗?小小年纪就给我安分读书,出了事,难过的还是你父母。"

宋喻含着他的薄荷糖,为谢绥说话:"叔叔,你误会了,你不能只看表面。"

医生白他一眼:"我还没训你呢,你是他的朋友吧,你就旁边看着?也不劝劝?"

宋喻一噎,脸上有点儿尴尬,挠挠头:"我们说的不是一回事。"

医生把药装进袋子里,冷笑道:"成。那不看表面,难道你们是去恶斗外星人留下的伤痕?外星人也用那么接地气的冷兵器?"

宋喻:"……"

挂在墙上的电视正放着迪迦奥特曼。医生的两岁儿子听了这话,拍着手转过头来,清澈的大眼睛弯起,奶声奶气地说道:"外星人。"

谢绥付了钱,接过药,说:"谢谢。"

医生恨铁不成钢:"我儿子将来要是成天像你这样把自己弄得一身伤,我先打断他的腿。"

宋喻嚼着糖嚷嚷:"都说了不能看表面,大叔,你怎么回事?我朋友是除暴安良受的伤,他刚刚以一敌百,勇斗恶霸,保卫了连云街南南北北所有小学生和初高中生的人身安全和财产安全,这伤是英雄的伤疤。"

医生:"……"

坐在椅子上的小孩流着口水拍手:"英雄。"

宋喻乐了:"小朋友好聪明,再说一遍。"

被夸了的小朋友笑得特别甜,奶声奶气道:"哥哥,英雄。"

医生看他还教坏自己小孩,气得拿鸡毛掸子赶他们走:"走走走,还勇斗恶霸,我看你才是连云街最大的恶霸。"

"哈哈哈。"

荣升"恶霸"的宋喻笑得不行,拉着谢绥出去了。

诊所外一盏路灯上聚集了几只飞蛾,安静的夏夜,灌木里传出小虫子的低吟。

现在已经很晚了，宋喻站在路灯下，打电话给马叔，让他来老地方接自己。

挂了电话后，宋喻转头对谢绥道："以后我就不经常来了，我们开学见。"

那帮不良社会青年这一次被抓了，估计得安分守己一阵子，七八月谢绥应该是安全的。

解决了谢绥暑假会遇到的最危险的事，宋喻觉得自己没必要再往这儿跑了。

谢绥微笑道："嗯，开学见。"

宋喻盯着谢绥，想起了深巷里那个身手不错的少年，一时语塞。他觉得自己有一瞬间又不了解谢绥了，但好像，他从来没真正了解过。

宋喻坐上车，车离开偏僻的居民区，往繁华的城区中心走。

霓虹灯流光溢彩，照在宋喻若有所思的脸上。

马叔问："少爷还是来找你那个一见如故的朋友的？"

宋喻回神："是。"

马叔道："你天天往这儿跑，老夫人都好奇了。我看你再多来几次，她就要见见你那个同学了。"

宋喻笑起来："不来了，不来了。"

其实让孟外婆见谢绥也没什么，只是他答应008不能以宋家三少爷的身份出现在谢绥身边，他以后还打算给自己编一个"孟家远方穷亲戚"的身份呢，见了孟外婆容易露馅。

宋喻的QQ加的人非常少，他躺在床上玩手机，看着"句号君"那个黑黢黢的头像，无端有点儿手痒，想要发些什么。但他这天又是绞尽脑汁地想差评，又是大半夜跑了一条街，费脑力费体力，已经很疲倦了，不知道什么时候就睡了过去。

第二天起来，已经是早上九点了。

宋喻下楼吃早餐，收到了马小丁狂轰滥炸的消息。

贞子不忘挖井人:"哈哈哈,喻哥,那个疯狂打差评的人是不是你?我今天故意去那里吃饭,看到祝志行妈妈脸色铁青,估计快要气死了。"

贞子不忘挖井人:"哈哈哈,你太有才了,我也叫我的伙伴们跟随你的步伐,去写了好几条。"

宋喻已经懒得在意祝志行的事了。他想起孟外婆满是期待的眼神,还有桌上的一叠卷子,顿时头疼。

他一口一口喝着牛奶,给马小丁发消息。

你老大喻哥:"你成绩怎么样?"

贞子不忘挖井人:"怎么问起这个来了,还行……的吧。"

能考上景诚中学,成绩就算不上差。

宋喻勾了一下唇,开始打字。

你老大喻哥:"以前成绩好,高中不一定成绩好,你别以为中考结束的这个暑假是可以放松的,别人现在疯狂报补习班呢,竞争压力很大的。高一不能输在起跑线上。"

马小丁被宋喻这跟他爸一样的发言惊呆了。

贞子不忘挖井人:"……喻哥,你到底想说什么?"

宋喻已经回房间,拉开椅子,坐到桌子前看着堆成山的卷子。

你老大喻哥:"来我这儿,我分点儿知识给你。好兄弟,一起做卷子。"

贞子不忘挖井人:"……"

这好兄弟不当了行不行!

把卷子分给马小丁一半,宋喻舒坦了很多。

孟外婆给他的资料很多,是针对初升高过渡期的题,其中很多都是巩固复习以前的知识,再一点一点教授运用高中知识点,甚至还有高考原题,只是为了让他对难度有个大概把握。

宋喻除了第一张卷子是完全没准备写完的,后面慢慢也找到了一点儿感觉。

他随手扯过一张底部的卷子,难度很高,不要求做,他闲得没事翻到最后一题,愣住了。

这是一道非常经典的函数题。

宋喻现在还没打算尝试压轴题，但隐隐约约觉得似曾相识，甚至脑海里出现了一个很模糊的概念。他咬着笔想了半天，终于记了起来，这不就是拉格朗日中值定理的典型例题嘛！

他会对这题记忆犹新，是因为高中老师在扩展解题思路时说到的这个定理名字太奇葩。

网上给的定理，不结合具体例题是很让人费解的，宋喻刚好想跟谢绥完成初次谈话，于是把这题拍了照，给他发了一条信息。

为一血当初排列组合都数半天的耻辱，他咬笔想了想，故作高深地发："你知不知道，什么是拉格朗日中值定理？"

谢绥正靠着床，手指在电脑上敲着，侵入临水内网、调出监控记录。他做完一切后，顺手去拿旁边的水杯，就瞥见手机上亮着的信息。

宋喻："你知不知道什么是拉格朗日中值定理？"

谢绥："……"

他真该庆幸自己没有喝水。

谢绥学生时代成绩就一直出类拔萃，性格又孤僻冷淡，没接触过什么正常同学，所以并不能理解宋喻这种解题靠毅力的"学渣"的脑回路。

你连排列组合都要靠数，为什么要问拉格朗日？

当然，这个伤自尊的回复谢绥并没有说出来。因为他看出来，宋喻对学习的热忱好像挺高的，他不想打击宋喻。

谢绥拿出一支笔一张纸，照顾着宋喻的知识储备，把那道题的标准解法规规矩矩、详之又详地写了出来，然后拍照发过去。

谢绥："用不着那个。"

宋喻等了半天，就等到这么一句话，还附带一张思路清晰、字迹漂亮的照片。

上面的思路甚至比答案更简单易懂，不愧是天之骄子。

但是宋喻做题容易钻牛角尖，于是锲而不舍地继续问。

宋喻："那用那个怎么解？"顺便发了几个表情包。

谢绥的手指在那个挠头的表情上停顿了一下，仿佛看到了宋喻困扰的模样。他微微出神，随后薄唇一勾。

谢绥："那么想知道？"

宋喻："对。"

谢绥："把第三行到第五行的那一大段划掉，变成'由拉格朗日中值定理可知'就行。"

宋喻按他的说法做了后，发出了"学渣"的终级感慨："这就存在一个数在区间内让它们相等了？"

谢绥都不想告诉宋喻那是定理。他想了想，睫毛垂下，幽深的眼睛里带着一点儿恶趣味的笑意，给宋喻回复："不是给了你一个区间？你可以一个一个去代，总能找到那个数的。"

宋喻："……"

那得试到什么时候！

宋喻皱眉，把心中的疑惑发了出去："你什么意思，我觉得你好像在鄙视我？"

等了半天，等到谢绥的回复："不是'好像'呢。"

宋喻："……"

这人相处久了是这种性子？还不如刚开始那个小可怜呢！

另一边，谢绥已经笑着关上了手机。

电脑屏幕闪烁，弹出来一封邮件，名字叫"许诗恩"。

谢绥点开邮件，视线落在上面，笑意未散，却带了一点儿凉意。

许诗恩："阿绥，你愿意联系小姨，小姨真的太开心了。你妈妈的事情，我们一家都很难过。但是事情过去那么久，说什么都迟了。大家都很想你，你现在在哪儿，小姨马上派人接你回 A 市。"

谢绥垂眸，淡淡地笑了一下。

想他？许家之前视他妈妈为家族之耻，直接断绝关系，把她赶到外面不闻不问，就算他死了也没人知道。现在却虚情假意想把他接回去，估计是已经查清当初那个野男人是如今的谢家掌权人了吧？

多讽刺。

谢绥："谢谢小姨，不过我的事希望你先不要告诉外公外婆，等我成年再回去吧。"

他联系她不是为了回A市。

许诗恩很快回信："为什么？你外公外婆肯定会非常高兴的，阿绥现在上高中了吧，你回来，小姨给你安排A市最好的高中。"

高兴什么，有了一个攀上谢家的棋子？

谢绥的眼眸幽深，面无表情地发信息："小姨，我……我有点儿害怕，我还是再长大一点儿，再回去吧。"

另一边的许诗恩被他猛然点醒，是了，太早回来，对谢绥来说并不安全，毕竟谢三少还有一个原配夫人呢。

想到那个女人的手段，许诗恩哑言片刻才回信息："那小姨尊重你的意见，阿绥好好读书，把卡号给小姨，小姨先给你打一笔钱。有什么需要的都可以告诉小姨。"

谢绥当然不会客气。不过他联系自己这个小姨，可不仅仅是为了这件事。

这一次的梦里，他应该会很早回谢家，不过在这之前，他要给谢家人一份礼物。

"小姨，明天我给你寄我妈妈的日记。"

许诗恩一愣。

谢绥勾唇，笑容冰冷森寒。

"城南会所，十年前，希望你能好好调查清楚，还我妈妈一个公道。"

说起来他妈妈会遇上谢思年，还傻傻被骗了那么久，这个小姨功不可没。

许诗恩又蠢又坏，以她的身份也不认识刚回国的谢思年，估计当初只是想毁了他妈妈，却怎么也没想到，那个被拉下水的男人就是A市鼎鼎有名的谢三少。以她的脑子，可能还觉得他妈妈赚了。

许诗恩在那边却眼睛一亮！她心中有一个猜测，却不敢去证实，只能试探着问："阿绥，你说这个……"

谢绥已经懒得回复她了，只说："明天你就知道了。"

城南会所，是秦秋芸当初带人绑架他妈妈，造成了妈妈一生噩梦的地方。

孟外婆的花园里种得比较多的是茉莉，花期是五到八月。茉莉有翠绿的叶，洁白的花，下过雨后，更是清新淡雅。

宋喻从园丁那里拿过剪刀试着剪了两下，差点儿把园丁叔叔看得心肌梗死，便默默地还了回去。他坐回原位，痛苦地看着卷子。

别人在花园都是浪漫的下午茶约会，只有他是数理化开会。

其实宋喻没想那么努力的，都是昨天，脾气暴躁的宋爸爸终于得知了他转学这件事，大发雷霆，一个电话直接打了过来，把他劈头盖脸地骂了一顿。

那个时候宋喻还躺在床上玩手机。忽然收到他姐姐的信息。

宋婉莹："你完了，爸知道了。妈本来想帮你打掩护，等你入了学再告诉爸这事的，没想到他先回国了。给你点蜡。"

宋喻还没来得及回复，手机已经响了起来。来电人：爸爸。

宋喻："……"

接通后，就是暴躁宋总的一顿骂："宋喻！你胆子大得很，翅膀硬了是不是？刚出院就转学往C市跑，你不知道你的身体是什么情况？"

宋喻："……"不好意思，爸，这我还真不知道，这不是当世医学难题吗？

宋总："还联合你妈你姐一起骗我！我这个一家之主你们是不是都不放在眼里了？"

宋喻无话可说，这"一家之主"是你自己给自己封的吧。

宋总说："我等下就跟你外婆说清楚情况，你明天就给我收拾收拾回A市。"

宋喻急了："别啊爸！"

宋总说："求我也没用！你当初一言不发来C市的时候就该

想到这一天！"

宋喻跟更年期男人简直没话说。他想到白天的卷子，忽然灵机一动，沉默片刻，深沉地说道："爸，其实我来C市，是为了更好地学习。"

电话那边是暴风雨来临前的沉默。

宋喻在他发火前连忙说："在A市，人人都把我当泥菩萨一样供着，学校连体育课都不让我上，什么劳动都忽略我，在女同学面前我简直毫无面子。这严重影响了我的心情，从而影响了我的学习效率。"

宋总："……"

宋喻："A市有你们，还有好多叔叔伯伯婶婶，我做什么都被监视着。我没有自由行动权，去图书馆都要被人盯着，这对一个热爱学习的青少年来说，太残酷了。"

宋总压抑怒火："张口闭口离不开学习！你就那么爱学习？"

宋喻知道他爸已经动摇了，哭惨还是有用的。他酝酿了一下情绪，握着手机轻声说："是，学习使我快乐。而且我来到C市才十几天，我就认识了一个很好的朋友。我人生的第一个朋友。他成绩很好，人也很好，我们还可以一起进步。"

少年的嗓音清亮，像阳光落在稻田上。

宋总沉默了很久，电流声响清晰。

死要面子的宋总最后冷笑道："那么爱学习，A市中考满分八百五十分，你只考了三百五十分。你跟我说你爱学习？"

宋喻："……"

"学渣"就不能爱学习吗？

"又菜又爱学"不可以吗？

三百五十分就不是分了？

宋总跟个反派似的继续冷笑道："这么爱学习？好，景诚中学下次月考成绩你没考进年级前一百名，就给我滚回来！"

宋喻难以置信，什么玩意儿？

宋喻喊："爸爸——"

然而回答他的是宋总无情地挂断电话的声音。

宋喻手忙脚乱地打电话过去，不断被拒绝。

"对不起，你所拨打的用户暂时无法接听。"

"对不起，你所拨打的用户暂时无法接听。"

最后甚至是："对不起，您拨打的用户已关机。"

宋喻："……"

真是服了。

就这样，他爸单方面和他有了一个月考成绩之约。

宋喻一开始还是敷衍地写卷子，现在专门搬到花园里看书，不可谓不刻苦。但是丢了那么久的知识不是说捡就捡得起来的，还没看到三角函数、勾股定理就已经让他头疼得不行了。

宋喻的心情被 sin、cos、tan、cot 四兄弟搞得糟糕无比，决定放下笔去景诚中学的论坛发泄他的愤怒。

他拿出手机，登上号，进入论坛。

现在是开学季，帖子刷新的速度非常快。

被宋爸强制了一个月考约定，又被数学折磨了半天精神，宋喻现在就是行走的煤气罐，抬杠的天才选手，几乎每个帖子下都有他的点评。

宋喻在学校的论坛一战成名，首页出现了很多帖子，有表示欣赏的，有阴阳怪气嘲讽的，有直接开骂的，如："喻哥说话挺狂啊。"

你老大喻哥："狂吗？还行吧，反正我从小到大就没缺过打。"

"喻哥，你怎么那么优秀，说的每一句话都非常让我尖叫，连名字都疯狂戳中我的少女心！"

你老大喻哥："所以不出意料，现实里跟你不会有任何关系。"

评论区也很热闹。

"好惨一姐妹。"

"喻哥：别崇拜我，没结果。"

"哟，呛粉丝？好霸道，我欣赏他。"

"喻哥敢说真名，发照片吗？"

"喻哥你别信，上面就是个骗子！"

"喻哥，你缺腿部挂件吗？"

……

宋喻心情不佳，随便挑了一条回复。

你老大喻哥："缺根拐杖，你来吗？"

发泄完情绪的宋喻不想再理那群人，重新埋头做试卷，投入数学的死海。

而在他不知道的情况下，论坛不断发酵，这么一个张狂欠打的ID（账号），凭借着这股子说话难听的气势，莫名奇妙成了新的"网络一草""C市男神"。

八月末。

宋喻要开学了，孟外婆叫孟光带着他去商场买几件衣服。

商场的导购小姐姐看到宋喻眼前一亮。

宋喻身材纤长，又长得好，穿什么都好看。只是任凭导购把他夸得天上有地上无，他都只选了两套，毕竟高中生一年四季校服轮着换，买太多衣服没必要。

孟光盯着他半天，喷了一声说："你这样子去学校，就算混不上校草，也能混个班草。"

宋喻抽了一下嘴角，认真地说："我不，我要去当学霸。"

他要考进年级前一百，血洗三百五十分的耻辱。

孟光笑得不行："哟，看不出来你思想觉悟还挺高的。"

宋喻哪是思想觉悟高，都是被他爸逼的。想到那该死的数学，他就恨得后槽牙痒痒。

回家时，孟光在车上跟宋喻说起一件事："王北单被抓了。"

宋喻系好安全带一愣："什么？"

孟光懒洋洋一笑："他做的坏事被曝光了，人证物证俱在，不知道是谁干的。这回王家也保不了他。他这辈子算是完了，解气。"

宋喻笑了一下。

他对这个原本存在感为零的路人角色并没多在意。

晚上，宋喻才知道孟外婆给他安排的住宿是在学校附近的一个小户型公寓。

他人都傻了："不是，外婆，我想体验那种高中四人寝，热热闹闹的，你懂我的意思吧？"

孟外婆不懂，慢悠悠给他收拾行李："四个人吵，睡不安稳。"

宋喻："……"

最后还是他再三要求，孟外婆才没有派一群保镖护送他去学校报到。

宋喻和马小丁一起坐着马叔的车去学校。

在车上，马小丁很兴奋："喻哥，我们很有可能在一个班！"

有熟人在宋喻也开心，笑道："那挺好。"

马叔握着方向盘说道："少爷身体不好，你在学校记多得照顾一些。"

马小丁拍胸脯道："爸，你放心！谁若折我喻哥翅膀，我必毁他整个天堂。"

马叔一脸疑惑："什么玩意儿？什么翅膀？"

宋喻："……"

马小丁不愧是走在"非主流"一线的少年。

景诚中学作为名牌高中，在寸土寸金的C市占地面积不小。

九月开学，秋高气爽，金桂飘香，大大的横幅挂在校门口，校门前豪车云集，人来人往。

宋喻穿着干净简练的白T恤和黑长裤，他一下车就吸引了不少人的视线。

他的皮肤在阳光下白得发光，头发是浅褐色的，看起来很柔软。他是双眼皮，眼睛很大，瞳仁幽深，神情却怏怏的，一眼望去就知道他看似乖巧，实则乖张。

听到闪光灯的声音，马小丁一回头，就看到两个学姐正对着他们拍照，一边拍还一边笑着窃窃私语，眼睛亮亮的。

嚯，搞偷拍？保护少爷的责任感在心中油然升起，马小丁非常仗义地张开手,挡在宋喻面前,朝那边大吼:"拍什么拍,没见过帅哥吗?"

宋喻:"……"

那边的两个女生忙收起手机,吐了一下舌头。

马小丁的嗓门太大,一下子吸引了所有人的注意。

顶着那些视线,宋喻忍无可忍,拽着他的手臂往学校里面走。

马小丁的骑士使命和青春之魂还在熊熊燃烧,秉着牺牲自己保护喻哥的精神,一边走一边回头叮嘱:"以后不准拍我喻哥!那么喜欢拍就拍我!拍我!知道吗?!"

两个女生:"……"

景诚中学的绿化很好,进了学校,迎面而来就是一条林荫道,不少人骑着单车而过。教学楼点缀其中,红墙瞩目。

宋喻住的公寓在学校后门的南边,一个很安静的区域。他坐电梯到四楼,一入门,发现里面已经由家政人员打扫好了。

客厅、厕所、厨房、卧室,应有尽有。而且这里采光很好,视野明亮,窗外是一片小树林。

开了空调,马小丁坐在沙发上,咬着一个洗干净的苹果:"喻哥,我们先休息一下吧,反正七点才去教室。"

他打开电视,调了一个少儿频道,抱着抱枕看得津津有味。

宋喻瞥他一眼:"你不先去宿舍看看?"

马小丁答:"不用,我昨天就搞好了,提前先占了好位置。"

宋喻点了点头,不再理马小丁。他去卧室整理了一下,把衣柜放满,然后在一堆辅导资料里面,选了一本数学《5年高考3年模拟》,拿起笔,决定从第一个晚自习就开始他的刻苦之旅。

孟外婆还专门给他请了一个做饭的阿姨,姓白,手艺很不错。应该是提前被告知了他的喜好,做的菜都是他喜欢的。

在吃饭的时候,宋喻给谢绥发了一条消息:"你坐哪儿?旁边给我留个位。"

为了避免谢绥被王辞骚扰,他觉得还是坐在谢绥旁边保险一点儿。而且谢绥是个学霸,对于迫切需要提高成绩的他来说坐他旁边再好不过了。

几分钟后，谢绥回了信息："嗯。"

宋喻心情愉快地笑了。

马小丁在宋喻这里混吃混喝后，只觉得人生都升华了。他吃饱喝足，屁颠屁颠地帮宋喻抱着书，一起往教学楼走，路上一边走一边聊。

马小丁说："喻哥，你还记得那个叫祝志行的不？这人阴得很，被我们警告了一顿后，心里记仇，暑假巴结上了高二的人。昨天我来占床的时候还遇到他了，这小子跟我放狠话来着。嚯，狗仗人势。我看他是不知道我来了，学校该变天了。"

宋喻说："你能不能放点儿心思在学习上？"

马小丁委屈巴巴道："主要是他还骂你，说给他家店刷差评的人不是东西。"

宋喻说："你理他干什么？"他拿起一本数学辅导书，指着上面"王后雄"的名字道，"这才是你高中三年最该记住的男人。"

马小丁："……"

走着走着，马小丁突然想起一件事。他越想越觉得有可能，便问："喻哥，最近论坛很火的那个'网络炮仗'是不是你？"

宋喻的手指一顿，眼睛眯起："很火的什么？"

马小丁感觉头顶凉飕飕的，立刻改口："那个……那个很火的'C市男神'。"

宋喻盯着他："你猜。"

马小丁走到一半，终于一拍脑袋想了起来："我把你备注改了后差点儿忘了，你网名就是那个，就是你，喻哥！"

那个骂遍全论坛的男人！

而宋喻已经走远了。

高一（一）班在六楼，宋喻和马小丁进去的时候，教室里热热闹闹已经坐满了人。

这个班里的人,要么成绩拔尖,要么非富即贵。

很多人以前就认识了,坐在一起,女孩们打扮得光鲜亮丽,男生们也是一身名牌。

而那些靠成绩进来的学生,大多坐在角落里,还没开学桌上已经堆了厚厚的一叠书。他们戴着眼镜,衣服干净朴素,神色有点儿拘谨尴尬,在热闹的环境里显得有几分格格不入。

马小丁在实验中学很出名,是横着走的"刺儿头",有不少人认识他。现在见他跟在一个长得很好看的少年后面,教室里的气氛顿时微妙了一点儿。

宋喻放眼望去,在教室后排靠窗的位置,看到了谢绥说过的放着的书,只是他现在不在。

宋喻看了一眼,说:"坐那儿吧。"

"没问题,我听喻哥的。"

马小丁受了他爸的嘱托,当然是要时刻跟着宋喻了。而且他还挺喜欢宋喻的。

宋喻的出身比马小丁从小到大认识的人都要好,却半点儿架子都没有,一心一意学习,真是努力又刻苦,他忍不住在心里为喻哥点赞。

教室里不少女生的视线往这儿飘,她们对了个眼神,用手机在姐妹群里聊着天。

"今天是什么日子?第二个了吧。"

"哪一个?"

"刚进来的那个啊!第一次看到这么帅的,我差点儿晕过去。后面这个居然也这么帅!"

"不对,等等,二号帅哥坐的位置,有点儿奇怪。"

"哇!他坐到了一号帅哥的旁边!"

……

宋喻跨过谢绥的位置,坐到了靠窗的一边。

中后靠墙的位置,在宋喻以前读书的时候,就是"学渣"的VIP(贵宾)位置。

马小丁理所当然坐到了宋喻的后面。他蠢蠢欲动，对新的环境充满好奇和期待，还热情洋溢地和他的同桌打了一声招呼："嗨。"

戴着黑框眼镜的平头男生："……"

嗯？这不是当初他们实验中学的风云人物吗？

奚博文握着保温杯的手一抖，欲哭无泪："马……马哥好。"

马小丁心花怒放，只想跟同桌打好关系："别这么叫，好兄弟别见外，叫我小丁就行了。"

奚博文有苦难言："马哥好。"

宋喻坐下后，心情非常宁静。他现在满脑子都是宋总那个"月考之约"，周围再乱糟糟也打扰不了他学习的心。他拿出卷子和笔，继续和三角函数做着斗争。

有那么一瞬间，教室突然安静了几秒，为那个坐在窗边、第一节晚自习就奋笔疾书的美少年。灯光流淌在他脸上，自带一层温柔的光晕，像滤镜一样。

谢绥拿着一叠稿子从办公室回来，看到宋喻坐在自己的位子旁边安静写作业的侧脸。他长长的睫毛垂下，皮肤白得耀眼，握着笔冥思苦想，十足一个乖学生的样子。

谢绥的黑眸一凝。他留在 C 市，安安分分地当一个高中生，某种意义上，有一半是因为宋喻。

他长腿一跨，将演讲稿放在桌上。

宋喻察觉到动静，抬头道："你终于回来了。"

谢绥按在桌上的手指一顿，淡淡一笑："嗯。"

宋喻把手中的卷子往他那儿一递："快，告诉我这个角为什么是 135 度。"

谢绥："……"

于是他刚坐下，就被宋喻迫不及待地拖入了高中三角函数的世界。这对上一回梦里名校毕业，回来直接掌管谢氏财团的谢少来说，还真是一种新奇的体验。

谢绥在宋喻热切的眼神中沉默地接过笔，想了想，意味不明地笑了一下："宋喻，我很久没这么跟人讲过题了。"

或者说，从来没有过。

宋喻心想：我懂，你悲惨的过往我都懂，但是现在重要的是，这个角为什么等于135度。

"要不你先看看我的算法，我怎么算都是45度。"宋喻示意。

谢绥接过笔，一愣。他没有任何讲题经验，只能把宋喻当成谈判桌上的对手，但看了宋喻的解题过程后，他觉得——这个对手前所未有的棘手。

"这是你自己创的公式？"

"思路真棒，正常人都不敢那么想。"

"你真的上过学？"

谢绥的声音清冷，漫不经心说的话跟箭一样插在宋喻心上。

宋喻："……"

谢绥再也不是临水那个乖巧体贴的少年了！

谢绥看着宋喻耷拉着眼睛，明显很沮丧的神情，愣了愣，调整了一下语气，说："不过也不是一无是处。"

宋喻动了动耳朵，被打击的自信心隐隐有起死回生的苗头。

谢绥道："至少你的解答过程，把这道题里的陷阱全踩了，也挺难得。"

宋喻忍无可忍，怒道："我只要你告诉我为什么是135度！你说重点好不好！"

谢绥的嘴角一弯，收了恶趣味，拿笔在试卷上写了三行公式："就这样，135度。"

宋喻的"学渣之怒"去得也快。他安静地接过卷子，就真的自己带数据去算了。

而坐在他们后面的马小丁和奚博文，眼睛瞪大，下巴都快掉下来了。

在和马小丁交谈后，奚博文也不再那么拘谨，讷讷地问："你的喻哥那么爱学习的？"

马小丁是被谢绥和宋喻的相处氛围给震惊到了，对于宋喻爱学习倒不是很稀奇，喃喃道："可不是嘛，喻哥可是一来C市就先去买教材的男人。"

奚博文眼里放光："哇！那喻哥在 A 市肯定也是个学霸。"

宋喻终于把正确答案算出来了，觉得圆满了。他的心情转好，就听到后面在讨论自己，他把笔一转，回头淡淡道："你们在说我什么？"

马小丁立刻把自己的同桌供了出来："他说你在 A 市一定是个学霸。"

宋喻扯了一下嘴角，三百五十分的学霸，愧不敢当。

但是对着奚博文亮晶晶、崇拜的眼神，宋喻心里啧了一声，向来输人不输阵的喻哥，就先接下了这个称呼："还行吧，中考都没上八百分，不算学霸。"

马小丁惊叹："哇！不愧是我喻哥！"

奚博文惊叹："哇！好厉害！"

谢绥似笑非笑地勾起嘴角，心想：还"没上八百"，你中考上四百分了吗？

奚博文以前在学校的外号就是"书呆子"，对于学习好的人天生有一股崇拜之情，他激动得脸通红："A 市和我们一样满分就是八百五十分吧！喻哥你也太棒了！差多少？七百八十几分？"

宋喻咳了一声："差一点儿。别提了，都是伤心事。"

马小丁也兴致勃勃地问："喻哥，七百多少呀！"

宋喻说："都说了是伤心事，不想提。"

差一点儿就八百，别问，问就是差一点儿，差四百也是一点儿！

奚博文唏嘘不已，只当这真是学霸内心的忧伤，捧着脸问："那喻哥空降 C 市，是要争夺市前十了？"

宋喻装学霸上瘾了，往后一靠，转着笔笑："何止前十，我要拿第一。"

奚博文再次惊叹："哇！"

马小丁虽然非常相信他们家少爷，但还是觉得这场景太尴尬。他拉拉宋喻的衣袖，小声说："喻哥，你别说那么大声，市第一就在你旁边呢。"

宋喻冷哼一声，把笔一收，转头对谢绥道："我要考市第一。"

谢绥桃花眼一弯，温柔优雅："好。"

宋喻说："我即将超越你，你怕不怕？"

谢绥从善如流，淡淡道："怕。"

奚博文还没来得及从市第一也坐在自己前面的震惊中回神，又被宋喻这一番操作震惊到了。

马小丁心中疑惑：少爷，你这是不是有点儿莽？

在他们震惊无语的时候，宋喻气定神闲地说："看到没，我说要努力，市第一都怕了，你们呢。"

马小丁和奚博文还能说什么，对视一眼，异口同声道："怕，怕，怕。"

喻哥你开心就好。

宋喻的视线终于落到谢绥手里的一叠纸上，问："这是什么？"

谢绥微笑道："新生代表的演讲稿。"

宋喻拿过来翻了翻，啧了一声："这就是市第一的待遇，当着一个年级演讲，你会紧张吗？"

还真是个稀奇的问题，谢绥梦里做了无数次演讲，在公司、在高校、在科技峰会，面对的人男女老少都有，成功的、平凡的、国内的、国外的、业界的、行外的，怎么可能还会因为一个高中的新生演讲怯场？

不过他听着宋喻的话，玩味一笑，眼皮微垂，看似心慌地说："有一点儿。"

宋喻已经忘了6的阶乘、拉格朗日中值定理和135度的的耻辱，心地善良地热心安慰："别紧张，我到时候雇人给你捧场，鼓掌十块钱，叫一声五十块钱，上去送花一百块钱，买花的费用我报销，带上朋友一起来还有福利，人越多福利越高。"

马小丁在后面听着，举手报名，问道："喻哥，熟人有没有额外奖励？"

宋喻淡淡道："熟人没额外奖励，你是免费劳动力。"

马小丁委屈地收回了手，奚博文笑出了声。

谢绥勾了一下唇。

教室里学生们闲聊了半小时左右，班主任终于来了。

高一（一）班的班主任是英语老师，女性，姓欧，看起来很年轻。她踩着高跟鞋，一进门就传来一股高级香水的气味。

宋喻对这个女老师还是有点儿印象的，梦里的谢绥在学校的不幸遭遇，她至少占了一半的责任。

欧老师手里捏着一份名单，踩着高跟鞋上讲台，随便支使了两个坐在最前排瘦瘦小小的男生，温言细语道："你们去搬一下学生手册。"

两个男生局促地站起来，慌乱应着："好的。"

欧老师一撩长发，朝同学们露出一个笑容来："大家好，我就是你们高中三年的班主任，我姓欧，叫欧依莲，你们可以喊我欧老师。"

紧接着，她介绍了一堆自己的光辉履历，宋喻听她讲话只犯困，便把窗户打开了一点儿，夜风吹进来，凉意习习。

他揉揉眼，用胳膊撞了一下谢绥，说："她吹完牛你再喊我，我先睡一下。"

谢绥认真地看他，问："第一节晚自习你就睡？"

宋喻闷声道："没必要听她讲废话。"

第一节晚自习在欧依莲自我陶醉的演讲中度过。

下课铃一响，欧老师站在讲台上清了一下嗓子，说道："第一个月，座位就先不排了，下一次月考成绩出来，我再安排。好了，下课，大家先休息休息吧。"

她倒是做了一件好事，让大家自己选同桌。

这一节晚自习，宋喻做了一个不是很好的梦，画面光怪陆离，却又冰冷泥泞。

一座无名岛，寂寥阴森如囚笼，然后是一望无际的蓝天和海洋。倚着游艇的男人，风衣翻飞如白鸥振翅，湿咸的风拂过他额前凌乱的黑发，深邃的桃花眼冷淡又薄情。

船上似乎有人急着出来。

男人神色漫不经心。

随后是一组琐碎的片段，玻璃破碎声、海风声、叫喊声，血、风和难以置信的眼眸。

画面定格在男人嘴角无聊又厌恶的笑。随即他转身跳海，背影潇洒又利落。

宋喻猛地惊醒。

下课后，嘈杂热闹，女生笑着聊天，男生在打游戏。

课间马小丁自告奋勇给奚博文讲题目："哎呀，你还喜欢背诗。这诗我好像学过，十年生死两茫茫，不思量，自难忘。锦帽貂裘，千骑卷平冈。中不中！"

奚博文说："嗯？好像没什么问题，但我总觉不太对，是不是你背错了？"

马小丁说："不可能！多押韵！"

身边的嘈杂声音将宋喻唤醒，他涣散迷茫的眼眸慢慢清晰。

窗外的风吹进来，让他有了一点儿真实感。他低头看着自己的手，心中盘旋着难以释怀的压抑。

刚刚他梦到的，应该是谢绥吧。

熟悉的梦境，最后被困荒岛，折断傲骨的谢绥……后面他就惊醒了。

"谢绥。"宋喻的喉咙有点儿干，下意识偏头，却发现谢绥现在不在座位上。

马小丁听到他喊人，说："喻哥，谢绥被叫去办公室了。"

宋喻点了点头，垂下眸，揉了一下太阳穴。

这时，突然有一群人站到了他前面。其中一人说："嘿，同学，跟你商量个事？"

说话的是一个高瘦的男生，穿着黑T恤，理着寸头，一看就不是个好相处的人。他的手指敲桌子，邪笑着，脸上也压根儿不是商量的神情。

教室里瞬间安静下来，玩手机的、聊天的，都不由自主地看向这边。

宋喻面对连云街那群带刀带棍的不良青年都不怵，还能被几个高中生吓到？只是现在他被那个梦搞得有点儿烦，懒散地眨了眨眼睛："说。"

高瘦男生笑了一声，说："我们辞哥想和你换个位子。"

辞哥？

宋喻清醒了，睁开眼睛。

高瘦男生意味不明地笑了一下："王家懂吗？C市王家，辞哥想和你换位子。"

宋喻正愁有火难发，也愉悦地笑了。他转着笔，语气轻慢不屑："王辞是谁？"

高瘦男生沉默地凝视着他。

班上其他人瞬间大气都不敢出，教室里安静得连笔掉地上的声音都清晰可闻。大家看宋喻的眼神，像是看烈士。

这人是真傻还是假傻？那可是王家。

"不认识正常，那现在我们认识一下。"教室另一边靠墙的位置，一个微胖的男生站了起来，皮笑肉不笑地说。

他是单眼皮，眼睛很小，唇微厚，这副五官长在一般人脸上是憨实的长相，在他身上却显出了油腻和猥琐。

王辞离开座位，径直往宋喻这里靠过来，视线像毒蛇一样落在宋喻身上。他冷笑道："同学，给个面子呗，我想和你换个位子。"

王辞这下算是撞枪口上了，宋喻好巧不巧做了那么一个梦，还对梦里那些人渣气得咬牙切齿。他悠悠地笑了，反问："凭什么给你面子？"

全班倒吸一口凉气。

宋喻淡淡道："凭你脸大？"

全班："……"

好猛！

王辞扯了一下嘴角。

黑T恤那群人对王辞马首是瞻，现在看宋喻那么挑衅王辞，当即拍桌子叫嚣："叫你换！废话那么多！你到底换不换？！"

马小丁也站了起来，将易拉罐砸在地上，声音比他还大："你再大声一点儿试试！"

本来就安静压抑的班级氛围瞬间变得剑拔弩张。

穿着黑T恤的那人一愣："马小丁？"

马小丁没理他，站到了宋喻的旁边，凶神恶煞道："我喻哥都说了不换！没长耳朵？"

马小丁是学校有名的刺儿头，那人有点儿怵他，却拉不下面子，硬邦邦地说："我问你了吗？我问他呢！"

被问的宋喻觉得好笑，把笔丢到桌上，言简意赅道："不换，滚。"

三个字，语气嚣张至极。

那人愣住了，一时也做不了决定，看向王辞："辞哥。"

王辞细小的眼却只盯着宋喻，盯半天也不知道想什么，最后露出一个让人不很舒服的笑，没说话，坐了回去。

老大走了，剩下的三四人也不逗留，穿着黑T恤的人还放下一句狠话："惹了我们辞哥，你以后吃不了兜着走！"

马小丁来气了："来！看是谁吃不了兜着走。"

那人磨牙，却不敢和他叫板，转身嘟哝："孟家的马屁精，真把自己当什么人物了。"

教室里有人的手机响了一下，班级里几乎要结冰的氛围才被打破。大家窃窃私语起来，气氛逐渐缓和。

马小丁真是吃了苍蝇一样恶心，他道："还C市王家，呕，什么东西。"

要不是喻哥想安安静静上个学，他报出"宋家三少"的名号就能吓死这群井底之蛙。

马小丁紧张地看宋喻："喻哥，那傻子刚刚没碰到你吧。"

在他心中，喻哥是不能碰的，一碰就会碎的，需要好好保护的瓷娃娃。

宋喻暂时懒得把这群人放心上："没有。"

马小丁还在生气："找机会，我要把蒋休这傻子骂一顿。"

蒋休就是那个穿黑T恤的男生的名字。

不一会儿，第二节晚自习开始，欧老师和谢绥一起从外面进来。

宋喻一直盯着谢绥，看着他从教室门口走回座位上。

他的视线太明晃晃，谢绥想不注意都难。谢绥坐到位置上，看向同桌，揶揄地问："怎么，又有题不会了？"

宋喻收回视线，情绪不是很好，怏怏道："没，都会了。"

谢绥说："也是，毕竟是差一点儿就八百分的未来市第一。"

宋喻："……"

第四章
装学霸一时爽

装学霸一时爽,月考"火葬场"。

为了不让自己月考成绩太尴尬,宋喻揪出一张物理卷子,又开始研究力学。

马小丁是个闲不住的,看到宋喻换了本《物理必修一》的习题册,很兴奋地说:"喻哥你终于放弃数学了?"

宋喻翻开第一章,觉得他说话很有问题,扯了一下嘴角,说:"你说话放尊重点儿,什么叫放弃?"

马小丁这才反应过来喻哥还有"A市学霸"的身份,立刻纠正用词:"是,我傻了!喻哥那么厉害,肯定是已经彻底掌握了。"

奚博文兴致勃勃地问:"喻哥有没有什么学数学的方法可以推荐一下?"

宋喻抬起头。他现实生活中虽然不是学霸,但成绩也不差,用老生常谈但实用的话敷衍他们:"认真上课多做笔记,学会总结,善于归纳。不懂就问,反正别留下知识漏洞。"

不然高三有你们难受的。

马小丁不满:"喻哥,你这说了跟没说一样。"

宋喻翻白眼:"那是你没救了!"

谢绥的笔一顿,笑了一下。

还以为宋喻会说出什么匪夷所思的学习方法呢，毕竟是中学毕业就越阶挑战拉格朗日的人，没想到那么中规中矩。

马小丁还在那里说个没完："要我说，数学这玩意真是反人类，尤其是函数，简直是世界对我最大的恶意，我初中时就弯下身捡了一支笔，从此再也没听懂过这门课。"

奚博文无语吐槽："那你怎么考上高中的？"

马小丁有点儿得意了，挺了挺胸膛，道："我语文好！没见过偏科的学霸吗？"

奚博文："……"

还语文好，就你那十年生死两茫茫，左牵黄右擎苍？

马小丁说到这就停不下来了："虽然我平时看起来很混，但我骨子里还是个文艺青年。我特别喜欢背诗，要是出生在古代，我应该是那种救一个人就念一首诗的剑客，惩恶扬善，特别酷。我来给你背几首……"

马小丁逮着他的同桌开始了他的个人秀。

奚博文："……"

他感觉再听马小丁念下去，他的语文古诗文默写很危险。

宋喻不再理他们，开始静心学习。

花了一节晚自习做了张物理卷子后，他找到了充足的自信。

"我觉得我可能对物理有天赋。"对完答案，合上笔盖，宋喻发出感叹。他把卷子递给谢绥看，用笔点在一道单元卷的力学压轴题上，说，"你看，这最后一道题我都会做，厉害吧。"

谢绥偏头看宋喻一眼。

他其实不知道宋喻这样没有一点儿规律和计划的瞎做题有什么用，可对上宋喻亮晶晶仿佛星河的眼睛，有些话在他的喉咙打了个转，就又咽回去了。

他垂眸看了一下卷子，宋喻做的是一张高中力学单元测试卷，最后一道压轴题，考点是杠杆原理。

宋喻问："厉害吗？"

谢绥盯着他，缓缓说："厉害。"

宋喻越发得意:"原来我对物理有天赋。"

谢绥忽然想起开学前自己追踪宋喻的 IP(网络地址)看到的那些回复,忍笑道:"不,我觉得你对抬杠有天赋。"

宋喻疑惑地看着他。

这时下课铃响起,欧依莲赶着时间在讲台上交代事情:"明天白天放假,晚上会是迎新典礼,晚上七点班级集合,再去礼堂,记住了别迟到。"

"好,下课。宋喻你来我办公室一趟。"

莫名其妙被点名的宋喻一头雾水。

马小丁也愣愣的,问:"喻哥,要不要我等你?"

宋喻抱起自己的书,嗤笑一声,说:"我们一个住校外南边一个住校内北边,你等我干什么?"

马小丁"哦"了两声,一步三回头地说:"那你好好照顾自己。"

欧依莲看宋喻抱着书起来,皱了一下眉,表情是显而易见的不屑。但她一句话都没说,踩着高跟鞋就往办公室走。

办公室内。

欧依莲没看宋喻,对着名单看,说:"宋喻是吧,听校长说,你需要特殊对待。"

虽然记忆中欧依莲的人品让人不敢恭维,但她现在毕竟还是老师,而且暂时没做什么出格的事情,宋喻不至于让她难堪。

听了这话,他摇摇头,说:"没有,不用特殊对待,谢谢老师。"

欧依莲面无表情,手握着红笔画了两下,说:"我把你的座位调到讲台边上怎样?你身体情况特殊,需要清净,没有同桌吵闹,更能静下心。"

宋喻沉默片刻,面无表情道:"讲台边上不是没座位?"

欧依莲说:"我可以专门给你安排一个。"

宋喻笑了:"谢谢老师,不过我肺不好。"

欧依莲把笔一放:"谢绥是以市第一的成绩进来的,你坐他身边,不觉得压力大吗?"

宋喻反问:"那王辞坐他旁边就没压力了?"

欧依莲被戳破心思,没说话。

宋喻的眼睛幽深,一点儿笑意都没有的时候就显得乖张冷戾。他问:"老师,你把我喊到办公室来就是让我给王辞让座?"

欧依莲避开话题,冷着脸道:"宋喻,这是你跟老师说话的态度?你这是学生的样子?"

宋喻懒得理她,拿出手机说:"既然是当谢绥的同桌,你也说了座位可以学生自己安排,那为什么不问问他的意愿?"

欧依莲气急败坏道:"跟他聊是我的事,轮不到你管。我们现在说的是你的态度问题。老师只是想让你换个座位,你就和我杠上了,你那么厉害,不如你转班吧。你这种学生我也不想管,反正出去以后也是社会的败类。"

宋喻压根儿不想和她交涉,拿起手机点了几个数字,"嘟"的一声,通话音响起。

宋喻把手机交给她:"转班的事,你和校长说吧。"

欧依莲所有的话都噎在了喉咙里,视线在宋喻身上恨不得撕下一层皮。她气笑了:"你在威胁我,你以为我真不能把你怎么样?"

宋喻笑了一下。

电话被接通,校长和蔼的声音响起:"喻喻怎么突然打电话?"

欧依莲一愣,然后语气一变,委屈巴巴地说:"校长,是我,欧老师,宋喻的班主任。"

校长说:"哦,欧老师呀,怎么了?"

欧依莲的语气活像是受了天大的委屈:"校长,这学生我是管不了了。我只是把他喊过来,问一句有关座位的事,他就冲我发火,还打你的电话威胁我。我教了那么多年书,就没见过那么不听话的学生。他身体不好,我也不敢对他说什么重话,打不得骂不得,这怎么教得下去,还是换一个更有能力的老师来教吧。"

校长那边沉默了很久,劝说:"宋喻他的身体不好,你多担待一点儿。"

欧老师吐苦水:"校长,不是我不担待,是他瞧不起我,不尊重我的工作。你见过开学第一天就跟老师杠上的学生吗？"

校长说："你把电话给他。"

宋喻冷淡地看着她避重就轻，倒打一耙，接过手机，按下扬声器按键："喂，校长。"

欧依莲冷笑着盯着他。

宋喻垂眸，看起来特别乖巧。他瞥见欧依莲的表情，玩味地勾起嘴角。

"没有，我觉得一班挺好，欧老师也挺好。

"暂时没换班的打算。

"她想让我坐到讲台边，我不愿意，她就开始骂我，说我以后是社会的败类。"

欧依莲的笑容僵硬了。

校长明显生气了，语气严肃地问："欧老师，宋喻说的是真的吗？"

欧依莲苦不堪言地说："校长，这孩子，唉，这孩子断章取义。我担心他的身体，想把他放到眼皮子底下照看，才说给他安排到讲台边。问了一下他的意见，他就和我杠上了。爱之深责之切，我把每个学生都当自己的孩子，看他好歹不分，说话就重了点儿，可我都是为了他好。不过可能他以为我是凶他，不喜欢他吧。这疙瘩已经在他的心里了，我也有苦难言，不想多说。为了他好，也为了我好，校长，你还是给这孩子换一个班吧。"

沉默很久，校长的话传了出来："宋喻刚刚说喜欢你，也喜欢一班，他不想走，你就让他留下来吧。还有，欧老师，不是所有冠以'为他好'名义的话都可以随便说的。你有你的教育方法，但你也需要考虑一下孩子的承受能力。宋喻从小就身体不好，你多多照顾。别什么小事都哭到我面前。"

欧依莲听完这话都要傻了。

宋喻抱着他的资料书静静微笑。

电话忙音响起，欧依莲的表情阴晴不定，很是好看。

宋喻风度翩翩地一笑，说道："欧老师，接下来的三年，请多指教。"

他在心里道:我一定会成为你教学史上最鲜明的一笔。

欧依莲气得差点儿划破花名册。她疯狂翻宋喻的资料,看来看去也没发现什么特别之处。

她不知道怎么跟王辞交代,又少了一个巴结王家的机会。她稳定心神,阴阳怪气道:"好,下次月考后换座位,你看你还能不能坐在谢绥身边。"

宋喻放好手机,微笑道:"好的,老师再见。"

他都搞不懂,景诚中学那么多知识渊博、和蔼可亲的班主任,谢绥怎么偏偏就摊上这么一号人物。

宋喻走出办公室,下楼,在路灯下看到了谢绥。

谢绥正蹲下身逗弄着一只野猫,冷色的光照过他的侧脸,浓密的睫毛,淡色的唇,显得他气质矜贵又清冷。

宋喻一愣:"你在等我?"

谢绥站起来,也不否认,只笑道:"饿了吗?要不要去吃点儿东西?"

宋喻确实是有点儿饿了,点了点头,一边走一边问:"你不先回寝室吗?"

"我和你住一栋公寓,顺路。"

宋喻瞪大了眼睛:"你怎么也住那里?"

谢绥淡淡道:"资助人安排的。"

宋喻懂了,谢绥虽然家庭贫困,但他学习那么好,肯定有人慧眼识英雄。

等等,上次梦里剧情是这么发展的吗?他这记性,忘了。

关于欧依莲的事,宋喻不打算告诉谢绥。既然他已经决定帮助谢绥摆脱从前的噩梦,那么这样一个班主任,谢绥也不需要了解。

学校后街有一条小吃街,这个时间很多店铺关了门,但烧烤摊的生意正火,铁板鱿鱼滋滋作响,香味飘了一条街。

宋喻兴致勃勃地点餐:"一串烤面筋,一份烤年糕,一份烤韭菜,再来一对烤翅……"

谢绥无奈地制止他："够了，晚上别吃太多了。"他转身对摊主道，"给他烤面筋和烤年糕就行。"

宋喻扯了一下嘴角，随他了，索性转移阵地去买关东煮了。

谢绥玩味一笑，幽深的眼眸也看不清情绪。

宋喻拿着关东煮回来时，年糕和面筋已经烤好了。他手上没空，就把书先给谢绥拿着。

宋喻吃着鱼丸，走在学校的林荫道上。他想起晚自习的事，忽然觉得好玩，嚼着东西含糊问："你真的怕我超过你？"

谢绥没跟上他的脑回路："什么？"

宋喻说："就是市第一。"

看着宋喻带笑的眼睛，谢绥没由来想起宋喻做题时那股咬牙切齿的劲儿。他觉得好笑，垂眸静静看着他，拉长声音说："怕呀——"

看着宋喻慢慢惊讶的神情，谢绥缓缓说出后面的话："怕你哭。"

宋喻瞪大眼睛，把签子丢进垃圾桶，难以置信道："你觉得我会是为数学流泪的男人？"

要是哭一次加十分他也愿意，关键是"数理化不相信眼泪"。

谢绥却换了个话题："你很在意学习？"

宋喻被提到伤心事了，望了一眼天，叹了一口气道："不是我在意，是我爸在意，他威胁我，如果我不好好读书就要回家种田。他要我月考进年级前一百名，我中考才三百五十分，他是不是太看得起我了？"

谢绥记得宋喻有一个哥哥，宋家的担子并不会落到他身上。对这个病恹恹的小儿子，宋家可以说是宠上了天。

或许也只有那样的万千宠爱，才能养出这样纯净、善良、赤诚的灵魂。

谢绥垂眼，淡淡一笑。

不过，"差一点儿就八百分"……他果然没上四百分。

宋喻继续望着天，想都想不到有一天自己会为学习而苦恼。他咬着烧烤签，问："多少分能进年级前一百名？"

这个问题谢绥还真回答不了。毕竟他是站在金字塔尖的"学神",体会不到下面普通学霸的疾苦。

"你可以的。"他能给出的也就这么一句不走心的,轻描淡写的鼓励。

宋喻叹了一口气,说:"算了,反正有你做同桌。我不会的多问你,成绩总会提上去的。"

谢绥好笑地看了宋喻一眼,说:"行,但别问拉格朗日中值定理了。"

宋喻疑惑:"为什么?"

谢绥淡淡道:"白问,你用不上,也听不懂。"

宋喻:"……"

现在还瞧不起人了!

宋喻住在公寓四楼,谢绥住三楼,而且好巧不巧都在同一个朝向,是上下楼的关系。

知道这个消息的宋喻吓了一跳,随后得出结论:"那不是从阳台上跳下去就是你家阳台?"

谢绥淡淡看他一眼,说:"你别作死。"

宋喻啧了一声,说:"我跳下去找你问问题呢,学习上的事怎么叫作死。"

谢绥把宋喻推进门,门口的光线半明半暗,谢绥似笑非笑的表情也带了几分锋利。他说:"你爱上数学,就是作的最大的死。"

说罢谢绥不待宋喻发言,已经替他关上了门。

留下反应过来的宋喻对着门生气。

宋喻第一天外住,家里所有人都特别紧张。

宋妈妈特意从A市打电话过来嘘寒问暖,各个方面的事都问了一遍。通话一小时,宋喻一句"挺好的"都快说腻了。

宋爸爸表达关心的方式就非常简单又实用了,直接给他卡里转了一笔钱,霸道总裁的人设不崩。

他哥哥在海外,发了一封邮件过来。作为宋家继承人的宋哥哥,从小接受的就是精英教育，说话干练简洁。他表达问候后，直接留了一个电话号码给宋喻，是他留在国内的助理的。

"有什么想要又不好意思问爸要的，打这个电话。"

宋喻真想给他哥哥点个赞。

作为姐姐的宋婉莹平时和宋喻斗嘴惯了，不好意思说什么，发了一个简短的句号。

他们之间进行了一场彼此心照不宣的对话。

宋婉莹："你拿什么说服爸的？"

宋喻："拿我对学习的热爱？"

宋婉莹："三百五十分？"

宋喻："只会看分数，你这辈子思想都到不了我的高度。"

宋婉莹："……你行。"

之后他又给孟外婆还有舅舅打了个电话，这天的一堆任务终于做完，宋喻把苹果核丢进垃圾桶，躺上床。

睡前，他闲得没事，看了一下论坛，结果一进去，就看到了自己的名字。

开学第一天，学校的论坛很是热闹，被顶上热帖的帖子就有两个，其中一个是"新生有没有人在班上发现疑似喻哥的人"。

莫名其妙被提到的宋喻真觉得这个论坛有病，找他干什么？打架吗？别吧，到时候骂不过又打不过你们岂不是很丢脸？

宋喻闲得无聊，点了进去。

主楼："开门见山，我们班上没带'喻'字的，过。"

1楼："报告，我们班上有三个人名字带'喻'，一个娇滴滴的女孩子，一个憨头憨脑的大个子，还有一个近视九百度的书呆子。我觉得都不是喻哥，报告完毕。"

2楼："名字里带'喻'的太多了，根本无从下手。而且就喻哥那骂人的风采，我觉得他应该长得就很刺儿头。"

3楼："哈哈哈，长得很刺儿头是怎么个长法，描述一下？"

4楼："别拿我'男神'开玩笑好不好，我打人了。"

5楼："我觉得喻哥应该很帅，但是网名带'喻'，名字不一定有'喻'，我以前还给我自己取名梦星幻雅·蝶琉殇呢。"

6楼："帅什么帅？就是一个网络'炮仗'，现实里估计又矮又胖。我校女生的眼光真是让我佩服，什么傻子都喜欢。"

7楼："没看上你我觉得我眼光就挺好。"

……

123楼："哥哥姐姐，别骂了，别骂了，我好奇喻哥到底是何方神圣！"

124楼："别费心思了。喻哥敢在网上那么骂人，肯定不会暴露真名。"

125楼："可不是，暴露真名，会被围殴。"

宋喻一路翻下来，都惊讶了。惊讶为什么有那么多人替他说话，为什么又有那么多人逮着他诋毁，莫名其妙。

于是他就把他的想法发了出去。

你老大喻哥："……"

129楼："合影啊啊啊！喻哥啊啊啊！"

130楼："我我我！"

131楼："省略号都打得那么帅！"

132楼："啊啊啊，这是我离喻哥最近的一次。"

133楼："路过打个卡。"

在粉丝的狂欢和路人的围观打卡后，抵制唾骂"喻哥"的人开始出来营业了。

165楼："装什么！也就是在网上威风威风。"

166楼："名字报上来，让我看看你长什么样。"

167楼："你那么牛，有本事明天校门口见。"

168楼："笑死，你们也配见我喻哥？"

169楼："傻子尽管怒冲冲，脱离粉籍算我输。"

"又吵了起来？"宋喻的眼角抽了一下。

他们回复得太快，宋喻翻页都翻不过来，看得眼花缭乱，干脆退了出去。

论坛的第二个热贴同样居高不下，帖子名"校草评选怕是要重新洗牌"。

主楼:"评选校草不带我'谢神',那算什么评选?"

楼主二话不说,直接放图。

短短两分钟,这楼的评论就已经满满一页了。内容清一色是些尖叫呐喊。

"啊啊啊!"

"我给姐妹们表演一个'原地晕倒'!"

"啊啊啊!这睫毛、这眼神、这气质!"

"呜呜呜,这是什么神仙颜值?是我不配,呜呜呜,我不配和他呼吸同一片空气!"

"我的天,我现在手还是抖的。点进来的一刻,真的感觉心脏都停了一瞬间。"

满屏疯狂的尖叫和哭泣,以及各种大段大段的赞美之词。

宋喻的视线停在主楼谢绥的那张照片上。

照片应该是人偷拍的,谢绥坐在座位上,手里拿着几张纸,光从教室外照进来,在他的睫毛下投下阴影,神情冷淡又慵懒。他衬衫洁白,气质清冷,是所有校园小说里都会有的校园"男神"的样子。

下一张谢绥应该是发现了被人偷拍,按着纸望向镜头,眼眸幽深,视线凌厉又冰冷。他的桃花眼不带笑就显得疏远,格外难以接近。

"还是帅的。"宋喻感叹了一句。

上次他教训了祝志行一顿,那些流言蜚语一时半会儿也没传过来。其实他还挺乐意看到事情这样的发展,谢绥就应该这样光亮而优秀地活着。

有人在楼里科普了这是市状元,粉丝们的尖叫瞬间又翻了几页,"谢神优秀""神仙哥哥"这样的感慨层出不穷,伴随着各种"啊啊啊"和"呜呜呜"的惊叹,看得宋喻又想退出页面了。

这些女生感情那么充沛的吗?一个字要重复好多次,你们打字不累吗?

但在宋喻正要点击退出的时候，又一次看到了自己的名字。

231楼："这样长得好成绩好的人才值得拥有粉丝。搞不懂那个不敢露脸的'炮仗'怎么人气也那么高？"

宋喻："……"

233楼："搞不懂，这都要提我喻哥？"

234楼："喜欢谢神和喻哥不矛盾！"

235楼："笑死，上面的马屁精又来了。那么厉害，让你们喻哥考个市第一，当个校草呀。"

双方争吵了不少于三百回合。

后面来的围观路人忍不住感慨。

512楼："你们喻哥真是自带腥风血雨的男人。"

513楼："喻哥就是腥风血雨的代言人。"

宋喻："……"

论坛上捧"谢神"和"喻哥"两个派别的人争论不休。

本来以宋喻的长相，他的照片也该被放论坛上的，只是他和王辞闹成那样，高一（一）班的女生们有些胆小就不敢发了。但她们心痒难耐，好想告诉所有人，他们班除了谢神，还有一个大帅哥，而且两个人还是同桌。

宋喻把论坛上的那张照片存下来，发给了谢绥。他刚洗漱过，眼皮懒散地耷拉着，睫毛潮湿，看起来特别乖巧。

宋喻："看，这是你。"

谢绥动用许诗恩给他的钱，以一个神秘身份联系上了上一次梦里的手下曲荣。现在这个时间，没记错的话，恰好是曲荣被裁员且母亲重病的时候。

他靠着床，眉眼冷淡，手指在键盘上飞快打着字。

宋喻的消息发来时，曲荣已经在和谢绥的谈判中彻底败下阵来。

在人生最崩溃的时候，那个从云端跌落的落魄男人只能紧紧抓住唯一的机会："好，你现在给我三十万，我撕破脸也会回谢氏。"

他垂下眼，嘴角勾起，在电脑上发出"合作愉快"，便不再理曲荣。他拿过手机打开对话框，见宋喻发来的是他的两张照片。

宋喻还在发着消息："谢神，你在论坛上拥有粉丝无数你知道吗？好多人喜欢你。"

他说这些是真的为谢绥开心。

谢绥你看，本来就有很多人为你疯狂，你甚至是他们眼中的光。

谢绥的手指一顿，不知道为什么又想起那一天晚上，深巷高墙，那个抱着数学书，乖巧清秀的少年。

谢绥笑了一下，回了一个很简短的字："嗯。"

宋喻："嗯什么嗯！你太冷淡了！我把论坛地址发给你，让你看看你的粉丝们是怎么夸你的。"

谢绥："你呢？"

宋喻："我什么？"

谢绥睫毛微颤，幽深的瞳仁里带了一点儿笑意，慢慢打字回复："很多人喜欢我。多少人喜欢你？"

宋喻："你什么意思？开始炫耀了？"

宋喻："肯定也有很多人喜欢我！你去看！我的名字到哪儿都能掀起腥风血雨，粉丝不比你少的。"

谢绥忍住笑意，回复："哦。"

宋喻瞪眼，急了。

宋喻："我骗你干什么，你等着，我给你地址，你去看！"

谢绥点进宋喻发的链接，帖子名为"为什么谢神有专楼，我们喻哥没有？喻哥的粉丝们过来打卡"。

1楼："打卡。"

2楼："打卡！"

4楼："打卡！"

5楼："我不服他们说喻哥就是个'炮仗'！"

6楼："我也不服。"

……

71楼："不知道为什么，我始终觉得，像喻哥这样肆意妄为的少年，在现实里一定也非常可爱，嘻嘻。"

谢绥的视线停留在这一条评论上，嘴角上扬。

第二天早上宋喻起来的时候，白姨已经在倒牛奶了，桌上有三明治、鸡蛋、粥、油条，摆得满满的。

宋喻吓到了："这也太丰盛了，我肯定吃不完。"

白姨擦着手，笑着说："第一次给你做早餐，也不知道你喜欢吃什么，就都准备了一点儿。"

宋喻说："谢谢白姨，不过以后准备牛奶和面包就够了。"

白天宋喻没什么安排，晚上是新生大典。

这一天，大部分学生都会去购买生活用品，但他的一切孟外婆都提前安排好了，什么都不缺，他就显得无所事事。

宋喻咬着面包翻手机。他这个QQ加的人非常少，一有消息，马小丁阴森森的贞子头像就顶在最前面，特别显眼。

贞子不忘挖井人："喻哥，开学以前的老对头第一天就跟我找碴儿！学校校门口，我去也，勿念。"

宋喻："……"

不学无术，开学第一天就惹事，你还是回家种田去吧！

自觉代入学霸身份的宋喻，给马小丁发了六个点。

虽然他不需要准备生活用品了，可谢绥应该是要的。谢绥又独来独往惯了，从小到大没什么朋友，肯定没人陪，真可怜。

于是，善解人意的宋喻给谢绥发信息："一起去超市吗？"

不一会儿，谢绥回消息："嗯。"

宋喻出门的时候，谢绥已经在等了。

少年在公寓楼下的林荫道前闲散站着玩手机，听到动静便抬起头看过来，神色自然，眸光像未散的晨雾，淡而遥远。

"那么快？"

宋喻可是发完消息就往楼下跑的，可看谢绥这姿势，像是等了很久。

谢绥道："出门吃完早餐，回来路上收到你的消息的。"

"哦哦。"刚走两步，宋喻马上发现了问题，停下回头问，"吃完饭就回来了,你今天本来不打算出门的?"

谢绥风轻云淡:"嗯,不打算,陪你。"

宋喻:"……"

所以到头来是他自我感动、多此一举?

两个人都没什么要买的,逛得索然无味。宋喻秉着不能白来的想法,干脆在零食区买了很多东西。

在这里聚集的女生很多,她们穿着景诚中学的校服,视线疯狂地往他们这边投来。

那视线太炙热,宋喻想不注意都难,他时不时就往后面看。但他一回头她们就马上装模作样地聊天、玩手机、低头。

"你有没有发现她们一直在看我们。"宋喻拿一包薯片挡着脸,凑到谢绥身边说。

谢绥说:"发现了。"

宋喻说:"那眼神看得我鸡皮疙瘩都起来了,等等,你看见没有?她们好像又看过来了!"

谢绥淡淡地往那边望一眼。他身高腿长,气场强大,吓得几个女生向后一缩,默默转身。

宋喻问:"你不生气?"

谢绥垂眸,神色淡然道:"这包薯片你要不要?"

宋喻看他的态度,觉得自己小题大做了。他挠挠头,低头看一眼购物车内还没有这种口味的薯片,点头道:"要。"

走到另一边,宋喻看到了放在架上的薄荷糖,眼睛一亮:"这个,我小时候特别喜欢吃。"

谢绥笑了一下。

对于谢绥来说,陪人逛超市是一种很新奇的体验,新奇而无聊。

他开始从宋喻的神情动作中,猜宋喻喜欢的颜色、喜欢的东西、喜欢的口味。这事情同样无聊,却好过无事可做。

对于谢绥来说,想要讨好一个人真是太容易了。

压抑而灰暗的孩童时期、糟糕又恶心的学生时代,给他的影响说小不小,说大不大。他曾经敏感自卑,情绪被人轻而易举地操控,最后，他成了掌控别人情绪的人。

谢绥看了一下时间，逛了四十分钟，便和宋喻走出超市。

宋喻问："你要不要去我那儿吃午饭？"

谢绥笑道："谢谢，不了。"

九月暑气未散，走到公交车站没几步路程，宋喻提着一个特别大的袋子，里面满是零食，脸色泛起薄红，是热的。

A 市足不出户的大少爷，什么时候受过这种苦呢？

但是他不想喊出租车。

宋喻很忙。他要用手机查公交路线，又要看站牌，手里还提着一个特别重的袋子。他被树上的蝉鸣搞得烦不胜烦，皱起了眉。

谢绥捋起袖子，露出白而有力的手臂，从他手里接过零食袋子，说："你查，我先提。"

宋喻觉得不重，也就干脆给了他。

"7 路，258 路。"宋喻查完公交路线后说。

旁边等车的人中，有两个穿着裙子，背着双肩包的女生。

7 路公交车来了，穿黄裙子的女生打算上车，却被后面的女生拦住了："别，7 路是正门，那边有人惹事，我们坐 305 路。"

黄裙子女生一愣："惹事？谁呀。"

后面的女生撇了一下嘴，回道："不知道，寝室群里有人跟我说的。他们在正门对面的那条巷子里，好像很凶，我们还是避一避吧。"

本来上前一步的宋喻又停下脚步，嘴角扯了扯，神色有些难看。

宋喻道："等一下。"

宋喻直接打电话给马小丁。

电话马上接通，马小丁那边的环境有些嘈杂。

宋喻冷冷地说："一个上午还没完事？"

马小丁吼得特别委屈："不是啊喻哥，我们在校门口起了争执，被保安误会要打架，不知道是哪个多管闲事的路人告的状！现在我们已经转移战地，在奶茶店玩手机游戏呢！"

宋喻愣了一秒："你们闹到奶茶店去了？"

马小丁:"是!我们决定来一场男人间的电子竞技!"
宋喻:"……"

他刚想要挂掉电话,忽然马小丁把声音放低了好几个度:"喻哥你快来,快来,我发现祝志行这小子也在临清街,他看起来正在打什么坏主意呢。"

宋喻想了半天才想起祝志行是谁,瞬间气笑了:"我记得我说过——"

"要你记住王后雄而不是祝志行!"这句话还未来得及说出口,马小丁就义愤填膺地打断了他:"这个家伙,现在跟在陈志杰身后当马屁精。陈志杰看不惯谢绥在论坛上出风头,他们现在正计划着当着女生的面让谢绥难堪。祝志行说他知道谢绥家里只有一个老人,要是谢绥敢有什么动作,就拿他奶奶威胁他。你听听!这说的是人话?

"等我这把游戏打完,我就去警告他,喻哥,你来吗?"

宋喻把前面剩下的话吞回去,他咬了一下牙,眼眸里流露出冷光,声音也冷了下来:"来,地址给我。"

宋喻挂了电话,偏头去看谢绥,想了想说:"我等下要去……找个人,你跟我去吗?"

谢绥:"……"

他觉得,宋喻来景诚中学真的每天都很忙。

谢绥心中忽然生起很浓的兴趣,幽深的眼眸静静地凝视宋喻。良久,他嘴角勾起,说:"去。"

马小丁把地址发给宋喻,在学校附近的临清街。

临清街是一条休闲娱乐街,是很多学生课后玩乐的场所,也是不良青年聚集地。

宋喻下车后,四处望了望,没找到地方,于是发信息问马小丁:"我到临清街了,说下具体地点。"

贞子头像半天也没有闪动,一时半会儿马小丁也不知道怎么描述,这地方太偏,也没什么标志性建筑。最后他的视线往外一瞥,灵光一现,骨子里文艺青年的灵魂跃跃欲试。

贞子不忘挖井人:"喻哥,你抬头看天。"

宋喻握着手机,呆了几秒,鬼使神差地听他的话,抬头看天。

电线杆上停着一些鸟雀,蓝天一望无际,浮着几朵云,没什么特别的,仔细留神也没看到哪栋楼的窗边有人探出头跟他招手。

宋喻不明所以地打字:"什么?"

马小丁这次回得特别快:"你有没有看到一朵像棉花糖的云?"

宋喻:"……"

马小丁心花怒放地继续说:"我就在那朵云的右边!你跟着它来,就能找到我!喻哥,我游戏快开始了!等下聊!"

宋喻:"……"

这人有病!

谢绥看宋喻的脸色,温柔一笑,问:"怎么了?"

宋喻关了手机,面无表情道:"没什么。"

谢绥失笑,问:"奶茶店的名字叫什么?"

宋喻思索了一会儿:"什么华来着的。"

谢绥抬眸,看了一下这条街。

他对C市记忆非常鲜明,当初他为了赚钱,基本跑遍了学校附近的地方。对于名字带华的店铺,他很快有了记忆。

谢绥瞳眸微凝,提着塑料袋,长腿往前跨了一步,说:"我知道,跟我来。"

宋喻一个初来乍到的,当然是选择乖乖听话了。

穿过马路,绕进了两栋楼间的一条小巷,又往前走了几步,是一个楼梯。

谢绥说:"在二楼。"

宋喻张大了嘴,非常惊讶地问:"这里那么偏的,你是怎么知道的?"

谢绥笑了一下:"以前在这儿兼过职。"

宋喻卡壳了一秒:"那你这兼职的种类还挺多。"

谢绥没回答这个问题,眼眸微眯,问:"你去找人,连地方都不知道吗?"

宋喻摆手："别提地方了，我连要找的人长什么样都不知道。"

谢绥："……"

这也的确是宋喻的风格。

二楼，奶茶店。

宋喻走进去的时候，马小丁已经输了，把桌子拍得啪啪作响。他气急败坏地摘下耳机，拿手去捶旁边的小胖子，埋怨道："最后团战的时候叫你别上，你非要上，气死我了！这局输了你背锅！"

小胖子抱着头痛苦地说："我错了，我错了，丁哥，我错了。"

"啧。"坐在离他们很远的地方，一个又高又瘦穿着白T恤的少年嗤笑出声，"得了吧马小丁，这锅你还是老老实实背着吧。你就是你们队的突破口，九分之一的战绩，牛啊牛。"

马小丁表示不服："游戏中途，我手机突然弹出通知！这把不算！再来！"

穿白T恤的少年撇嘴："输不起就输不起，借口那么多。"

马小丁："赢一把游戏看把你狂的。今晚九点，寝室门口，我们再比别——"

他放出的狠话骤收，最后一个"的"字吞回去，瞪大眼睛盯着走进来的人，傻了。

宋喻上楼的时候一直在打马小丁的电话，结果马小丁全心全意投入游戏之中，手机屏蔽了电话，根本没接。

现在看到他活蹦乱跳地和人吵架，宋喻面色冷淡把电话挂了。

马小丁看着他，整个人呆若木鸡。

喻哥怎么来得那么快！！

他还没来得及解释，宋喻已经大步跨过来，神情阴沉得恨不得把他剁了。

马小丁举手投降："喻哥，我可以解释，我刚刚是真没听到手机响。"

宋喻冷笑着翻出他们的聊天页面："别急，你先给我解释解释，那朵像棉花糖的云在哪儿？"

马小丁："……"

现在的人难道都没一点儿浪漫情怀吗？跟着云走难道不是特别有诗意的事？

马小丁捂着被揍的额头，走在前面："我出门上厕所的时候，听见他们一边走一边聊那些龌龊事，太气人了。走，喻哥，我们找他们去。三楼，三楼，我亲眼看着他们上三楼的。"

宋喻扯了一下嘴角，一点儿都不想和马小丁多费口舌。他专门放慢脚步，等着谢绥。

马小丁的"跟班"们都心惊胆战地看着这个让刺儿头都点头哈腰的少年。他看起来细皮嫩肉的，只是下手的动作丝毫不含糊，一看就不是好惹的。而且重点是……他后面跟着的，是不是谢绥？

这几个人和谢绥是中学同学，对他的印象除了成绩拔尖和样貌出众外，就是沉默和孤僻。只是现在，他和他们记忆里的那个人有点儿不一样了。

相同点还是有的，他身上那股拒人于千里之外的清冷味没变，但给人的感觉很不一样了。

以前的谢绥像是在黑暗里顽强生长的藤蔓，身上长满了刺，压抑而麻木地活着，看一眼就能感觉到灰暗。

现在却不同，他那种灰暗成了一种说不明道不清的气质，一举一动都显得非常优雅从容。他的眼睛带笑或不带笑都有点儿冷意，散发危险气息。

几个人跟在后面沉默不语。

宋喻在楼道里抬头问谢绥："你还记得我跟你说的，开学要让祝志行长个教训吗？"

谢绥步伐一停，瞬息之间就得出结论。他幽深的眼眸凝视着宋喻，轻笑道："所以你说的教训，其实是给我报仇？"

宋喻顿了一下，开始反思自己是不是显得太殷勤了，无事献殷勤非奸即盗。他心虚地说："不是，是他们家做的菜太黑心。"

谢绥："哦？"

马小丁现在已经把谢绥当作自己人了，毕竟喻哥的同桌也就是他的朋友。

他在前面带路，听不太清，只听到谢绥的问话，为了重新树立在喻哥心中的形象，他上赶着给宋喻邀功："那可不是？本来喻哥不准备来的，他打算好好学习不理这些破事。结果一听我说祝志行那傻子想整你，话到嘴边就马上转口，问我要地址，马不停蹄地赶了过来！你说这义不义气？啧，谢绥，我们喻哥对你是真够意思。"

宋喻："……"

马小丁，你话太多了。

宋喻刻意放慢脚步，想起马小丁说的那些话，越想心情越烦躁。

他在梦里看到谢绥校园时代遭受到的欺辱太多了，他也实在记不起祝志行这号人了。可拿谢绥奶奶威胁人这一招，当初谢绥的第二个"好朋友"也用过。

拿至亲之人威胁，太下作了，宋喻都不知道那人是怎么想出这种伎俩的。

宋喻说："我还是觉得，他应该给你的前三年一个道歉，一个解释。"

谢绥的睫毛一颤，似笑非笑。

宋喻盯着楼梯，一步一步往前走，淡淡道："对，就是这样。"

祝志行现在是被马小丁吓着了，不敢乱传播谣言，但以他的品行，难保以后不会做出更过分的事。不如给他一次难忘的记忆，让他深刻认识到，什么话能说，什么话不能说。

马小丁气势汹汹地到了三楼，这里是一个小型台球厅，属于私人场所。

台球厅不大，房间里摆着八张台球桌，白色的灯光下聚集着很多人，大多数是一看上去就不好惹的青年人，坐在各个角落，抽烟的抽烟，打牌的打牌，玩手机的玩手机。

真正打球的只有最右边那一桌，旁边围着不少人，随着打球声，不断喧哗起哄。一片乌烟瘴气。

马小丁一到门口，看到里面的情况，狠话立刻吞回肚子里，刚刚那种意气风发的架势瞬间没了。

"喻哥……"马小丁惨兮兮地回头，脸皱成苦瓜，"好，好多人，要不我们还是等下次逮着他落单的时候再找他理论吧。"

你们都开了，还走得了？

宋喻的嘴角一抽，在后面直接一脚踹到了他的屁股上，没好气道："就你这样还是什么老大？"

真是他见过最幼稚的老大。

马小丁没抓紧门，一个踉跄往前，就站在了众人面前。

他的贸然出现自然引起了很多人的注意。

许多人挑着眉眼看过来，目光都不是太友好。

台球厅里面是一个饮品区，正放着轻缓的歌，冷色调的彩光照在每个人脸上。

马小丁快哭了。他不过是个学生，哪来的胆子在这群社会的不良青年面前装大佬。他下意识往后看，吞了一口口水，双腿发颤……

他可不可以现在逃？

一个扎脏辫的青年摁灭烟头，看马小丁这惊慌失措的模样，吹了一下口哨："走错地方了吧小朋友，这可不是好学生来的地方。"

马小丁根本不敢接他的话，求助的视线频频看向宋喻。

宋喻瞥他一眼，淡淡道："出息。"

他往前一步，代替马小丁成了众人视线的中心。

少年身材挺拔，白衣黑裤，发色和瞳孔都是浅褐色的，睫毛又卷又长，肤色细腻，乍一看觉得温和无害，只是他的视线看过来的时候，那种戾气和乖张还是不自觉流出，气场强大。

"小孩，你来找妈妈的？""脏辫男"根本没把他们一群人放心上，嘴角一咧，出言嘲讽。

宋喻懒得理他，偏头问马小丁："祝志行是谁？"

马小丁还愣着。

宋喻重复："祝志行是谁？"

马小丁从他语气里听出了寒意，哆哆嗦嗦地踮起脚张望。只是这里聚集了太多人，又吵得很，他探头探脑半天也没看到祝志行。

"脏辫男"啧了一声，有点儿不满意被无视。他站起身来，皮笑肉不笑地说："不是找妈妈那好说，哥哥我帮你找。"

他在这群青年中应该身份挺高，旁边人看他的动作都不敢出声，嘈杂的环境一瞬间变安静了。他往里面吼了一声："祝志行，谁是祝志行？快滚出来！有人找上门了！"

这时被一群人围着的台球桌边忽然响起掌声、欢呼声和口哨声，球杆击球的声音清脆悦耳，看样子是打了一个漂亮的球。

"脏辫男"的声音在这样的喧哗里依旧明显。

球桌边几个人听到了，他们转身往门口看。他们之间露出了空间，球桌上最后一个黑球正颤巍巍地沿着绿色桌面往角落里的球袋滚。

马小丁的眼神终于好了一回。他透过缝隙看到人，手指指向站在角落一个又矮又瘦的男生，大声道："喻哥！祝志行那小子在那里！"

被点到名字的祝志行猛地瞪大眼睛，往他们这里看了过来，看到是马小丁后，脸色瞬间难堪至极。

一声闷响，黑色球落袋，一局结束。

站在球桌前一个穿格子衫看起来二十多岁的男人站起来，慢悠悠地擦着球杆。

"脏辫男"拍拍手，往前走："老陈，你这来了一群小朋友要找人，还不赶紧帮忙找找？等急了小朋友可是要哭鼻子的。"

穿着格子衫的男人是单眼皮，长着薄唇，穿着鼻环，整个人看起来就是一副不好惹的样子。他瞥一眼门口，说话冲得很："让他们滚！"

"脏辫男"意料之中般的笑了，说："你这就不够意思了吧，人家都来了，也不把他们留下来玩玩。"

马小丁和仇人见面分外眼红，恨不得立马冲过去把祝志行拖出去。他连害怕都忘了，跟宋喻说："喻哥，就是这个小子，骂你骂谢绥，还出那种损招。"

祝志行跟在一个穿着长相和"格子衫男人"很像的少年身边，恶狠狠地瞪了马小丁一眼，然后踮起脚，凑在少年耳边说了些话。

少年穿着景诚中学的校服，表情十分桀骜，大概率就是祝志行巴结上的那个人了，名字叫陈志杰。

祝志行长得很猥琐，用恶毒的眼神看了马小丁一眼。

陈志杰挑起眉，视线不屑地落在马小丁身上，问："这就是找你麻烦那个人？"

祝志行立刻添油加醋："就是他，这小子是我们以前中学的刺儿头，无法无天惯了，还说根本不把你放在眼里。"

陈志杰嘲讽一笑，眼里的不屑都快溢出来："什么东西？"

他走到"格子衫男人"旁边，说："哥，先别急着赶人，这些都是我的同学。"

他的视线落到他们身上，嘴角勾起不怀好意的笑："都是来找碴儿的，进来了，哪那么容易走。"

室内的气氛一瞬间降到冰点。

"脏辫男"还跟着起哄："老陈你看，你弟弟就比你会做人多了。"

不良青年们哄笑起来。

"来找碴儿的同学？"

"哈哈哈，找到我们这儿，怕不是来搞笑的。"

"我先去关门。"

坐在门口的一个青年人幸灾乐祸笑起来，一脚踩灭烟，脚一勾把门关上，然后站起来说："小朋友，今天就别走那么快了。"

马小丁的跟班们瞬间脸色煞白。他们归根结底也不过是一群年轻学生，面对这些人下意识心中恐惧，现在被逼到这个地步，人都傻了。

"脏辫男"笑眯眯的，一脸不怀好意，"格子衫男人"的小眼睛缓缓眯起。

陈志杰还在说："听说你们找祝志行？"

马小丁一咬牙，干脆豁出去了。如果对峙时他都怕了那还得了。

自认很有责任感的马小丁色厉内荏道:"对!我和祝志行有私人恩怨,你把他给我们,我们马上就走!"

宋喻暗叹一口气,这个笨蛋。

片刻之后,不出意料,是室内所有人的放肆嘲笑。

"脏辫男"笑得特别夸张。他扶着台球桌,擦擦眼角,说:"小朋友,你这是还没搞清楚状况,这不是你走不走的问题,而是你和你的小朋友们,走不走得了的问题。"

马小丁真的怕了,悔不当初地想自己为什么要把喻哥拖进来。他手心出汗,颤声道:"我……"

陈志杰也笑,不过笑得没那么夸张。他说:"这样吧,毕竟是学弟。我也不为难你。今晚我们来玩个游戏呗。你要是赢了,我就放你们走,把祝志行也交给你。你要是输了,星期一早上在操场学狗叫,怎么样?"

宋喻都看不下去了,想把马小丁扯下来,换自己上。只是他刚想出面,肩膀上就多了一只手,是谢绥。

宋喻一愣,偏头看去。

谢绥表情没变,精致的五官在冷光下更显得没有一丝烟火味。

星期一在操场学狗叫,那就是当着全校的面尊严扫地,更何况,马小丁以前还算是学校里的风云人物,这对于一个少年来说,是莫大的侮辱。

马小丁气得脸通红,握紧拳头。只是怪他自己鲁莽,带着其他人一起走到这个地步。

他咬了咬牙,瞪着他们问:"比什么?"

陈志杰跟"格子衫男人"说:"哥,借一下场地。"

"格子衫男人"看他们就像看小学生,他双手抱胸,往后退了一步,扬了一下下巴,说:"你用。"

陈志杰把校服外套一脱,拿起球杆,朝马小丁得意一笑:"斯诺克,会吗?"

室内的社会青年们眼里都是看戏的目光。

这家桌球室是陈志杰哥哥的,陈志杰耳濡目染也跟着学,不说是高阶玩家，欺负欺负新手也是绰绰有余。这摆明了就是不公平的竞争，可是现如今那个倒霉蛋，不会也得会。

马小丁傻了。他会打台球，但平时都是八球和九球，没碰过斯诺克。

宋喻的视线穿过人群，落在祝志行身上。

他很矮很瘦，脸上长了很多青春痘，样貌猥琐，畏畏缩缩。碰到宋喻的视线，他头也不敢抬，就默默站到陈志杰后面。

卑鄙、懦弱，而就是这么一个人，却让谢绥过了三年噩梦般的生活，还试图伤害谢绥奶奶。

宋喻本来觉得谢绥已经放下，那就没必要追究，只是谢绥善良宽容，有的人却不会改过自新。而且，或许谢绥还差一个道歉，一个解释。

宋喻回头跟谢绥淡淡道："带他们退后。"

谢绥垂眸，盯着他。

宋喻往前一步，按着马小丁的肩膀，把他往后面拖。

马小丁心中又是愧疚又是担忧，有点儿不明所以，却还是下意识地信任喻哥。

宋喻神情从容，站在灯光下，嘴角的笑意却很冷："我和你打，不过规则我要改。"

陈志杰根本没把看起来文质彬彬的宋喻放心上。他甩了甩手，邪笑道："你觉得你有资格和我们谈条件？"

"怎么没资格？"宋喻突然伸手握住了球杆的另一端，两步跨上去，就把陈志杰拽到自己面前，揪住他的衣服，笑容又痞又冷，说，"你可以试试，你们一伙人和我打。"

旁边围观的青年们都收了戏谑的心思，神色凝重下来。

就宋喻刚刚出手的那股利落劲儿，一眼就能看出来是练家子。

"你——"陈志杰涨红了脸，觉得自己颜面全无。他想挣扎反抗，可揪着他衣领的手如铁一样，勒得他呼吸加重，快要窒息。

"脏辫男"上前，看样子是要掰开两个人。

宋喻从陈志杰手里抽出了球杆，手臂一扬，尖端就停在了"脏辫男"的眼前。

"脏辫男"瞬间僵硬在原地，死死地盯着宋喻的侧脸。

只是宋喻的视线都没放在他身上，越是这样漫不经心越是让人胆寒。

宋喻说："祝志行我今天一定要带走，没必要加进规则里，所以改规则。我赢了，你星期一到操场学狗叫，我输了，我认罚。辱人者人恒辱之，我今天给你上一课。"

陈志杰得了喘息的机会，往后退，怒火中烧地喊："哥，我不玩了！动手！"

"格子衫男人"也没了那种散漫的神情，往前走了一步，阴森道："小屁孩儿，你也太狂了。"

宋喻挑了一下眉，不是很谦虚地笑道："还行吧。"

还是那句话，反正没缺过打。

"格子衫男人"脾气暴，脸色一变，一拳就揍了上来。

旁边的人自然也不可能傻愣着，一哄而上，打算把宋喻摁住。

"喻哥！"马小丁神色大变，冲上去怒吼，"敢动他，你们没好果子吃！"

"脏辫男"心里气得呕血，揪着马小丁冷笑道："我的地盘，天王老子来了，我也不怕。"

"喻哥！"

马小丁又气又怒。在他心里宋喻一直是一个瓷娃娃，一碰就会碎的那种，宋喻要是出了什么事，他怎么跟他爸交代？孟家对他们家有救命之恩，他又怎么跟孟老夫人交代？！

"脏辫男"往后面吼："把这群臭小子摁住，别让他们帮忙。"

马小丁急得眼睛都快红了，奋力挣开"脏辫男"的束缚，说："放开我！孟家，你惹他就是惹上孟家！"

"脏辫男"嗤笑了一声。

对他来说，"孟家"这个词太遥远，不是那个圈子里的人，也不会清楚。

马小丁心里一片绝望，悔不当初。他就不该什么都不了解，直接把喻哥喊过来，这次他是踢到铁板了。

谢绥站在旁边倒不是很急，幽深的眼眸如初雪般凉薄。他认真地觉得……宋喻会给他特别多惊喜。

台球桌边一片混战，不时响起青年们的话语。

"狂！"

"我叫你狂！"

然而之后响起的却是这伙人的惨叫声。

宋喻看着他们，想起了自己叛逆又肆意的学生时代。

他在梦外的世界出身不差，格斗技巧和体能都不弱。小时候遇到绑匪后，家人加强了他自保方面的训练。

宋喻真的可以单挑这一群只靠人多造势、实际上毫无格斗技巧又怕死的不良青年。

现在住学校，不用怕让孟外婆担心，宋喻下手更加肆无忌惮，踹人狠厉无比，动作似乎都带风。

马小丁那群人都吓傻了，愣愣地看着球桌边冷光下的少年。

宋喻打架一气呵成，一根球杆在手，来一个揍一个，来两个打一双。他的力气大得惊人，根本没人擒得住他，下手又快又狠，犹如野狼。

宋喻用脚踹开一个人，唇齿冷笑，抓着"格子衫男人"的衣领，把他的头摁到了球桌上。

这群人到底是贪生怕死，看到前面的人被打的各种惨状后，任由"格子衫男人"撕心裂肺地怒吼，都面面相觑，不敢上了。

"你！"穿格子衫的男人从来没想过，一个看起来那么虚弱的少年有这样的力气，他咬牙切齿，虚张声势道，"我还有人没出来！你不可能走出这扇门。"

宋喻喷了一声，笑着说："兄弟，你现在搞清楚状况没，这不是你放不放我们走的问题，是我想不想走的问题。"

"这门锁得好。"宋喻的手一用力，"格子衫男人"的头又狠狠地撞上了台球桌面。在青年的惨叫声中，他笑道："看你弟弟这德性，估计你也不是什么好货。今天我们来关门打狗。"

说到最后四个字,他的嘴角一勾。

"格子衫男人"突然怒吼:"黑子!黑子!快给我滚出来!滚出来!"

外面闹得打得热火朝天,台球厅里面的那个饮品区的歌却还是放得很大声,"格子衫男人"这声吼叫几乎要震得这层楼抖三抖,里面终于有了动静。

"什么破事,我玩牌玩得正开心呢。"几个人从里间骂骂咧咧地走出。

"格子衫男人"的小眼睛里满是恶毒,恶狠狠地说:"我兄弟都在这儿,他们干架都是动真格的!你完了!"

动真格?宋喻满不在乎地笑道:"上次有人也跟我说动真格,然后被警察带走了。"

"什么事!"那群人走过过道,顶着耀眼的五颜六色的头发,为首的那人一头红发迎风招展。

宋喻望过去,"红毛"望过来。

熟人见面,长久的沉默。

"格子衫男人"拍桌大怒:"我被人砸场子了,你平日在我这里白吃白喝,现在还不过来帮我教训这群小崽子?!"

"红毛"一动不动,盯着宋喻的脸。

宋喻先笑了,主动打招呼:"哟,好久不见。"

"红毛"和他身后的"彩毛"青年们面目扭曲。

上一次巷子里被谢绥出手的那一顿,现在对他们来说还是阴影,吃了一肚子哑巴亏。

而且看宋喻现在的架势以及旁边一群神色惶惶的人就知道,宋喻也不简单,他们都是刺儿头。

下手又狠又不要命,还会报警,刚出来的"红毛"真是再也不想看到宋喻了。

"格子衫男人"被这气氛搞得有点儿蒙。

"红毛"盯着眼前的情况看了半天,不知道该怎么办。他往后一瞥,他的一群小弟有的现在还带伤,见宋喻跟见了瘟神似的,都自觉往后退。

"红毛"："……"

宋喻已经放开了"格子衫男人"。

"格子衫男人"再也没那份精力上去逞威风，径直往后退，大口喘气。陈志杰也是，脸都白了。

喘完气，"格子衫男人"一指宋喻，对"红毛"怒吼："他，就是他！你不是连云街的老大吗？现在对付这么一个小子还怕了？这个王八羔子过来砸我场子！"

"红毛"的嘴角扯了扯，脸上的疤显得更加狰狞了："来砸场子的……"

一室的人屏息凝视，就听到"红毛"偏头，跟"格子衫男人"慢吞吞地说："……要不我们报警吧。"

此话一出，空气都安静了。

"格子衫男人"气得不行，恨不得一巴掌招呼在"红毛"脸上。但他毕竟还有点儿理智，怒吼："报警？你认真的？"

"红毛"神情僵硬了几秒，眼里的情绪非常明显，就是"这事我不想管"。

室内一群不良青年，包括躺着倒着哀号着的，此刻表情都如出一辙的惊讶和恐惧。

本来以为是羊入虎口，没想到是自己引狼入室，请神容易送神难，难道这尊瘟神就待在这里了？

"脏辫男"也被这件事情的发展给搞蒙了，抓着马小丁的手都不自觉松开了。

马小丁的神情没比他好到哪里去，拼命用手揉着眼，怀疑自己是在做梦，不禁感叹：喻哥那么猛的吗？

陈志杰虽然自认自己的名字在学校是响当当的，但其实都是仗着人多势众欺负同学整出的恶名。

别说宋喻，"红毛"那群手下，他都没一个打得过的。遇到这架势，他脸色苍白，躲在他哥后面，话都不敢说了。

至于给他当跟班的祝志行，已经吓得快昏厥了。

宋喻手一撑，动作利落潇洒地坐到了球台上，拿着杆，笑着看"红毛"，问："听说你打架动真格？"

"红毛"："……"

这一刻，他脸上的疤似乎都透露出一种沧桑。

"老大，我们怎么办……"染着绿头发的小弟颤巍巍地上前一步，哆嗦着问。

"红毛"心如死灰地回头看了小弟一眼，什么都不想说。

"格子衫男人"难以置信地瞪大眼睛问："你们还怕他？！就这么一个小孩！"

"红毛"阴狠地看他一眼，毕竟曾经是一条街的老大，那股子气场还是在的。

"格子衫男人"被他瞪得喉咙一紧，话噎回去，涨红着脸，死死地盯着宋喻。

"红毛"两次遇上宋喻，都是他们上赶着去欺负人，到头来自找麻烦。现在宋喻过来踢馆，他内心的绝望泛滥成河。

"红毛"磨了一下牙，努力挤出一个堪比面对仇人的笑容，开口："这位……小朋友。"

宋喻微笑，摸着球杆客气地说："别呀，'弟弟'，我今天不找你麻烦，你也别给我整套近乎这一套。"

"红毛"："……"

众人心想：真狂！

马小丁心中宋喻的形象打破又重建，从一个"泥菩萨"变成了"活阎王"。

喻哥不愧是喻哥！看这坐姿，看这说话的语气，看这又冷又痞的笑容，马小丁觉得自己三年当的老大就是过家家。

宋喻下巴一扬，视线落到陈志杰身上，嘴角勾起，语气缓慢又嘲弄："斯诺克，来吗？输赢惩罚，我现在有资格定吗？"

有资格定吗？

这话如同一巴掌火辣辣地拍在他们脸上。

陈志杰低头，浑身都在颤抖，一句话不说，把自己藏在阴影里。

"红毛"左看右看，差不多搞清楚了状况。他咳了一声，在脑海里给自己催眠只当自己是个知心哥哥，努力放柔声音："嗐！我当多大点儿事呢！不就是同学间闹矛盾吗！怎么还闹到这份上了呢！"

只是他长得凶，一旦做出和蔼可亲的样子，反而显得面目更加扭曲狰狞，看得一群人毛骨悚然。

"红毛"一只手拍在陈志杰的肩膀上，把陈志杰拍得抖了三抖。他撇撇嘴，笑眯眯地说："小陈，不是你黑哥说你。你们都是一个学校的，以后出了社会还不得相互扶持。走，有误会就道个歉，没误会就解释清楚，去和你同学握个手，就当和解了！大家还可以痛痛快快地坐下来打打球，聊聊天。"

陈志杰："……"

"格子衫男人"："……"

一群人："……"

称霸一条街的老大，在这里像个老妈子一样和稀泥？！

"红毛"第一次干这种事，被旁边的人越看越觉得心虚，最后恼羞成怒，撒手不干了。他踹在桌子上，本性暴露："那你们要我怎么做？我上次才被他送进去！打不过不知道跑？我不管了！绿子，我们走！"

"格子衫男人"快气死了："你！"

陈志杰脸色一白，低着头，肩膀又蔫了点儿。

"红毛"视线笔直向前，看都没看宋喻，六亲不认地走到门口，一把掀开拦着门的小弟，骂骂咧咧地出去了。

他的手下们吞吞口水，也不顾"格子衫男人"的怒骂，一溜烟地跟上，一点儿都不想和这尊瘟神在一个房间。但他们还是走得非常注意气势，统一用鼻孔看人。

关上门后，外面响起了飞快下楼梯的声音，每一步都透露着解放般的欢快。

马小丁对宋喻的敬佩又拔高了一重，眼里都快有星星了。

谢绥站在暗处，沉默地看着宋喻，表情若有所思。

事态闹到这一步，成了僵局，现在一切都掌握在宋喻手里。他是步步紧逼还是后退一步，别人根本无法干预。

马小丁终于扬眉吐气，兴冲冲地往前走。他刚刚被这群人羞辱嘲讽，现在说话声音都大了点儿："喻哥！"

我们现在是不是要教他们好好做人？从此在这条街留下我们的传说？

马小丁激动地摩拳擦掌，结果就看到他的喻哥从桌子上跳了下来，将手里的球杆也潇洒利落地往后一抛。

宋喻理都没理"格子衫男人"和陈志杰，只走向角落，盯着快把自己钻进墙缝的祝志行。

这天对祝志行来说绝对是噩梦。

宋喻问："你就是祝志行？"

祝志行的脚一软，直接吓瘫在地上。他的眼睛瞪大，脑子里只有两个字——"完了"。

"格子衫男人"也一愣，刚刚还在绞尽脑汁想着怎么送瘟神，却没想到，人家根本就没把他们当回事。

马小丁跟着凑上去。

宋喻淡淡地扫了地上的祝志行一眼，吩咐："把他带出去。"

马小丁现在给自己的定义已经不是骑士了，就是个跟班。他听了宋喻的话，戏精似的一乐："得嘞！"

宋喻经过陈志杰的时候，脚步停了一下，修长的手指搭在球桌上，面无表情地转过头。他浅色的眼眸映出灯光，冰冷凌厉，扯唇一笑，道："陈志杰是吧？是不是只有靠践踏别人，才能撑起你那点儿虚荣心？"

陈志杰大气都不敢出。

宋喻点了一下桌子，微笑道："别惹我，傻子。再让我看到你持强凌弱，我绝不轻易放过你。"

陈志杰："……"

第五章
问就是乐于助人

马小丁走出楼道的时候还在傻乐，活像刚才威风凛凛的人是他一样。他让他的跟班们架着生无可恋的祝志行，自己乐滋滋地跟上宋喻，一声一声"喻哥"叫得清澈又响亮，恨不得一条街的人都能听到。

宋喻被他叫得很烦，扭头看他："你干吗？"

这天的事宋喻都还没找马小丁算账——要不是他在场，马小丁是不是要带着跟班去陈志杰那里讨打？

马小丁却毫无自知之明，兴奋地说："喻哥，你刚刚为什么放过那群人？你没看刚开始他们说话有多恶心人吗？而且你今天要是把他们拿下，我们在临清街就是一代传奇了，多威风！"

宋喻："……"

只有小屁孩才到处惹是生非。

他忍无可忍，冷声道："我要跟你说多少遍，我是来学习的。"

马小丁被他瞪得委委屈屈地收了声。

走着走着，马小丁忽然发现景色似曾相识："欸，这怎么像是去我们以前学校的方向？"

宋喻懒得理他。

景诚中学和实验中学离得很近，出临清街，再绕两条街就是了。

这么一折腾，已经是傍晚，黄昏的余晖漫过高楼大厦，照在学校围墙外排成一排的树上，橘色的光，温柔又灿烂。学校对面是小吃街，香飘十里。

实验中学现在也开学了，外面的人不好进去，不过宋喻也不打算进去。他对之前梦里的一个画面印象非常深刻。

从这条街一直往前走，中学的后门，是一条小巷，种着一棵特别大的树，形状有点儿像倒着的爱心，所以被学生们戏称为爱情树。爱情树贴墙而生，这一块成了学生们的圣地。

树旁边的墙上，全是五颜六色的涂鸦，写满了少年人最直接的心情。内容当然不止爱慕，这里就是学校的另一块发泄墙，那些恨、嫉妒和压力，都淋漓尽致地体现在上面。

稚嫩的笔迹依稀能看出，"某某某我想和你做朋友""×班的某某真让人作呕"等话语。

不过最引人瞩目的，还是一行用鲜明刺目的红笔写在最上面的话——"谢绥妈妈是个狐狸精"。

下面有人打问号，有人说恶心的话，有人哈哈大笑，有人跟着吐槽，是最天真也是最狂妄的学生们的想法。

就是这里了，宋喻对这里印象深刻。

这面墙就在谢绥上学的路上，他天天见，月月见。面对着日复一日的羞辱嘲笑，他去擦过、去辩解过、去怒吼过，只是根本没用，反抗和掩饰在外人眼中就是心虚。久而久之，他变得越发沉默。

马小丁是知道这个地方的，爱情树和涂鸦墙嘛。不过在他看来这是小女生发泄情绪的地方，根本不在意。

他嚷嚷："喻哥你怎么还知道这地方？"

宋喻的脚步停下，抬头看了眼五颜六色满是涂鸦的墙，没理马小丁。他偏头看着吓得腿软、嘴唇哆嗦的祝志行，没什么表情，淡淡地问："熟悉吗？"

对于被恐吓了一路的祝志行，这句话就是压倒骆驼的最后一根稻草。他彻底崩溃，跪在地上大哭起来："我错了，大哥，我错了！这字不是我一个人写的，大哥，我把他们的名字也告诉你，你放过我吧!"

他的眼睛通红,已经吓出眼泪。他是真的怕宋喻,偏头看到谢绥就跟看到希望一样,他伸手去拉谢绥的裤脚:"谢绥,我们是在一个小区长大的,我这人就是嘴欠,平时喜欢乱说话,但我扪心自问,真的没对你做过任何坏事。你帮我求求情吧!谢绥,你奶奶也认得我的!大家都是邻居。你救救我吧!"

不止是宋喻,马小丁这个粗神经都被祝志行这一出气到了。

他一脚踹上祝志行的屁股:"就你做的那些破事,还指望谢绥原谅你?"

祝志行涕泪横流,语无伦次道:"我错了,我再也不敢了,我错了!大哥,放过我吧!我想回家!谢绥,谢绥!你帮我说说话!"

宋喻没理他,偏头看向谢绥。

谢绥站在树下的阴影里,仰头看着墙上的字,眼中一片冰凉,半明半暗的光线中,他的表情让人琢磨不清。

很久后,谢绥扯了一下唇,笑了。

在场所有人都感受到了一种说不出道不明的危险。

宋喻也一愣。他觉得谢绥刚刚的笑,诡异地和他梦里那个穿风衣的男人对上了,一样的无聊又厌倦。

祝志行跪在水泥地上,脸上全是泪水,愣愣地看着向自己走来的少年。

谢绥长腿往前迈了两步,微微倾身看着祝志行。他短发下黑色的眼眸狭长而深冷,嘴角的笑意转淡,看不出喜怒。

祝志行哆哆嗦嗦,人都傻了。

马小丁似乎想开口说什么,结果被宋喻一脚踩在鞋上,顿时倒吸一口凉气,把话都收了回去。

祝志行以为自己会被一拳打在地上,或者被一脚踹翻。但他脑海里幻想的可怕的场景都没出现,上方传来少年冷淡的命令:"把它擦了。"

祝志行微愣过后狂喜,眼泪鼻涕都没来得及收回去就说:"是,是!我一定把这面墙擦得干干净净的。谢绥,我以后再也不找你麻烦了，我以后会管住我的嘴！"

他起来的时候动作太快，把脚扭着了，痛得眉头一拧，但丝毫不影响脸上的喜色。他一瘸一拐、兴高采烈地趴到墙边，开始用衣服沾口水擦。他擦到一半嫌慢，直接上手抠，抠得特别用力。

马小丁目瞪口呆，觉得就这么放了这小子实在憋气，恨铁不成钢地道："谢绥，他当初这么对你，你就这么放过他了？你要是不想出手，我可以帮你出手。"

宋喻觉得马小丁的思想很危险，冷冷地问："你脑子里除了这种事就没其他的事了？"

马小丁委屈。

谢绥望着那堵墙，不知道回忆了些什么事情。

宋喻装作不经意地问："就这样了吗？"

谢绥的视线落到宋喻白净的脸上。

许久，他笑道："嗯，过去的就让它过去吧。"

心中却流过冰冷的话——怎么可能。

宋喻想让祝志行彻底闭嘴，归根究底也是想让谢绥彻底解开过去的心结。

上一场梦里，是那个"好朋友"把谢绥带到这里，叫手下当着他的面，擦掉了那一行字。

现在宋喻干脆把祝志行带了过来。

谁写的，谁来擦，恩怨因果，都有终时。

"你们有班级群吗？以前的班级。"宋喻偏头问马小丁。

马小丁思索了一会儿，斩钉截铁地摇头："没有！"

他后面的跟班小声反驳："怎么没有，马哥你忘了？刚建群的时候你天天说话，什么破事都要说，结果因为头像是贞子半夜吓哭了班长，第二天就被踢了。"

马小丁："……"

宋喻和他对视。

气氛瞬间变得尴尬。

马小丁的跟班后知后觉地挠头："我……我是不是说了什么不

该说的？"

宋喻扯了一下嘴角："没有，谢谢你。"

跟班睁大了眼睛。怎么办，得了喻哥的一句夸赞他觉得自己快要升天了！

宋喻往前走到墙边。他一靠近，祝志行就呼吸急促起来。

宋喻比他高，站直身体，抬头看着树下那些涂鸦，声音淡淡道："你为什么那么针对谢绥？"

祝志行手指颤抖，细小的眼睛只盯着前方错乱的线条和幼稚的图案。

为什么针对谢绥……大概，是嫉妒吧。

谢绥长得好，成绩好，他费尽全力讨好的人都只看得到谢绥。狭窄的楼道里，每天都有听不完的骂人的脏话和对谢绥妈妈的阴阳怪气的讨论。如果让同学们都知道那些流言，就可以打破谢绥身上的光环了吧？他的嫉妒令恶意生起，以讹传讹是成本最低的伤害。

但是现在说这些，也晚了。

他的眼泪又落了下来，哑声哀求："我错了，大哥，我错了！我以后再也不乱说话了，真的。"

宋喻却说："给他一个解释吧。"

祝志行红着鼻子，泪眼婆娑看着他，不明所以。

宋喻说："就在以前的班级群。或许他真的不在意了，但这是你们欠他的，一个迟来很久的道歉。"

对于祝志行来说，这一晚真是一场醒不来的噩梦。他精神紧绷，四肢僵硬。

人最害怕的，从来都是未知的威胁。

恐惧、悔恨在祝志行的脑海里撕扯。他失魂落魄，守着墙一点一点抠那些字。

"走吧，快七点了。"宋喻转头说。

马小丁还是愤愤不平："喻哥！我们就这么放过他？"

宋喻瞥他一眼："你打他一顿，估计都没这样让他长记性。"

马小丁一噎，想到祝志行在墙前被吓傻了的表情，也不得不闭上嘴。

好像有点儿道理，而且祝志行这傻子今晚可能都清理不完墙面，那就在这儿待着吧。

九月傍晚的风燥热，大地是橘红色的，天际晚霞渐收，高楼在人行道上投下阴影。路两边栽了很多香樟树，地上落叶翻飞。

宋喻和谢绥走在最前方。

宋喻悄悄偏头去看谢绥。虽然他今天的所作所为顺理成章，但事后回忆起来，其实心里有一点儿没底。

他这么做……谢绥真的会开心吗？

有些事情，其实并不适合再三被回忆起。

宋喻皱了一下眉。

谢绥沉默地走着，抿着薄唇，侧脸精致清冷。他不说话，给人的感觉格外难以接近。

谢绥在想事情。他不是宋喻，凭一腔少年意气靠揍人出气，他要是真的出手，即便没有 A 市谢少的身份，也有能力让祝志行一家人不好过。

"你是不是生气了？"犹豫半天，宋喻还是偏头说出了自己的心里话。

谢绥的思维被打断，愣了一下，随后拧着眉头淡淡道："为什么这么问？"

宋喻不动手的时候，真的完全看不出他的火爆脾气。他睫毛卷翘，瞳仁清澈，乖巧清秀得不像话。

宋喻想了想，实在地说："我自作主张带你来了这个地方，可能你并不想再来，对不起。"

谢绥步伐一顿，偏头看他，幽深的眼眸有些笑意，声音却还是波澜不惊："你居然因为这个跟我道歉？"

宋喻慢吞吞地说："我觉得，有些往事，或许你不想再让别人知道。"

并不是所有人都喜欢跟人诉说悲惨。

谢绥嘴角的笑意加深。

不过宋喻说对了，很多往事，他都没有再回忆或倾诉的想法。这天的这个地方，换做除宋喻外的任何一个人带他来，结果都截然不同。

谢绥的眼眸里带着一丝深意。

他想起了上一次做这个梦。

他小时候的事在A市不是秘密，很多人，尤其是女人，四处寻找蛛丝马迹，就为了拼凑出一个他童年悲惨生活的剪影，然后到他面前表达关心，显示自己的温柔体贴，以一副"我懂你"的态度，试图拉近关系。

实际上，对他而言这些行为犹如自掘坟墓。

谢绥淡淡一笑，说："我没生气。"

宋喻心里舒了一口气。就算是已经了解过前因后果，他也一直不觉得自己了解谢绥。

"没生气就好。"

那这样，也算是彻底和过去说再见了吧。

宋喻把东西丢给马小丁提，身上就留了一包薄荷糖。他撕开包装，取出一颗蓝色透明的糖，丢进嘴里，然后再拿出一颗，递到谢绥面前，问："你要吗？"

他只是下意识分享，很快就记了起来，谢绥上次就拒绝过他了。

"对哦，你不吃——""糖"这个字涌到他的喉咙边没说出来。

宋喻瞪大眼，愣愣看着谢绥自然又从容地从自己手里接过那颗薄荷糖。他愣了半天，问得也很直接："你不是不吃的吗？"

谢绥笑了一下："想试试。"

他们回学校的时候，刚好差两分钟到七点。只是到高一（一）班的时候，班上没有一个人。

马小丁打奚博文的电话了解情况，挂掉电话后气不打一处来："喻哥，我感觉我们这个班主任在针对你！我们又没迟到她就提前带人走了，还要阴阳怪气地说你一顿，说你就不是来读书的，第一天就带坏好学生。她怕是有什么毛病！"

宋喻勾了一下唇，满不在乎地说："她不带我们去，我们就自己去呗。"

马小丁骨子里的叛逆蠢蠢欲动："喻哥，这你还要去？她都放弃我们了，要不我们去找个地方打游戏吧？我跟你说，今天出了一个新的手游叫《至尊狂枭》，听起来可有意思了。"

宋喻对"老大"这种听起来就傻的身份不上心，但对自己塑造出的学霸人设还是挺"敬业"的，去礼堂都会顺手捎上一本书。他听了马小丁的话，转身就打马小丁的头，说："她放弃了你，你就干脆也放弃自己？什么逻辑？快去礼堂，谢绥还要作为新生代表上台演讲呢。"

马小丁挨了一下打，一拍脑门，恍然大悟道："对哦！谢绥还要上台呢。喻哥，你和谢绥先走吧，我去找弟兄们，先去买点儿荧光棒！得好好捧场，气势要以一敌百！"

宋喻难以理解马小丁的脑回路。只是他还来不及阻拦，马小丁已经一溜烟地跑出去了。

宋喻转头对谢绥无奈地说："其实他叫我喻哥，我是不想认的。"

学校的礼堂离教学楼很近，可以容纳几千人，但宋喻直接奔向后台。

毕竟谢绥还要点儿时间准备。

在去礼堂的路上，宋喻没话找话，跟念咒似的："不紧张，不紧张，不紧张，不紧张。"

谢绥存心逗他，幽深的眼半垂半压，笑道："如果我怯场了怎么办？"

宋喻被问住了。他停下，拿出手机去搜索："你等等。"

谢绥就真等着了。

宋喻对着搜索结果念："怯场形成的原因，准备得充分与否，对听众的熟悉程度，还有受听众人数的影响。我知道了。"

灵光一现，宋喻关掉手机屏幕，偏头对谢绥道："这次我一定会坐在最显眼的位置,你一抬头就能看到。你就把所有人当空气,只对着我念就行了。面对熟人,应该会轻松点儿。"

谢绥被他逗笑了,道:"好,我把他们当空气,就对着你念。"

七点迎新仪式开始,会先有一轮学生表演,然后是很长的校长校领导发言,最后才是新生代表发言,留给谢绥的时间还挺多。

二人进去的时候,学生会的人把谢绥叫走了,只留下宋喻坐在化妆间的凳子上无聊地玩手机。

马小丁把他在超市看到的捧场的玩意都拍照发了信息过来,有那种夸张得不行的荧光棒、发光手环、手镯、发箍,还有大喇叭。更过分的是,他甚至拍了一张尖叫鸡发过来。

贞子不忘挖井人:"喻哥,这个怎么样?这个叫得响!"

宋喻忍无可忍。

你老大喻哥:"你敢带那个回来,你就完了!"

尖叫鸡那撕心裂肺的叫声要是在礼堂响起,他们肯定得被赶出去,他可不想被牵连。

不再理马小丁,宋喻干脆上论坛玩去了。

景诚中学这天的论坛依旧热闹,最热的帖子还是关于谢绥的,帖子名为"迎新大会的新生代表,你们猜猜是谁"。

主楼: "嘿嘿嘿……哈哈哈……"

1楼:"楼主口水擦擦,递纸巾。"

2楼:"你不用说,我也能猜到!"

3楼:"嘿嘿,楼主我和你一起疯狂!"

4楼:"我望远镜都买了!就为了欣赏我谢神绝世美貌的!谁都别拦我!"

5楼:"啊啊啊!先让我尖叫几个小时!他今晚之后一定会有更多粉丝,呜呜呜,我哭得好大声。"

6楼:"5楼姐妹醒醒吧,谢神的优秀值得被更多人看到!"

毕竟是学生论坛,又不是女生聚集地,这么一个标题,又是热门帖子,很快男生也开始讨论。

254 楼："这还用猜？每年讲话的不都是年级第一？"

255 楼："啧，楼上都什么画风，失心疯？"

256 楼："不都是两个眼睛一个鼻子，真不觉得谢绥比我帅到哪里去。"

256 楼凭一己之力，引起了一场狂欢。

257 楼："纯路人，真不觉得谢绥帅。"

258 楼："纯路人，觉得谢绥长得很一般，就是普普通通路人长相吧。"

259 楼："纯路人，只有我一个人觉得他瘦弱？女生的审美真奇怪。我八块腹肌，你们要不要看？"

宋喻耷拉着眼皮，嘴角勾起一丝冷笑。他闲得无聊，干脆登录账号，在这些人的句式下面加了一句话："纯帅哥，我觉得谢绥和我五五开。"

长久的沉默后，论坛又炸了。

1262 楼："是我眼瞎了？！我居然在谢神的楼里看见了喻哥的回复？！"

1263 楼："哈哈哈，纯帅哥，五五开，哈哈哈！"

1264 楼："喻哥，笑死我对你有什么好处？"

1265 楼："划重点，啊啊啊，你们在干什么！喻哥说和谢神五五开，啊啊啊，喻哥，我就知道你不会让我失望。"

1266 楼："喻哥都自曝帅哥身份来夸谢神了，想抹黑的人都歇歇吧，谢神神颜不解释。"

1267 楼："笑死我了，自曝帅哥身份可还行。"

宋喻懒得看后面，退出去看别的帖。根据他自带腥风血雨的体质推测，这楼后面肯定又会跳出来傻子。

他只是闲得无聊，随便帮谢绥说句话而已，不想理那些睁眼说瞎话的人。

大概是他在谢绥的帖子里出现了，论坛瞬间出现不少新帖，点名提问他，问他和谢绥的关系，或者要他发照片，或者是支持他，或者是辱骂。

宋喻按心情挑着回复。

"指名某喻，傻子！别以为自己很威风，其实在别人眼里，你什么都不是。"

你老大喻哥："别乱讲，我在别人眼里难道不是一个'行走的炮仗'？"

4楼："哈哈哈！"

5楼："哈哈哈，我刚刚笑得手机差点儿掉了！"

隔空喊话大多是女生。

"喻哥，喻哥！今天的你特别讨厌，你知不知道？讨人喜欢，百看不厌。"

"帅哥在？看看照片。"

"喻哥喻哥！你在我心里是最帅的！"

对于这种发言，宋喻一概无视，坐实了"冷酷无情的坏男人"的名头。他往上翻，又点进那个最热门的帖子，无视以他为中心的腥风血雨，目光突然一凝，落到了一个很不起眼的楼层上。

如潮水的回复里，一个层主的名字引起了宋喻的注意。

辞哥万岁："一群傻子，新生代表到底是谁，还说不准呢。"

宋喻的眼神一冷。

不一会儿谢绥从里面出来了，手里还拿着演讲稿，旁边却站了一个老师，正在苦口婆心跟他说着什么。

谢绥靠着墙，垂下眸子，静静听着，一言不发。

宋喻旁边是个负责操办场地的学生会的成员，一个扎着双马尾的女孩子。她气得把手里的气球快捏爆了，咬牙切齿道："什么玩意儿？历届规矩不都是中考第一名上去演讲吗，突然换人是什么意思？"

宋喻关上手机塞进兜里。

王辞……

这个时候门口突然传出来一声又尖又吵的叫声，是那种小学生喜欢买的，门口小卖部五毛一个的口哨发出的。

马小丁和他的跟班们，人手一个，叼在嘴里，一边走一边吹，手里还抱着一堆会发光的玩意儿，引起了所有人的注意。

眼尖的马小丁一眼看到宋喻，欢快地吹了两声口哨，然后取下来，招手大声吼："喻哥，喻哥！看我！我们满载而归！"

宋喻："……"

我不认识你！

他往前走，走向谢绥的方向。

老师正跟谢绥解释原因，说得口干舌燥，突然看到宋喻过来，准备好的说辞噎住，脑袋都卡壳了一秒。

"老师，听说你们要换人？"宋喻开门见山，也不绕弯。

本来就脑子卡壳的老师，更是被问蒙了，用袖子擦了一下汗。他其实特别欣赏谢绥，不然也不会费那么多口舌来为谢绥开解。

只是上面突然安排换人，他也不知道是怎么回事。

"这……本来是该谢绥同学上台的，只是后来领导们觉得，可能王辞同学上台演讲会更适合一点儿。新生典礼，重要的是给学生们一个好的开端……王辞同学去过很多地方，也见过很多人和事，不用讲那些官方话，更能带动气氛。我……"

老师说得吞吞吐吐，顶着宋喻的目光，声音也弱了下去。

门被打开，打扮得体的王辞从化妆间里走出。他本就油腻的脸化了妆后，更是显得令人反胃。

他穿着西装，打着领结，看到宋喻和谢绥，意味深长地一笑。他手里拿着崭新的演讲稿，眼里满是高高在上的嘲讽："围在这里讨论什么呢？"

王辞的目光越过宋喻看向谢绥，细小的眼睛里满是恶意，脸上的肉挤在一团。

"临时换人我也没办法，学校安排的。不过你都准备那么久了，要不，我们一起上台？"

马小丁他们围过来看到这一幕，傻眼了。怎么回事，喻哥怎么又和这个胖子杠上了？

全场没人理王辞。

宋喻淡淡地扫一眼身体挤在西装里的王辞，然后看向老师，嗤笑道:"学校真的要他上台?"

老师默默地擦汗,很无奈地说:"是,学校这么安排肯定也有道理,王辞同学一定能说一些新奇好玩的事。"

"是。"宋喻拿出手机,开始拨打电话,笑了一下,"比如,怎么养猪致富?"

养猪致富,这四个字里的嘲讽简直不要太明显,在场不少人都屏住了呼吸,气氛凝重,看宋喻的目光像看一个勇士。

老师也愣住了,面色通红,结结巴巴地跟宋喻道:"哎!你这学生怎么这个样子说话,赶紧道歉,不就是演讲的事吗?"

他眼里满是焦急,不停地朝宋喻使眼色,只是对面的人根本不领情。

"小同学,你赶紧道个歉,这事算了吧。"老师用手擦汗,简直操碎了心。

王辞脸上的表情在宋喻说出"养猪致富"后也冷了下来,听了老师的话,皮笑肉不笑地说:"要他道歉干什么,话都说出来了,我还能当听不到不成?"

他偏头,眼含深意地看了谢绥一眼:"你要是识趣点儿,也不至于闹得这么难堪,我本来还挺欣赏你的。"

谢绥闻言一笑,也不说话。

少年身材挺拔,气质清冷,冷光落入幽深的眸里,雪一般凉。

王辞眯了一下眼睛,不知为什么有点儿害怕,却又不愿露怯,像是再给他个机会似的,又问了一句:"后悔了吗?"

谢绥笑道:"没有。"

不待他多说,宋喻已经开口了:"你怎么还在这待着,不知道自己很碍眼?还不去准备一下致富心经?"

所有人:"……"

王辞肥肉横生的脸抽搐了一下,拿着演讲稿往前走。路过宋喻时,他眼里一片嘲弄,用只有彼此才听得到的声音低声说:"你不过是孟家的一个远房穷亲戚,还真把自己当回事了?也就只能和马小丁这种人混在一起,还真以为自己是个人物了?"

电话终于接通，孟飞的嗓音从手机那边传来："喂，喻喻，什么事？"

宋喻在接话前，握着手机朝王辞笑了一下，淡淡道："什么年代了还拿家世压人。"

宋喻无视王辞难看的表情，拿着手机往没人的地方走，垂眸淡淡地说："表哥，你对发财有兴趣吗？我们学校的王辞同学，准备作为新生代表今天上台，倾情演讲养猪致富的心得。"

这是跟养猪致富过不去了是不是！

一拳打在棉花上的王辞气得身上的横肉都在颤抖，最后被满头大汗的老师哄着去前面准备："别气了别气了，等下就该你上台了。"

宋喻拿着手机越走越远，留下其他人一头雾水，问马小丁："马哥，喻哥这是打电话给谁？"

马小丁往嘴里塞了一个口哨，郁闷地吹了好几声，发泄完后，马小丁没好气地说："没听到喻哥喊表哥吗？那肯定就是表哥！"

跟班们："……"

我们当然知道是表哥，就是想知道表哥是谁！

宋喻走上楼梯，到了礼堂的二楼，站在围栏边，将下面的舞台和阶梯看得一清二楚。

他刚刚那句话把孟光都搞蒙了。什么玩意儿？发财？养猪致富？他的表弟到底遭受了什么？难道表弟缺钱？

宋家落魄了？！不可能吧，以宋家的根基，出一点儿事都得震惊整个商界。

孟光疑惑地说："我怎么没听懂。不对，王辞！"他终于抓住了重点，对着手机破口大骂，"王辞？！那个草包能作为你们的新生代表上台演讲？！"

宋喻浅色的眼睛里一片冷漠："我说的就是这事，我觉得我今天要是听他演讲一回，十年书算白读了。"

孟光在那边大笑起来。

宋喻很果断："王家抢了别人的名额，他这样没人管的吗？"

孟光笑够了，严肃起来，语气一点儿都不客气："我可不想你在开学典礼上被这傻子荼毒大脑。等着,我打个电话找人查查。"

他想了一下,骂骂咧咧道:"王家这都什么破事!一窝傻子!"

宋喻在挂电话前,又听孟光兴致勃勃地说:"喻喻,你今天开学典礼?那怎么能没人去捧场,你等着,我马上开车去学校。"

宋喻连忙说:"别、别来!"

别来!他只想安安静静上个学!

孟光兴致勃勃地说:"让你看看我最新的跑车!"

宋喻无奈:"……真别来,表哥!"

他只是想揭露王辞这个傻子的恶行而已,不想自己也下水。

最后他好说歹说才把孟光给摁住了。

礼堂的舞台上是高年级的学生在表演,灯光从棚顶四面八方照下来,流光溢彩,炫目动人,男生歌声低沉沙哑,动听的旋律静静流淌。

一曲结束,掌声雷动,一男一女两个主持人穿着礼服,拿着话筒上台。

"在这个金桂飘香的九月,秋风送爽,我们也迎来了这一届的新生,一曲梦想起航,是美好生活的开端。载歌载舞的时光结束,接下来,让我们欢迎校领导们致辞……"

校领导致辞完后,就是新生代表上台了。

宋喻挂了电话,走下楼梯,在舞台准备的后台看到了谢绥。

马小丁已经知道换人的事,正围在谢绥旁边安慰。他义愤填膺地说:"嚯,岂有此理!谢绥,你别担心,让王辞这傻子先得意……喻哥!喻哥来了。"

宋喻没理马小丁,问谢绥:"准备好了吗?"

谢绥笑了一下,应声:"嗯。"

宋喻去拉他:"那我们去前面等。"

等着上台的还有王辞。他随便看了几眼演讲稿,不在意也丝毫不紧张,毕竟以他的威名,估计也没人敢嘲笑他。

"你们来干什么?"王辞的跟班们围在王辞身边,看到宋喻一行人,满脸幸灾乐祸,趾高气昂地嘲笑:

"是没接到通知？"

"新生代表早换我们辞哥了！成绩好顶个屁用！"

"到头来还不是只能台下干站着。"

"真可怜，准备了那么久。"

……

宋喻理都不想理这群傻子，偏头悄悄地往谢绥手里塞了一颗薄荷糖，安抚道："我喜欢薄荷是受小时候的影响。害怕、难过、紧张、伤心，心情不好的时候，嘴里含块糖就会轻松很多，已经养成习惯了。"

谢绥一只手捏着纸，一只手握着糖，有些不明白宋喻为什么执着于这件事。他的眼眸幽深，问："你很希望看到我上台？"

宋喻一愣，说："你不是从昨天就开始准备了吗？"

谢绥第一个晚自习就拿着演讲稿看，准备了那么久却突然换人，他正是敏感的年纪，也会伤心吧。

说起来，好像上一次梦里没有这一段，估计这是王辞不满座位的事，给谢绥下马威呢。

从昨天开始准备？谢绥轻笑。其实，这几张纸他根本都没看。

谢绥只是不想搭理王辞而已。要王辞无法得逞很简单，不过他现在更愿意给远在A市谢家的叔叔们先准备一份"礼物"。

"是的，我一直在为今天做准备。"谢绥说。他把包装纸撕开，将薄荷糖含在嘴里。

少年的笑容危险却含深意。他静静地看着宋喻，说："谢谢，很甜。"

宋喻一愣。

王辞在另外一边听着跟班疯狂吹嘘自己，冷嘲热讽对面，但宋喻一个眼神都不愿给他，气得他捏紧了演讲稿。他满脑子的不解和嘲弄，宋喻到底在狂什么？

前台响起了如潮水般的掌声，校领导们发言结束，所有女学生又跟打了鸡血一样打起精神来，"学霸要来了！""谢神！"各种声音此起彼伏，一下子把气氛调动到了高潮。

最后一个环节终于来了!

主持人重新上台:"感谢尊敬的校领导们带来的谆谆教导,我相信新的学期、新的开始,所有初踏入高中校园的学子们都将不负期望走下去……"

外面叫得越欢,王辞嘴角的笑容就越大,他心想:等着吧,你们期待很久的人,连上场的资格都没有。还没上台就虚张声势闹得那么大,结果一出来,还不是自取其辱?

他会让谢绥知道,谁才是最厉害的人。

主持人的声音铿锵有力:"下面就让我们有请这一届的新生代表——"

王辞转身,整理了一下衣服,准备上台。他刚跨上第一个台阶,就听到女主持人用饱含热情和愉快的声音说:"C市中考市状元,谢绥同学上台发言。"

"啊啊啊!"外面是女生们雷鸣般的尖叫,几乎要把整个礼堂淹没!

王辞猛地瞪大眼睛,一脚踩空,差点儿从台阶上掉下来。还是他的跟班们很快回神,稳稳地扶住了他。

所有人都觉得一头雾水,怎么又变人了?怎么又变回了原来的谢绥!

老师从外面气喘吁吁地跑进来,说:"等等!换人了,换,换人了!教育局那边打电话过来问细节,换——"

他跑得太快,话也说得断断续续的,但理由似乎没人想听。

王辞难以置信地握紧了手指,又羞又愤,眼睛恨不得在宋喻身上戳出一个洞来。

宋喻跟谢绥说:"把他们当空气,看我就好了,走,去吧。"

他路过台阶,偏头朝王辞淡淡一笑,说:"抱歉,好像还轮不到你表演。准备了多久呀?"

王辞牙关紧咬。

刚才幸灾乐祸的一群人脸色青白,一言不发。

如雷的掌声里,谢绥上台,举止优雅,又引起学生们的疯狂鼓掌。有的人似乎天生就有那种气质，适合站在众人目光所聚焦的地方。

宋喻没打算坐到高一（一）班的位置上和欧依莲会合，而是从另一个入口进场，坐到了最角落的位置。

马小丁他们兴高采烈地拿着发光的环、镯、发箍还有鼓掌的道具，坐在宋喻旁边，声嘶力竭地吼叫，吹口哨，清冷无人的一片区域，瞬间变得吵闹。好在同学们都热情高涨，他们这点儿喧闹也没多大影响，就是吵到宋喻的耳朵而已。

谢绥的声线带一点儿凉意，微冷，说的每一个字都很清晰。

全场学生听得如痴如醉，女孩们的眼中都是亮光。

尽管都是照着稿子念的官方话，却没一个人觉得无聊。

从上而下微冷的蓝色的光，千丝万缕地落在谢绥身边。礼堂的灯光都暗了下来，周围是黑色的潮水，犹如静谧银河，光线幽蓝，星光微弱，而他在中央。

"愿接下来的三年，我们都能有所收获，怀揣梦想，不忘初心。"他冷淡的嗓音念着词。

话到这里，谢绥稍微停了一下，忽然一笑，抬起头来，视线透过黑压压的人群，透过千丝万缕的光，落到宋喻脸上。

宋喻一愣。

旁边是马小丁吹口哨的"嘟嘟"声，还有尖叫鸡撕心裂肺的声音，他旁边的人摇头晃脑，喋喋不休吵得不行。

但这一刻，似乎所有声音都消失了，礼堂化为沉默宇宙。

谢绥微笑着一字一句地念："前途似海，来日方长。"

此刻，仿佛宇宙的星光都落入了谢绥眼里。

"啊啊啊！"台下传来谢绥的崇拜者们疯狂的尖叫声。

马小丁拿下口哨，开始瞎显摆："他最后八个字你们知道意思吗？不知道吧，叫你们平时不多读书，那八个字出自曾国藩的《少年中国说》！"

宋喻："……"

他的感慨都被马小丁这半吊子弄没了。

"是梁启超。"留下这句话,宋喻起身,不顾满场的尖叫离开。

校园的论坛彻底炸了,关于谢神的帖子,疯狂刷新着。
"我说不出话了!"
"谢神太强了,啊啊啊!我的天,我要窒息了!"
当然,一下子被顶上热帖的,却是这么一个标题:"姐妹们,今晚我最崇拜的不是喻哥了。"
主楼:"变心了,拜拜。"
1楼:"加我一个!"
2楼:"对!今天给喻哥这个冷漠无情的'坏男人'一点儿颜色看看!"
3楼:"哈哈哈,笑死我了!"
4楼:"你们以为喻哥会怕?"
5楼:"喻哥:拜拜就拜拜。"
6楼:"哈哈哈,不对。应该是,喻哥:妹妹,你在做梦?"
7楼:"哈哈哈,你们怎么都那么有才!"
……

35楼:"呜呜呜……谢神真的是神仙般的人物,又是'校草'又是'学神',世上怎么会有谢神那么完美的男人,实在太不公平了!"
36楼:"对!不公平!为什么我如此平庸!"
37楼:"呜呜呜,太真实了,呜呜呜……"
……

59楼:"真的,他说'前途似海,来日方长'的时候,我真得觉得所有星光月色山河草木,人间一切美好都在他眼里。声音消失,灯光暗淡,我好像心跳都停了一秒。"
60楼:"楼上姐妹厉害!这夸得太好了!"
……

121楼:"楼主,我和你一起!!!"
122楼:"啊啊啊,我好崇拜谢神。"

宋喻："……"

他在礼堂的外面等谢绥，闲得无聊翻了一下论坛，就看到了这个热火朝天被顶到最前面的帖子，然后点进去，顿时一脸迷惑。

什么玩意儿？你们喜欢谢绥，关我什么事？

荣升"C市男神"却完全没有男神自觉的宋喻扯了一下嘴角，登上论坛号，正打算回一句话，结果宋爸爸突然打电话过来。

宋喻蹲在台阶上，看到来电人，手机差点儿没抓稳。

日理万机的宋总打电话给他能是什么好事！

宋喻点接通键的手都微微颤抖，努力镇定地说："喂，爸。"

"今天开学了？"隔着手机，宋总的声音低沉浑厚，威严十足。

宋喻听他提到学校的事都害怕，握着手机轻声说："开学了，迎新大典结束，明天就开始正式上课。"

宋总沉默很久，叹了一口气，酸溜溜地说："算了，反正你和你妈你姐串通，从头到尾瞒着我，我这个父亲又能说什么呢。"

宋喻只能干笑："……哈哈。"

爸，你拿的是"霸道总裁"的剧本，就别整辛酸老父亲这一套了吧。

宋总估计也是想起了自己的人设，哼了一声，别扭地说："别以为开了学我就奈何不了你，你那么爱学习，在C市就给我乖乖读书，别惹事，别让你妈担心。"

其实以宋家的地位，不会有人给宋喻什么压力。学校是个相对温和又单纯的环境，他安安心心学习，他们在A市也会放心点儿。

宋喻看了一眼自己顺手捎来礼堂的练习题，毫无心理负担。他装学霸装久了还真觉得自己也是个学霸，坦然道："爸，这你就不用担心了，我敢保证全校都挑不出一个比我还爱学习的。"

宋总冷笑一声："三百五十分？"

宋喻这就不干了："你们怎么都逮着以前的成绩说事，就不让人奋起？不知道浪子回头金不换？"

宋总还能不了解他的脾气，冷嘲热讽道："你知道你姐姐今年高考多少分？七百三十五分，全省第二。同样的爸妈，你们的差距怎么那么大？"

宋喻："……"

宋总嗤笑："没话说了？"

宋喻磨了一下牙，然后调整情绪，用特别惋惜的语气道："啧，满分七百五十分，姐姐竟然只有七百三十五分，还是省第二！"然后他迅速冷静下来，"爸，你赶紧劝劝她，让她去复读。人生不能有缺陷，高考那失去的十五分会是她终生的遗憾，老来回忆起这事都会愤愤不平。而且做人就要争第一，省第二愧对宋家人的身份。这不是分数的问题，是面子的问题。我建议她复读。"

宋总："……"

他就没见过比他儿子还会抬杠的。

忍无可忍的宋总怒吼："你进了景诚中学前一百名再说你姐省第二吧！"

"没有满分就复读？成，真不愧是我宋家的儿子。你月考随便哪一科给我考个满分，我以后再也不管你学习上的事。"

宋总越想越气，继续怒吼："如果考试成绩还是连总分的一半都没到，你就给我滚回A市！"

宋喻听着宋爸爸挂断电话的忙音，后悔莫及。

嘴欠一时爽，事后"火葬场"。

再次因为学习问题和宋总闹得不欢而散后，宋喻心情郁郁，已经没了抬杠的想法，于是退出论坛。

他在QQ上跟谢绥发消息："我在门口台阶上等你，快点儿。"

几秒后谢绥回复："好。"

C市的夜晚没什么星星，深夜风也有点儿凉，礼堂内主持人开始激昂发表结束语，宋喻一个人等在外面，等着等着饿了。

恰好这时，宋喻的姐姐给他发来了一条信息："听说你瞧不起我七百三十五分，要送我去复读？"

宋喻："……"

他爸打小报告那么快的？

这是什么神奇的父子情，一转眼就把他卖了。

宋喻："没，你听谁说的？"

宋婉莹："别装了，爸打电话，全家都在旁边听着。"

宋婉莹："你完了，现在我们都迫不及待期待你的月考成绩了。我和妈打了个赌，哥哥做裁判，我赌你倒数第一，别让我们失望哦。"

宋喻："……"

呵，装了那么久学霸跟你开玩笑的？

宋喻冷静打字："别瞧不起人。姐弟一场听我劝，压个正一，发家致富。"

宋婉莹："呵呵，怕是倾家荡产。"

宋婉莹："不聊了，我去准备复读了。"

宋喻没忍住笑出了声，只是笑着笑着，以前那种模糊的感觉又出现了。

他微愣，好像……他来到这个梦境，和这里的"家人"相处，一直都没有任何怪异之感，斗嘴和开玩笑都顺理成章又十分自然。

这种有些茫然的思绪被谢绥的声音打断："走吧。"

宋喻往回看，礼堂里众人已经开始散场，谢绥赶在乌压压的人群前出来。少年身高腿长，披着月色，精致清冷得像一幅画。也幸好他离场离得早，不然一定会被人围住。

宋喻说："你今天演讲很棒，看起来一点儿都不紧张。"

谢绥微愣，笑道："是你的方法好用。"

宋喻那都是临时搜索出来的方法，一听夸赞，还有点儿不好意思："不是，还是你准备充分。"

谢绥垂眸笑，也不说话。

如果一个字没看也算准备的话。

当然，他也并不觉得一个中学的演讲稿值得他去准备。他风轻云淡地说："谢谢夸奖。"

回公寓的路上开着一家奶茶店，现在还开着门。瞥到这家店，本来就有点儿饿的宋喻偏头说："等下，我去买杯奶茶。"

谢绥微微地挑了一下眉，却也没说什么，跟了过去。

"要一杯原味奶茶,不加珍珠不加椰果……"

宋喻飞快地点奶茶。

谢绥看他一眼,对店员说:"常温。"

宋喻还未说出口的最后两个字"加冰"硬生生被咽了回去。

宋喻在等奶茶的时候,手机响了一下,低头一看,是马小丁发信息来了。

贞子不忘挖井人:"喻哥,你和谢神先走了?"

贞子不忘挖井人:"你们错过了王辞的表情,我感觉他要被气死了!我吹着口哨路过他时,他还在不停给家里打电话,吼了半天,那边也没给出什么好办法。哈哈哈,我太爽了!他的跟班也都气个半死,说不出话来。那群傻子脸都被打肿了。"

贞子不忘挖井人:"哦,他还瞪了我一眼。呵,我会怕他?"

贞子不忘挖井人:"喻哥,我感觉那傻子是不会善罢甘休的,我听他打电话,他又蠢又坏没救了,但是没关系,我们不怕他,哈哈哈。"

贞子不忘挖井人:"还有!喻哥,你看论坛了没有?我太气了,她们懂什么?!我继续帮你去说她们了!"

宋喻隐隐有了一种不祥的预感。他打开学校的论坛,重新点进那个热门帖子。在一群人嘻嘻哈哈尖叫赞美的时候,"贞子真真真真"这么一个极具马小丁个人特色的 ID 改变了全楼的画风。

贞子真真真真:"我告诉你们,喻哥是我老大,刚才我就坐在喻哥旁边!谢绥和喻哥可是好兄弟!你们不要瞎挑拨人家的友情。懂?"

"贞子真真真真"凭一己之力改变全楼的议论方向。

1326 楼:"还记得上次谢神的专楼里,喻哥的发言吗?我都不敢想象喻哥那么低调的人,竟然愿意暴露帅哥身份,呜呜呜,你说他们不熟我是不信的!"

1327 楼:"楼上,我们认识的是一个喻哥?"

1328 楼:"哈哈哈,可以,可以,低调喻哥,自曝帅哥。"

1329 楼:"你们是不是有病,能不能来个课代表划重点?喻哥是贞子哥的老大,我想看我喻哥的模样啊!"

1330楼:"楼上,我和你握手。有没有谁录像!有没有回放,让我找一下我喻哥啊!贞子哥,哥哥,哥哥,哥哥看我一眼。"

1331楼:"贞子哥哥看我一眼,交朋友吗?喻哥不喻哥的不重要,重点是我喜欢你爬出电视时披头散发的样子。"

1332楼:"在?要不要来个交易,你给我一张照片,我家电视任你爬!"

1333楼:"贞子哥哥,你从此就是我亲哥!"

"贞子哥"成为此栋楼最大赢家。

宋喻:"……"

他要是马甲掉了,他今晚就把马小丁打一顿。

对宋喻来说,被论坛的人知道身份,唯一多的就是麻烦。他只想安安分分上个高中读个书,为什么那么难?

"奶茶好了。"店员说了一句话,宋喻回神。

宋喻把吸管插进杯子里,喝了一口温热微甜的奶茶,越想越气,干脆停下脚步,坐到了奶茶店内的椅子上,和谢绥说:"你等等,我骂个人。"

谢绥:"……"

不是打人就是骂人,他怎么那么野?

这个时间奶茶店也没什么人,就他们。

宋喻怕谢绥闲得无聊,还特别贴心地把自己随手拿去礼堂,结果一个题都没做的练习题给谢绥:"你要是没事做可以先做做题。"

谢绥修养极好地笑着婉拒:"谢谢,这就不需要了。"

宋喻咬着吸管含糊地说:"别客气。"

说罢,他低头点开和马小丁的聊天界面,手指飞快打字。

你老大喻哥:"找死呢你!你今天要是在论坛说出了我的真名,你就完了!我要去你家把所有有屏幕的东西都砸了你信不信?"

你老大喻哥:"解释不清楚,我让你好看。"

聊天页面上"对方正在输入"一下出现,一下又没有,隔着手机屏幕都能感受到那边的欲言又止和瑟瑟发抖。

很久，马小丁试探性地发了个表情包。

宋喻回他一个微笑的表情包。

马小丁吓哭了。

贞子不忘挖井人："呜哇哇哇，喻哥，我错了！呜呜呜，我马上就去申请删除回复！我马上去澄清！"

宋喻扯了一下嘴角，忍无可忍地发："你卖萌的样子真蠢……"

再也不敢说话的马小丁，一扫被追捧关注的得意喜悦，颤颤巍巍地在楼里发了言。

贞子真真真真："别瞎猜了，骗你们的。我不认识喻哥，但我就是欣赏他，想和他当兄弟。"

1431楼："我就知道谢神和喻哥不熟，呜呜呜……"

1432楼："贞子哥，你是不是被喻哥威胁了？"

1433楼："瞧这发言，我也不认识喻哥，但我就是欣赏他，想和他当兄妹。"

1434楼："如果被威胁了，你就把名字改成'贞子真真真'。"

1435楼："楼上能不能别说了！说了没关系就是没关系！谢神和谁都没关系！"

1436楼："对。我录了视频，看了回放，我觉得最后八个字他是对我说的。"

1437楼："1436楼在做梦呢，我都在他的眼睛里看到了我的倒影。"

1438楼："呜呜呜，我就说，我明明记得他盯着我的眼睛对着我说这句话时的样子。"

1439楼："楼上一群人要不要去看看眼科？"

1440楼："我觉得应该去看脑科。"

1441楼："理性分析一下，喻哥是找不出来的，礼堂那个时候只有台上有光。"

1442楼："我是五班的，就坐在左边。谢绥抬头那一眼看的就是左边。不要给我唱《梦醒时分》，你们这群人还做不做梦了？！"

1443楼："姐妹，做梦也不是你的白日梦。"

1444 楼："贞子哥，快说句话呀。"

1445 楼："合理怀疑是喻哥恼羞成怒，逼他来澄清。"

1446 楼："我是喻哥的粉丝，超级极端的那种，再说我要骂人了。"

1447 楼："好了、好了，你们都别吵了。不管贞子哥说的是不是真的，不管谢神和喻哥认不认识，都影响不到我。走，姐妹们，去开个他俩兄弟的专楼。我很期待喻哥到时候看到的表情。"

1448 楼："啊啊啊，楼上姐姐带我！"

1449 楼："哈哈哈，喻哥今晚真惨，所以他都做错了什么？明明一句话都没说。"

1450 楼："喻哥没错，所以此处@贞子哥，快出来挨打！"

1451 楼："@贞子哥，头伸出来。"

1452 楼："……大晚上别这样，其实我还是蛮怕鬼的。"

1453 楼："我开楼了！走，转移阵地！"

1454 楼："来啦！"

1455 楼："啊啊啊！姐姐你太会了吧，呜呜呜！"

1456 楼："哈哈哈，我迟早笑死！"

1457 楼："快去隔壁楼啦！"

围观帖子，乐见其成看戏的男生们终于开始发言。

1600 楼："除了牛我还能说什么。"

1601 楼："妹子别哭。"

1602 楼："小妹妹，给你肩膀和依靠，他们不值得。"

1603 楼："谢绥也太惨了吧，无语，喻某这个'炮仗'到底是谁啊，真是看他不爽很久了。"

1604 楼："傻子又来了？别忘了我们还在呢。对付你们我都习惯了。"

……

身为景诚中学论坛里最有人气的两个男人，这个帖子后面的走向，当然是不出意料又吵了个三百层楼。

宋喻的QQ上贞子头像又闪了两下。

贞子不忘挖井人:"喻哥……我澄清了,她们也找不出你了。"

宋喻没理他,奶茶喝到底,又在论坛上看到了一个最新的热门帖子,不出几分钟,新楼层数快破五百,这个帖子的名字是"前途似海"。

宋喻:"……"

这下子更不能让她们知道自己是谁了呢。

奶茶店的香味清甜,外面的走道上只有清冷的月光和灯光。论坛上热热闹闹,现实里却是格外安静温柔。

宋喻下意识地看了对面的谢绥一眼。

谢绥婉拒了他发出的做题的邀请,却饶有兴致地看起了他以前做的题。

少年拿着笔的手修长白皙,高挺的鼻梁,淡薄的唇,长睫覆下阴影,身体舒展地坐着,优雅又从容。

似乎是察觉到宋喻的视线,他抬起头来,笑了一下,问:"喝完了?"

他幽深的眼眸带着笑。

宋喻不由自主地扯了一下嘴角,快速把手机关屏,心想绝对不能让谢绥看到。

"嗯,走吧。"他应。

回去的路上宋喻想,以后不能常上论坛了,要让"你老大喻哥"这个 ID 成为传说——时刻提醒自己,他是来搞学习的!

虽然只是宋总气头上的一句话,但宋喻还是把考满分这件事放在心里。

距离那个"好朋友"转学过来还有一个学期,他闲得没事,重温了一把校园生活。毕竟学霸都装了,干脆把这个人设坐实。

就像是每个学生在新学期开始都会给自己立下好好学习的雄心壮志一样,宋喻也是这么想的。他问谢绥:"你觉得我有没有可能数学拿个满分?"

谢绥道:"有。"

宋喻放心了:"那我超过你要多久?"

谢绥垂眸看他一眼,笑了,懒洋洋地敷衍:"不久,甚至不需要努力,你想超过我,我直接交白卷就行了。"

宋喻睁大了眼睛。他不是这个意思!

谢绥觉得逗宋喻很有意思。他偏头笑道:"想拿年级第一,你要超过的不是我,是年级第二。"

他心想:不过以你现在做题那匪夷所思的方法,先超过倒数第二吧。

宋喻:"……成。"

其实说到底谢绥一直都是"学神",他的学生时代从来没接触过其他人,所以觉得宋喻成绩差。但宋喻的卷子随便给一个数学老师,老师大概都会称赞他一句:"虽说不上是顶尖学霸,但当个小学霸还是可以的。"

第一个学期的第一节课是数学课。

马小丁比谁都要兴奋,拼命在后面拍桌:"喻哥,喻哥!等下你要不要竞选数学课代表?我打算竞选语文课代表,不如我们一起,文理两开花。"

宋喻正奔着眼睛翻着高中必修一的课本,听到他的话忍不住翻了个白眼,说:"你自己'开花'去吧。"

奚博文吓得不行,苦口婆心地劝马小丁:"这不行,马哥,语文课代表是要上去领读的。"

马小丁毫无自知之明,得意扬扬道:"我当然知道,我就是冲着这个去的,我背了那么多诗怎么能不显摆显摆。"

奚博文弱弱地说:"还是别吧。"

热爱学习的博文同学快哭了——放过我,我不想高考古诗文默写零分。

上课铃响起,数学老师抱着教案走进来。他五十多岁,瘦弱,秃头,戴眼镜。

他手里握着一个保温杯,站到讲台上,先慢吞吞地喝了一口水,然后拖长了声音说:"同学们,我是你们这一学期的数学老师。"

马小丁在后面小声说:"是不是全天下的数学老师都长了一张让人看了就想睡觉的脸?"

宋喻嫌他吵,拿脚往后面踹了一下:"闭嘴。"

马小丁默默地用手在自己嘴巴上做了个拉拉链的手势。

第一节课一般都没什么具体内容,数学老师慢吞吞地讲了一下他的教学计划,扫了一眼班上的人,说:"这样,我先选个课代表,有谁自愿当的吗?"

马小丁比谁都积极。他摇着凳子,疯狂暗示:"喻哥,喻哥,喻哥!喻哥上!"

在他心中,喻哥这么一个暑假抱着卷子不撒手、开学第一天就在和三角函数作斗争的奇男子,怎么能在数学届没有一个身份呢,数学课代表多威风。

更重要的是,他要竞选语文课代表!"文理双杰"听起来真帅!

宋喻握着笔,恨不得转头削他一顿。

马小丁太兴奋了,整张脸都散发着喜气,和一众神情怅怅的学生形成了鲜明的对比。

数学老师的视线落到他脸上,眼睛一亮:"第四组倒数第三排的那个同学,看得出来你很激动,对数学课那么有热情,数学课代表就你了吧。"

马小丁欢快的笑容凝固在脸上。

荣获数学课代表之位的马小丁终于安静下来,之后在桌子上趴了一节课,整张脸写满了生无可恋。

宋喻扯了一下嘴角。

数学课下课后,马小丁跑得比谁都快,紧跟着数学老师的步伐,恨不得飞去办公室"以死明志"。

宋喻伏在桌前做笔记。他前段时间做卷子,都是为了找感觉,现在书到手,才开始系统地整理知识脉络。

他写到一半,卡在一个韦恩图的公式上,用笔戳了一下旁边的谢绥,问:"这样是对的吗?"

同时响起的还有一个女生的声音："谢绥同学，我可以问一下什么是定义域吗？"

声音甜软，娇俏动人。

宋喻握着笔一顿，抬头看到教室的走道旁一个扎着单马尾的女孩子正拿着笔和数学书，脸色微红，眼睛亮亮地看着谢绥。她长得很好看，也只有特别自信的女生眼神才会那么明亮。

谢绥刚睡了一觉，是被宋喻拿笔戳醒的。他刚睁开眼，幽深深沉的眼底一片冰冷，直到看见眼前的课本、书桌、教室，心中的躁郁才减少了几分。

秋日的风，吹动窗帘吹进教室。少年的睫毛颤了颤，桃花眼里的情绪浮动，他转头看宋喻，说："什么是对的？"

宋喻握着笔，默默地指了指站在谢绥旁边被无视得很彻底，有点儿尴尬的女生，说："要不你先回答她什么是定义域？"

女生艰难地笑了一下，又问了一遍："谢绥同学，我有点儿没搞懂书上说的解释。"

谢绥沉默地看了宋喻一眼，偏头对那个女生微笑，优雅疏离地说："抱歉，我也搞不懂。或许你可以把它的定义背下来。"

他的语气明明轻描淡写，但总觉得是在暗讽。

女生笑容越发僵硬，拿着笔的指尖也有点儿发白，她低头小声说："哦哦，好的。"

宋喻全程围观，目送她小跑回座位，然后懊恼地拿书盖住脸，被旁边一群姐妹忍着笑安慰。

他突然觉得有点儿喉咙痒，想说些什么。

比如：你这样就损失了一个粉丝。

再比如：你真的不知道定义域是什么？

谢绥上个梦中最不缺的就是崇拜者，他淡淡地瞥宋喻一眼，知道他想问什么，便说："我知道，但不想回答。"

宋喻说："……哦。"

谢绥伸手，扯过宋喻涂得乱七八糟想到哪儿写到哪儿的归纳总结，说："你刚刚想问我什么？"

宋喻被他感动了，真是兄弟如手足！

"就这个！"宋喻指向总结上的一处公式。

谢绥拿笔写下了他问的公式。又在上面随便改了一些东西，瞬间很多知识点之间都有了简明清晰的联系。

宋喻接过本子，感叹："不愧是谢神。"但他还是很好奇，"为什么不回答？说起来定义域我都知道，她怎么不顺便问问我呢？"

真是可惜，高中第一次和同班女同学交流的机会就这么和他擦肩而过了。

虽然在论坛上宋喻"注定孤独一生"的气质隔着屏幕都快要溢出来了，但在现实里，宋喻还是很乐意为同班女同学解答难题的。别问为什么，问就是乐于助人。

谢绥看着他遗憾惋惜的表情，眼睛微微一眯，勾唇笑了一下，语气平淡道："太基础，我一般只回答'拉格朗日'。"

宋喻："……"

这个坎是不是过不去了！

赶在上课铃响之前，马小丁幽灵一样地回来了，手里还拿着一个精致小巧的草莓蛋糕。看他欲哭无泪的表情就知道，数学课代表的职务依然在身。

奚博文难掩欢喜："哎呀，马哥别伤心，语文课代表和数学课代表不都是课代表吗，没差没差。"

马小丁要哭了："这能一样吗！数学课代表数学不及格，我还每天得去办公室给他送作业，让我死吧！"

但是他在"死前"还是委屈地把手里的蛋糕放到了谢绥桌子上，说："谢神，这是隔壁班一个女生托我给你带的。她长得还挺漂亮，估计是二班班花，我觉得你可以放心吃。"

谢绥低头看了一眼那块蛋糕，上面还贴了一张带着淡淡芳香的便利贴，女孩子的字迹清秀，"谢神你好"旁边还画了一个笑脸。

奚博文羡慕了："谢神这也太受欢迎了吧。"

宋喻喷了一声。他就说吧，没有类似祝志行那种傻子传谣，谢绥的高中生活一定特别意气风发。

成绩年级第一，又是"校草"，在学生时代，这绝对是风靡整个学校的设定。

谢绥却想都没想地说："谢谢，但我不吃甜的。"

马小丁眼睛一亮，假惺惺道："那也太可惜了吧，不过人家都送到我手上了，我也不好意思送回去。不如我帮你——"

宋喻已经举手了："给我吃，我还没吃过女生送的蛋糕呢。"

马小丁把后面的话默默吞了回去。喻哥跟他抢吃的，他还能说什么。

谢绥偏头对马小丁说："你先说的你吃。"

马小丁难以置信地眨了眨眼睛，宋喻转头看向谢绥，说："搞什——"

谢绥把数学必修一的课本翻开，修长的手指点到定义域那里，打断了宋喻的话："来，我发现我好像真的不知道定义域是什么，你给我解释下。"

宋喻马上闭嘴。连续对学习热情了好几天，他终于有了展现自己的机会，兴奋地凑过去说："定义域这东西嘛，其实特别简单，我给你找道题，说得更清楚。"

奚博文和马小丁面面相觑。

"喻哥也太好说话了吧。"马小丁在后面拿勺子吃着甜甜的草莓蛋糕，内心为数学受的伤总算得到了点儿安慰。

奚博文扶了一下眼镜，眼里满是崇拜："这大概就是学霸的与众不同吧。没有什么事是做题不能解决的，一题不行就两题。"

"牛啊！"马小丁举叉表示赞同。他越发确定，喻哥真是个学霸了。

早上最后一节是欧依莲的课，上次她自我演讲讲得忘我了，连学生的自我介绍环节都忘记了，所以这第一节英语课就成了班会。

"上次时间太少，我们班的人都还没好好自我介绍呢。这样吧，这节课，就让大家先了解一下对方。从第一组开始，S型顺序。来，你上讲台介绍一下自己，说说自己的名字和爱好。"

第一位女孩子有些腼腆地上台做了介绍，她说得特别快，一句"大家好"，再报上名字，就红着脸下台了。

王辞这天没来上学，带着他的跟班们空着一排座位。他开学第一天就不给班主任面子，但欧依莲一句话都没过问，神态自如地让下一个同学继续。

相比起拘束的女生们，男生们更开朗一点儿，但发言也很简单。

欧依莲皱了一下眉，不是很满意这个效果："怎么都那么害羞呢，介绍自己还结结巴巴的，那这样吧，写自己的名字，就不介绍自己了。每个人上台介绍自己的同桌，说别人，总不会不好意思了吧。"

同桌是自己选的，大部分同学在中学就互相认识。这下子气氛热闹起来，大家上台就是各种损同桌，妙语连珠，逗得下面的人笑个不停。

按照S型，到他们这一组时，先说话的是马小丁和奚博文。

马小丁永远都是全场最能调动气氛的那个人，说是介绍同桌，结果就提了两句奚博文，然后乱七八糟地说了一通，还是欧依莲不耐烦把他赶下去，他才依依不舍地走回座位。

到了奚博文，可怜这位小书呆子犹豫半天才开口："我叫奚博文，渊博的博，语文的文。我的同桌……同桌……"根据现同桌的特点和印象，他能说的不多，"他……他现在是数学课代表。"

马小丁："……"哪壶不开提哪壶。

轮到谢绥和宋喻的时候，全班都安静了下来。

毕竟他们是一开学就聚焦全场视线的人物，同学们现在还不知道宋喻的名字，大家不约而同地屏息，聚精会神地看着他，连一些玩游戏的男生都抬起了头。

宋喻先上去。

看到是他，欧依莲神色冷淡，已经开始低头看手机了。

宋喻用粉笔在黑板上写下了自己的名字，转身把粉笔扔进粉笔盒里，简洁干脆地说："宋喻，比喻的喻。"

马小丁开始拼命鼓掌："哦哦哦，好，好，好！"在全班的沉默和震惊里，他像个傻瓜。

宋喻看他也像看个傻子。

大概终于感觉气氛不对，在迟来的羞耻心作祟下，马小丁再次选择闭嘴，教室归于安静。

宋喻生得好看，皮肤白得透明，发色浅瞳色浅，整个人清秀干净，说话却总带着一股乖张劲儿。他站在讲台上，说不出的帅气。

坐在讲台桌前的是个女生，披着头发，戴着星星发卡，圆脸，很可爱。在宋喻说名字的时候她眼睛瞪大，愣了半天。

安静的教室里，她的声音显得特别明显："请问是……'你老大喻哥'的那个'喻'吗？"

第六章
咱们要有班级荣誉感

全班鸦雀无声。

宋喻扯了一下嘴角。他不想暴露真实姓名只是怕麻烦而已,其实一点儿都不害怕被发现。他垂眸和她对视,浅色的眸子里写满不在乎,语气也是轻浮的:"你觉得呢?"

少女被他盯久了,脸一红,不好意思地低下头去,黑发上的星星发卡熠熠生辉,像眼里的光。

你觉得呢?这狂妄的口气!我觉得你就是!

欧依莲也愣住了,什么"男神喻哥",现在的女学生不想着好好学习天天向上,满脑子是什么东西。

班上笼罩在一股躁动的气氛里,不少人开始窃窃私语。

欧依莲怒不可遏地喊:"都安静!"她抬头,视线冰冷地盯着宋喻,"快下课了,别耽误时间。"

宋喻偏要和她反着来,笑得灿烂:"别吧老师,我对我同桌的赞美之词,怕是一节课也说不完呢。"

宋喻的同桌……是谢绥。

高一(一)班清清楚楚地响起了一群女生倒吸凉气的声音。

于是,气氛更加躁动。

欧依莲气得脸都快扭曲了:"宋喻,我只给你一分钟!"

"一分钟，那我就长话短说吧。"宋喻笑了一下，站在讲台上，想了想，说，"我的同桌叫谢绥，是年级第一，学习特别好，性格特别好，长得特别好，什么都特别好。"

讲台下的女生欢呼鼓掌表示赞同。

这捧场叫喊的劲儿把马小丁都给弄蒙了。怎么回事，刚刚我起哄的时候你们都看我像看傻子，结果现在你们叫起来了？

谢绥就坐在位置上，笑吟吟地看着宋喻。

性格特别好……对他来说真是难得的夸赞。

宋喻在所有人的的注视中走下台。

他第一个晚自习就已经吸引无数粉丝，和王辞杠上后，更是成了整个高一（一）班最神秘的一号人物。现在说出名字，叫"宋喻"，还和谢绥是同桌，难道论坛上的两位风云人物都在这里？

高一（一）班的学生要疯了！

不过无论猜测结果正确与否，反正大概今晚又是论坛腥风血雨的一夜！

欧依莲气不打一处来，眼风冰冷地一扫，大声斥道："安静！下一个！"

女生们稍稍抑制了一下自己的情绪。

下一个说话的人是谢绥，大概也正是因为发言的人是他，才能压下宋喻带来的震惊。

谢绥上讲台的时候，台下特别安静，无数双眼睛好奇又激动地看着他，唯独宋喻没有往这边看。

宋喻根本不打算上欧依莲的英语课，一上课就拿着一本阅读理解在那里做。他上台前才大概把一篇英语阅读看完，下来怕那点儿做题的感觉丢失，赶紧拿着笔写题。

谢绥在黑板上写下名字，回头看着宋喻的方向。

宋喻坐在靠窗的位置，侧脸清秀又认真，头发看起来分外柔软，不抬眼不说话时看起来很乖巧，可是做卷子却做出了一种咬牙切齿的姿态。

玻璃分割阳光、晴空、白云、教室、黑板，所有关于青春的记忆似乎都在这里，和刚刚谢绥做的梦截然相反。

谢绥的嘴角勾起一丝凉薄的笑意，回忆起了一些事。

逼仄的楼道、肮脏的臭味，流言蜚语和同学们的指指点点，那是他压抑而沉默的学生时代。

一样的教室，一样的同学，梦里的他却永远不会站到讲台上。恶意的流言，王辞的欺辱，老师的漠视，同学的冷眼旁观，日复一日的兼职和永远睡不够的觉，犹如醒不来的夜。

"我的同桌。"

谢绥的声音很轻，却不同于宋喻那种属于少年的清朗，而是有一种超乎年龄的优雅从容。

全班同学都提起一口气，不少女生已经悄悄拿手机按起了录音键。这气氛把宋喻都感染了。他本来正在做题，在答案B和D之间犹豫选什么，现在也抬起头，有点儿好奇谢绥会怎么介绍他？

他刚刚那么给谢绥面子，谢绥总不会恩将仇报，拿那些糗事来损他吧！

谢绥对上宋喻的视线，微微一笑。

这一笑击中不少女生的少女心。她们在心里疯狂尖叫呐喊，连呼吸都错乱起来，握着手机的手兴奋得颤抖。

站在讲台上的少年缓缓道："他很善良，很真诚，也很聪明。"

宋喻的善良、真诚、聪明，肆意张扬如滚烫的阳光，落入他的世界，帮他驱散黑暗、消融冰原。

宋喻身上有很多秘密，突如其来的接近，不清不楚的动机。

只是，那又如何呢？

至少现在，他并不排斥。

谢绥微笑道："或许，我们会度过很愉快的三年。"

"啊啊啊！"教室里响起比刚才更上一层楼的尖叫，就连下课铃响都被淹没在这样的尖叫里。

马小丁拿手捂住耳朵，快被吵死了。

宋喻也愣了，脑子里的做题思路被打断。谢绥夸他聪明？！这也太让人高兴了吧。

还以为自上次那件事后,谢绥要给他脑子盖个不好使的章呢,结果不出几天就被他的智慧折服了!

马小丁捂着耳朵,拿书盖着头,忍无可忍道:"谢绥就上台说了几句话,她们那么激动干什么?"

奚博文看了一眼旁边通红着脸的女同学,把肚子里的话默默吞回去。

谢绥下来后,得到了他同桌的热情迎接:"给你糖,给你水,会说话就多说点儿。"

宋喻心情大好,神采飞扬。

谢绥笑了:"我夸你,你那么高兴?"

宋喻:"你夸我聪明,真有眼光。"

谢绥回忆起来,淡淡道:"哦,这句临时编的。"

宋喻僵住了。

谢绥盯他三秒,不逗他了,笑道:"嗯,聪明,特别聪明。"

宋喻瞬间得意扬扬起来:"不聪明怎么成为未来的市第一。"

马小丁才露出他饱受女生尖叫摧残的耳朵,结果听到宋喻这句不要脸的回复。他偏头,真诚地对奚博文说:"我算是了解了喻哥一个特点,给点儿阳光就灿烂,得了三分颜色就要开染坊。"

奚博文看了一眼前面。

在和谢绥交流后,宋喻又重新投入英语学习的海洋,两耳不闻窗外事。

奚博文拿书本挡着脸,伏在桌上压低声音问:"喻哥真是论坛上的那个人?"

马小丁都不想回忆昨天的事,表情沧桑地望了一下旁边。

明明已经下课,一群人还是坐在位子上一动不动,调着手机角度疯狂偷拍。

他苍凉地说:"你猜?不过今天,论坛又得热闹一场了吧。"

这是早上的最后一节课,之后是午饭时间。

孟外婆方方面面都照顾着宋喻的身体,是不会让他吃食堂的,他只能每天走回公寓去吃。

"你要不要来楼上,去我那里吃?白姨手艺还不错。"宋喻走出教室,拎着一本书,在林荫道上,发出邀请。

谢绥摇头,笑着说:"不了,下午见。"

他还有一些事情要处理,关于祝志行。

"好吧。"

宋喻回公寓,吃了饭后,随便翻了一下手机,懒得去看论坛。只是马小丁这人比他还急,一顿饭的工夫发了好几条消息说个不停,几乎是在同步直播论坛的舆论发展。

其实不用马小丁说,宋喻都能猜到。想到那些"啊啊啊"他就头疼。

宋喻抽了一下嘴角,在写英语空闲的工夫,登了一下论坛的账号。论坛是有自己的私人空间的,点击头像一般会显示的都是名字和个人公告,以前宋喻的个人公告一片空白,现在他决定加上一句话。

你老大喻哥:"别猜了弟弟,反正在现实中我也是你惹不起的人,何必呢?"

全论坛:"……"

真是一如既往的狂!

被盖了好多层楼的是"前途似海"的专楼,以及一个新的热门帖子"我找到喻哥了!"。

宋喻都懒得点进去看。他手指一划,看到一个"个人公告什么意思?"的标题。

这还不明白?

宋喻回复。

你老大喻哥:"别打扰我搞学习。"

在一众粉丝的尖叫里,楼主艰难发言:"什么?喻哥这是要退网了?"

宋喻看了一眼桌上的卷子。

你老大喻哥:"没呢,想拿个满分而已。论坛的朋友们,麻烦你们把论坛都卸载了吧,让我一个人静一静。"

36楼:"……"

37楼:"为什么这世上会有这样不要脸的要求?"

在论坛说完话后,宋喻干脆利落地关掉手机,不再去理会那些是是非非,事了拂衣去,深藏功与名。

上课做的那道阅读理解,他还是不知道选B还是选D。思考了一会儿,他就搁下笔了,那么纠结干什么,他楼下不就住着一个学霸吗!

想到这,宋喻收起笔和卷子,跑下楼去。

房间内,谢绥在接一个电话。他坐在椅子上,手点着桌子,语气漫不经心:"录像给警局,至于照片和诊断书,发我干什么,发给他一家人。"

电话那边又说了什么,谢绥垂眸,面无表情地听着,按下了挂断键。

敲门的声音急促响起。

谢绥猜都能猜到是谁了,抬起头看向门口,这人大中午的不睡觉,下午是打算连着睡三节课?

宋喻敲了半天,终于等到了谢绥开门,脑子里都是"neutral(中立的)""criticize(批评)"两个单词。

看到谢绥开门,宋喻眼睛一亮,对上谢绥幽深冷淡的眼睛又愣了一下,直接道:"我来和你一起学习。"

谢绥握着门把手,唇勾了一下,说:"学数学就不用了吧。"

宋喻:"英语……你先让我进去坐下呀,热死了。"

谢绥觉得自己对宋喻的耐心是真的足,上个梦里还有谁敢这么跟他说话。他冷情狠戾的名声在外,无数名媛趋之若鹜,也不敢踏足一步他的私人领地。

谢绥让宋喻进去,随后淡淡道:"能在字典上查到的单词不要问我。"

宋喻:"……"

那我有手机就够了，要你何用？

公寓的户型都差不多，宋喻坐在客厅沙发上写作业，谢绥也没进卧室，就在旁边看书。

一个人写作业，和两个人一起写作业是完全不同的感觉。反正对于宋喻来说，有谢绥在旁边给他压力，他走神的次数都少了。

做完两道题后，宋喻对了一下答案，正确率百分之五十！隔了那么久重新写英语卷子他都能那么厉害，他真是个天才，他在心里给自己点了个赞。

看来考进景诚中学年级前一百名有望了，心情愉快的宋喻拿起桌上的水喝了一口，又看向谢绥，颇为好奇地问："怎么我看你不是上课分神，就是下课玩手机，一点儿心思都没在学习上。"

谢绥翻过一页书，语气平静："大概是因为高中的学习不值得我上心。"

宋喻给自己灌了一口水，重重地放下水杯，冷漠道："哦。"

呵，瞧把你厉害的。

宋喻带着"学渣"的愤怒，又投入英语的海洋里。

做到完形填空的最后一题，宋喻卡一个词卡了半天。就是那种眼熟得不能再眼熟，明明清楚知道自己认识它，根本不用依靠手机也能想出来的词，但就是一时半会儿大脑空白，怎么都想不起来。

谢绥看了一下时间，道："要上课了。"

宋喻头也不抬地说："等等，我还差一题，你别吵，我马上写出来。"

谢绥挑了一下眉，也不催他，将手里的书放好，去给他倒水。

宋喻嘴里说着马上，但过去了五分钟，笔还是没动。他的眉头紧拧着，是那种熟悉的咬牙切齿、与之一搏的感觉。

宋喻做题永远跟战斗似的。

谢绥走过来，打算放下水杯，就听见宋喻恹恹地说："husband（丈夫）。"

宋喻快被这题气死了，皱着眉问："husband 是什么意思你记得吗？我觉得我肯定认识，但就是想不起来。"

谢绥坐到宋喻旁边，扯过那本习题册："我看看题目。"

宋喻气到拍桌："意思！我要你告诉我意思！"

谢绥拿过他的笔，点在那道题上，没理会他的狂怒。

"husband 的意思是丈夫、老公，但在这里，是格林夫人在呼唤自己的爱人，不会那么正式。所以应该选 C，darling（亲爱的）。"谢绥偏头，笑着看宋喻，声音低沉又动听。

宋喻依旧气愤："所以我刚才耽误半天去想意思的 husband 还不是正确答案？"

谢绥表情深沉地看他一眼，放下笔，语气冰冷："是。"

他心想，刚才就该让他去翻字典。

真如谢绥预料，下午的时候宋喻就忍不住打起了瞌睡。

九月的天气本来就让人犯困，从语文老师朗读课文开始，宋喻就觉得自己的眼皮在打架。

语文老师是一个满腹情怀的中年男人，念诗时饱含感情，手都在跟着挥动："携来百侣曾游，忆往昔峥嵘岁月稠，恰同学少年，风华正茂……"

只是他的语速太缓慢，念到后面宋喻头都快磕到桌上了。砰的一声，轻微的疼痛让他清醒了一瞬间。

宋喻给自己立了学霸人设，偶像包袱太重。他摇摇头，扯了扯谢绥的衣袖说："掐一下我，别让我睡，我要听课。"

说完，他伸出了自己的手臂。

夏天穿的是短袖，宋喻露出来的手白白嫩嫩，一看就是养尊处优的人，也不知道打人的时候那股劲儿怎么来的。

谢绥低头看一眼，淡淡地说："自己掐。"

宋喻想了想，给出了一个"天才"的建议："我对自己下不了重手，要不你把手伸出来，给我掐一下？"

谢绥都被他气笑了，要睡觉掐别人的手提神，他可真聪明。

"你做梦。"谢绥果断拒绝。

宋喻自知理亏，只能另谋出路，转头跟上语文课特别积极的马小丁说:"快点儿,掐我一下,我要睡了。"

马小丁正沉浸在诗的海洋呢,乍一听,没搞懂:"喻哥,你要我做什么?"

谢绥已经拽着宋喻,把他按回去了:"别折腾了,讲到重点我提醒你。"

宋喻瞪大眼睛,困得流眼泪,眼睛显得特别迷茫,语气却还是那么欠打:"别吧,这不太合适吧,我是要搞学习拿满分的男人。"

谢绥:"下一节物理课。"

在大家心里,物理和语文相比,前者一节课不听,大概会傻三年。一番权衡之后,宋喻乖乖闭了嘴。

其实他们几人一直饱受关注,论坛上猜测"喻哥"真实身份的帖子吵了半天,但当事人不发话,怎么都闹不大。

看不惯"喻哥"的人一致认为喻某现实里又丑又矮还爱吹牛,根本不可能和宋喻对上号。

女生们则分两派,论坛上谢绥的粉丝还是占多数,一听到"喻哥"和"男神"可能是同桌,气得吐血,一口咬定不可能,这两个人不可能有联系!

剩下两者都欣赏的人则快活似神仙,在论坛"盖楼"盖得飞起,热闹得跟过年似的。

当然,她们在论坛上再怎么活跃,也只是在网上。现实里,高一(一)班的女生哪怕认定了宋喻就是喻哥,也不敢多说话。

毕竟宋喻在论坛那狂傲的气质太明显,一看就不好惹,她们害怕。于是在真相没揭露前,她们选择暗自观望。但她们越观望,就越觉得这两个人做同桌真是上天的安排。

高中的第一节物理课,宋喻拿出了一百二十分的精神,腰杆挺直,看起来神清气爽。

谢绥却摊开物理课本,偏头说:"我先眯一下,上课的时候你敲我的桌子,喊醒我。"

宋喻:"课间时间那么短,你睡得着吗?"

谢绥:"嗯。"

宋喻惊了:"你昨天睡得很迟吗?"

谢绥笑道:"还好。"

祝志行一家人的事,不足以耗费他太多精神,他多留意了一下王家。

宋喻仿佛忘了自己上语文课时打的瞌睡,教训起其他人倒是一套一套的:"这样不行,我跟你说,物理这门学科必须严阵以待,你现在睡了,待会上课后,脑子很难瞬间进入清醒状态,如果没有接收到知识点,后面就再也听不懂了,你知不知道每年有多少人就败在物理这门学科上,喂。"

谢绥没理他,趴在桌上闭上了眼睛,浓密纤长的睫毛覆下。他不睁眼的时候,就少了那种摄人的神秘的气势,显得疲惫而脆弱。

宋喻看着他的睡容,愣了一下,嘀咕着:"怎么那么能睡?"

还没睡着的谢绥听到他的话,睫毛微颤,心中觉得好笑。

他其实不是嗜睡的人,甚至恰恰相反,他从前经常失眠。很长一段时间里,他一天只能闭眼两三个小时,而且睡得很浅,一点儿声音都能醒来。

再次回到梦里,因为宋喻的出现,许多事发生了改变,现在的他也能安然入睡了,真神奇。

这一整天王辞都没来上课,对宋喻来说是好事。梦里王辞曾经对谢绥做的那些欺负人的事,简直能气死他。

上完物理课后,谢绥又倒头睡下了。

最后一节课是体育课,宋喻整理了一下东西,翻出手机,打算去上课。

"滴!"他的手机响了,显示收到了一条陌生人的信息,字里行间都是恶意:"你觉得要是谢绥妈妈的那些事被公之于众,还会有那么多人追捧他,喊他谢神吗?跟我斗?我把他的一切都摧毁,将他拖下地狱,你看到时候他会怎么办。"

宋喻看了,眼里尽是冷意,笑容也冰冷。他错了,傻子无处不在。

宋喻给他回信:"你来,看最后是谁毁了谁。"

这人说话的语气那么恶心,除了王辞还能是谁呢?王辞一天没来上学,是去调查他和谢绥了?

宋喻面色冰冷,关上手机放进口袋,心中想,王辞这傻子最好明天别来学校。

体育课是高中生最期待的课,刚打铃就有一群人蜂拥而出,没过多久,教室里就不剩什么人了。

马小丁是跑在最前面的那一伙人之一,铃声刚响他就拽着奚博文直接下楼去占球场。

高一(一)班教室里,现在只剩下宋喻和谢绥。

宋喻偏头,发现谢绥还在睡,用手敲了两下桌子,说:"喂,上课了。"

几乎是在他敲桌子的一瞬间,谢绥就睁开了眼,异常清醒,脸上一丝睡意都没有。

宋喻惊讶道:"这就醒了?你这是根本就没睡吧?"

谢绥没解释,声音微哑:"只剩我们了?"

宋喻得意地邀功:"那可不,也就只有我一直在等你。"

谢绥意味不明勾了一下唇:"那你还真贴心。"

有一个不解之谜的病症在身,学校给了宋喻不去上体育课的权利,但宋喻一直没放在心上过。

下楼中途谢绥去接了一个电话,让宋喻先在楼下等他。

宋喻走下楼的时候,遇到了两个隔壁班的女生。

看到他时,两个女生都愣住了,停在原地,被他轻轻瞟一眼才回神。她们脸色通红,挪到墙边,专门给他让路。

宋喻走远了,才听到她们压低声音的讨论,满是兴奋。

"真的是喻哥吗?!"

"不知道,现在在论坛都吵成什么样了,也没个定论,不过,不管他是不是,他真的好帅!"

……

宋喻微微地扯了一下嘴角。幸好他已经退网,不整那些有的没的,在景诚中学,他就想当个学霸。

他在教学楼前的树下等了半天,谢绥才下来。

宋喻问:"什么电话,你打了那么久?"

谢绥微微笑,说:"一个不重要的人。"

高中的体育课内容一般在简单的跑步热身后,就是学生们的自由活动时间,羽毛球、篮球、跳绳,基本上就那几样运动。

马小丁在体育老师喊解散后,兴奋地来找宋喻,吼得特别大声:"喻哥,喻哥!打球吗?"

"喻哥",这个名字这几天实在是太火,班上熟悉的、不熟悉的面孔都下意识地望向这边。

好在宋喻早就习惯了这种注视,他不咸不淡地回复马小丁:"累,不去。"

马小丁自从上次看他出手后,就再也没把他当瓷娃娃了,惊讶地问:"啊,你下个楼跑两圈就累了?可是老师不让我们回教室,你不打球去干吗?"

宋喻耷拉着眼皮,反问:"难道你只有在教室才能学习?"

马小丁还能说什么,只能感叹:"哇!喻哥就是牛!"

喻哥真是他见过的最热衷于彰显自己学霸人设的学霸,张口闭口都是学习,仿佛离开学习一秒都不能活。他就困惑了,怎么同样是学霸,人家谢神就从来没说过一句关于学习的事?

谢神的学霸称号是假的吧?瞧瞧我们喻哥。

宋喻偏头,拉着谢绥的衣袖,笑道:"走,我们去搞学习。"

谢绥好笑地看他,问:"怎么学?"

"去找块阴凉地坐下,我考考你《沁园春·长沙》。"宋喻憋着笑说。

谢绥收回手,淡淡道:"那还是算了。"他丢不起这个人。

宋喻正要义正词严地批评谢绥,突然奚博文从另一边跑了过来。小书呆子气得脸都红了,隔着老远就对马小丁说:"马哥,我们占了的球场被人抢了!"

奚博文虽然看起来白白净净,像是那种死读书的学生,但对篮球这项运动却是出奇的喜欢。他小时候不知道听谁说,打篮球能长高,就一直打到了高中。

他和马小丁一下课就冲下楼抢到的球场,就这么被抢走,可把他委屈个半死。

奚博文拿下眼镜,气呼呼道:"高二(十五)班那群人简直就是强盗!蛮不讲理!我说我们先到的,他们竟然问球场写名字了没有,没写名字就是他们的,还说不服来争!"

马小丁瞪大眼睛,这还真就不能忍了。他撸起袖子骂骂咧咧:"我当了那么多年老大,还怕他们?"

他走前想到宋喻还在旁边看着,便退后几步跟宋喻报备一声:"喻哥,我去主持正义了。"

宋喻从眼睛到嘴角每一处都写着"嫌弃",脸上是那种好好读书的乖学生对闹事的坏学生的不屑和鄙夷。

你没救了,马小丁。

奚博文本来很气的,但就是想发泄一下而已。结果看马小丁这当真的架势,他表情微愣,马上退缩了,忙道:"别别别,使不得。马哥,我觉得我们还是换一块场地吧。高二(十五)班,不好惹。"

马小丁:"有什么不好惹的?"

奚博文急说:"高二(十五)班有个陈志杰就是个刺儿头,我们别去惹他。"

马小丁怀疑自己听错了:"你说谁?"

奚博文以为他不认识,心里急得不行,语无伦次道:"陈志杰,高二的那个陈志杰!听说他是跆拳道黑带,还学过格斗。马哥,我们还是忍忍吧,忍一时风平浪静。"

马小丁:"……"

陈志杰?就是上次台球室里躲在"格子衫男人"后面一句话不说的那个?

马小丁对陈志杰名头的恐惧在那之后就没了。但是他的跟班都分布在其他班,现在身边只有奚博文,而奚博文一看就是个胆小文弱的,陈志杰那边却好像有很多人。

以少敌多，有点儿悬。

马小丁心里发虚，脚步一停。他想了想，可怜兮兮地回头看宋喻，委屈巴巴道："喻哥，我被人欺负了。"

旁观一切的宋喻皮笑肉不笑道："哦，挺好的。"

马小丁这种学生就该接受教育，直到弃武从文，好好学习。

奚博文愣了："不是，马哥，你跟喻哥说话怎么用这语气，喻哥是搞学习的，根本不会打架，你还想让他给你出头？这不是害喻哥吗？"

马小丁怜悯地看了奚博文一眼，不想解释太多，偏头继续不依不饶地跟宋喻卖惨，动之以情，晓之以理："喻哥，我说错了，这根本就不是我被欺负的问题，这是关乎我们班级尊严的问题。占好的球场说抢就抢，这也太不把我们班放在眼里了吧！

"喻哥！我们要有班级荣誉感！"

宋喻偏头问谢绥："不背《沁园春·长沙》，你教教我牛顿第三定律。"

谢绥忍笑道："要不要先教第一、第二定律？"

马小丁怕他们先走，快急哭了，也不要脸面了，耍无赖道："喻哥，我想打篮球。"

宋喻："……"

他们在这边吵闹了半天，其实高一（一）班很多人都没走远，正暗中观察着他们，女生们交头接耳。

"发生了什么事？"

"好像是球场被抢了吧。"

"高二（十五）班抢的，陈志杰那群人。"

"啊？陈志杰？就高二那个？"

宋喻："……"

难道整个学校只有他想好好读书？

宋喻被马小丁整得烦不胜烦，皱眉道："够了没？"

马小丁眨了眨眼睛，做出非常可怜的模样。

这一幕把奚博文都看傻了。

宋喻扯了一下嘴角，转头跟谢绥说："等等，我先去主持一下正义。"

谢绥笑道："好。"

篮球场就在操场旁边。

学校的体育课是几个班一起上，从高一到高三都有，人特别多。

高一（一）班谢绥的名字早就风靡全校，不少学姐专门站到体育看台上，就为了看他。

由奚博文领路，马小丁走他后面，气势跟螃蟹似的。

看着马小丁那走大街上能被人揪出去打一顿的走路姿势，宋喻忍无可忍道："他在前面整得我好像是去砸场子的一样。"

谢绥失笑道："你不就是去砸场子的？"

宋喻微微瞪大眼睛："我是去讲道理的好不好？先来后到，这是礼貌问题。能靠讲道理解决的事，为什么要动手？文明社会，懂吗？"

谢绥安静听着，也不反驳。

宋喻想了想，有些不满地说："所以，我在你眼里就是那种只会打架的不良少年？"

谢绥逗他上瘾，勾唇笑道："不，你还会打电话。"

宋喻面无表情盯着他："哦。"

我打电话是为了谁？你早上夸我的那些话都是骗人的吗？

谢绥本来就是学校里的风云人物，再加上那个身份真假未知的宋喻，这边一有动静，就吸引了不少视线，操场上的人都悄悄往篮球场靠近。

高二（十五）班的一群人刚抱着球从器材室出来，为首的却不是陈志杰，是一个他们没见过的大个子。

马小丁的语气很冲："不是不服吗？我们来了，你们老大陈志杰呢？当缩头乌龟去了？"

宋喻在后面脸色铁青，扳着他的肩膀，把他往后拽。

马小丁说："哎，喻哥，你干吗？我的狠话还没放完呢。"

宋喻没理他，风度翩翩很礼貌地跟对面的人打商量："这位同学？我们可以来讨论一下球场的归属问题……"

只是他后面的话没说完，大个子就抱着球嗤笑一声，得意扬扬道："陈志杰？他突然转性，搞起了学习。现在他们的老大是我，我就是高二（十五）班老大，高丰！"

宋喻咬了一下牙，继续说："这个球场是我们班的人先占的。"

高丰的大拇指擦了一下鼻子，冷冷一笑，道："不服？来！今天就是我扬名立威的一天，今天过后，全校都会知道他们的老大换人了！"

宋喻深呼一口气："……我们做人做事要讲究先来后到，所以可不可以，大家各退一步？"

高丰自说自话："兄弟们，摆阵！"

宋喻闭嘴，视线冰冷地看着他。

一瞬间空气都变得紧张起来。

马小丁在宋喻后面瑟瑟发抖，看高丰像看个勇敢的壮士。

高丰发现气氛不对，终于把视线落到了宋喻身上，看他这清秀文弱的样子，不屑道："你刚刚瞎说了一通什么？是不是想说你们先来的，让我们让位？哟，你看你喊这篮球场一声，它应吗？"

马小丁一脸沉痛和惋惜——兄弟，你在玩火。

奚博文已经看不下去了。他搞不懂马哥为什么要把岁月静好只想学习的喻哥喊过来。

宋喻收拾了一下情绪，这道理讲不下去了。他呼出一口气，看着高丰，笑道："它应不应我不知道，但我知道，等下我喊你'傻子'，你是不应也得应。"

高丰瞪大眼睛。

宋喻活动了一下手腕，语气森寒："不应，我就等到你应。"

悄悄尾随他过来的高一（一）班人齐齐倒吸一口凉气，看着宋喻嘴角又痞又冷的笑，和这狂得不行的话，诡异地找到了一丝熟悉的感觉。

高丰瞪着眼睛愣了几秒后，脸色阴沉下来。他觉得自己受到了侮辱,还是被这个看起来就很弱的人挑衅了。

第一天当老大,这怎么能忍?他神色狰狞道:"口气挺狂,到时候别喊老师救命。"

宋喻对他的话嗤之以鼻:"你是小学生吗?还要喊老师。"

围观众人:"……"

这张扬的语气,这熟悉的猖狂,喻哥,别否认了,这就是你吧。

高丰说不过他,气得咬牙切齿,只能动手把篮球冲着宋喻的脸砸过来。

篮球在空中快速飞来,砸到脸上怕是要出血。

旁观围观的女生们心都提了起来,心想着可别打脸,这要是毁容了怎么办!

宋喻还没做出反应,谢绥已经伸手帮他把球接了下来。

少年接球的动作潇洒又帅气,惹得旁边又响起一阵尖叫。

高丰眼睛一眯,一眼认出了谢绥,吊着眉梢问:"你就是那个被吹上天的校草?"

谢绥没理他,只似笑非笑地偏头问宋喻:"不是讲道理的吗?"

宋喻:"……"

今后他在谢绥心中不学无术只会用蛮力解决问题的印象是不是就坐实了?

"讲不过。"宋喻无奈道。

果然,他就不适合跟人讲道理,他适合当"炮仗"。

高丰看了一眼谢绥,笑道:"校草在就好,我还怕没点儿知名度呢。"他指了指自己,又指了指宋喻,"这是我和他的事,你就别掺和进来了,旁边待着去。不然到时候波及无辜,被打残了可别怪我。"

马小丁听了这话就不开心,在宋喻后面探出头,凶狠地说:"你说什么玩意儿呢,不知道我喻哥和谢神是好兄弟吗,他们学一起上,事一起扛。"

空气安静了几秒后,"啊啊啊——"不止是操场、球场,体育看台那边都传来了女生的尖叫。

奚博文痛苦地捂脸,喻哥的名声怕是被马小丁败坏完的吧。

宋喻专注地打量着高丰,没管身边的动静,语气很不屑:"你们一起上,还是一个个来?"说完他偏头问谢绥:"离我们下课还有多久?"

谢绥习惯性地抬手腕去看表,但很快反应过来自己是在新的梦中了。他从容地放下手,估算了一下时间:"大概还有二十分钟。"

宋喻皱了眉:"二十分钟?"他还要去学习呢。

他想了一下,对高丰说:"算了,不耽误时间,你们一起来。搞快点儿,我还要去背《沁园春·长沙》。"

高丰被宋喻的狂妄气笑了。他打了一下响指,活动了一下关节,自信地说:"话别说得太早,不然到时候脸都丢完了,高中三年没得玩。对付你,我一个人就够了。"

宋喻嗤笑:"呵。"

他的眉眼本就利落,带点儿嘲弄之色时就更显得乖张和狂妄。

高丰看到他的表情,瞬间来气,往前走了一步,手上用劲儿,一拳就要揍到宋喻脸上。

电光石火间,宋喻直接握住高丰的手腕,同时另一只手夺过谢绥手里的篮球,对着高丰的脸摁上去,动作随性利落,帅得不行。

高丰发出一声闷哼,愣住了。

不止是他,旁边围观的人也傻了。

宋喻冷着脸说:"用球砸人可不是个好习惯,你记住了吗?球,我还你了。"

高丰霍然瞪大眼睛,难以置信,这个看上去很弱的小子力气为什么那么大?

"哇!"旁边爆发出一阵尖叫,女生们悄悄拿出手机开始录像。

一般这种事情,她们是不会围观的,只会退避三尺,但没办法,今天的主角太帅了!不说宋喻,光是谢绥就值得她们举一节课手机了。

高丰的脸涨得通红,另一只手拍开篮球,怒吼:"刚才是我轻敌,来!今天我就和你杠上了!"

气氛剑拔弩张，紧绷着一根弦，好像下一秒就要动手。

只是他们这架还是没打起来。

毕竟操场上那么多人，还是有好学生看不得这种场面，于是去喊了老师。

体育老师吹着口哨怒气冲冲地跑了过来，对他们怒道："那边是几班的！不好好上课，还想当着我的面动手不成？"

兴致勃勃看热闹的同学们心虚地相互看了看，没出声。但他们心里想：老师，为什么你来得那么不凑巧？

高丰看到老师脸色就变了，球都不要了，带着自己的跟班们就想跑，却被体育老师一个大跨步拦下来。

老师拽着他的领子，咬牙切齿道："那么喜欢闹事，冲我来试试！"

体育老师有八块腹肌，人高马大，一看就不好惹。他任教十年，常年位于"不良少年最不想遇到的老师"排名之首。

高丰臭着脸，一句话不说。

体育老师更怒了："你还给我摆脸色？去操场上跑十圈，然后去办公室写检讨，一千字！"

高丰咬牙，欲言又止，最后恨恨地指向宋喻问："那他呢！"

体育老师一回头，看到宋喻那清秀乖巧的模样，气就不打一处来。他摇着头对着高丰说："你年纪小，心眼倒不小，找人家麻烦还想拖人家下水？三千字，你没得跑了！"

高丰难以置信地抬头："我——"

后面的脏话他还没说出来，已经被力大无比的体育老师拽去操场上了。

奚博文长长地舒了一口气，马小丁也叹了一口气。

奚博文说："幸好没打起来。"

马小丁说："万幸没打起来，我觉得高丰可以写三千字去感谢张老师。"

奚博文不明所以。

宋喻对打架这回事就从来没热情过，体育老师来得正好。他面无表情地看着高丰被拖走,偏头对谢绥说:"我们走吧……"

只是"去背书"三个字他还没说完,体育老师就脸色不太好地跑回来,凶神恶煞地指着他们说:"闹出那么大动静,你们也给我反思一下,跑就不用跑了,去办公室给我把事情说清楚,检讨也写一份!"

宋喻:"……"

这得耽误多少他学习的时间。

谢绥倒是无所谓一笑。

体育老师还有课,让他们先去办公室等着。

办公室在育文楼三楼,算是比较旧的老教学楼。

现在这个时间老师们几乎都去吃饭了,办公室内就只剩下他们,还有另一个班的班主任在打电话。

离月考只有四个星期,宋喻可谓是争分夺秒地学习,他伏在桌上,奋笔疾书地默写古诗文。

隔着一张桌,那边的老师声音清晰地传过来:"怎么就突然要转学呢?这才刚开学,学费什么的也交了,祝妈妈,您要不要再考虑考虑?

"这……也行吧,转学的话是转到哪儿呢?外地?那有点儿麻烦。您明天来学校一趟吧,带上户口本,我给您填一个转学申请表。

"啊?今晚就来?哦,我当然有空。不过这也太急了吧。唉,行行行,那您来吧。

"唉,祝妈妈您别哭,有什么事是过不去的呢。"

电话那边隐隐约约传出妇女的痛哭,伴随着C市本地话的咒骂。

那个班主任是一个刚毕业不久的女老师,年轻稚嫩,还没习惯处理和家长之间的事,尴尬地握着手机,却还是给了对方十足的温柔和耐心:"嗯嗯,您别气,好好好,我等您来。"

那边终于挂掉,她长长舒了一口气,疲惫地揉了揉眉心。

这边宋喻默写到"漫江碧透",突然就忘了后一句。一节语文课没听,可把他这学霸急的,连忙发问:"后面是哪一句来着,'看万山红遍,层林尽染,漫江碧透'之后的那一句?"

谢绥："百舸争流。"

宋喻握着笔："什么争流？我怎么感觉那么陌生。"

谢绥："舟加一个可。"

宋喻写出来后，终于一拍脑门："我就说我怎么没印象，我一直背的百船争流。"

谢绥幽深的眼眸认真盯了他半天，笑了："你这语数外水平，是打算争年级倒数第一吗？"

宋喻心虚地辩解："没那么差劲吧。"

黄昏晚霞漫漫渗过窗，玻璃纯净，像橘子一样金黄。

等到宋喻都快写完一张物理卷子，体育老师还是没来。

直到天色渐暗，体育老师终于走进办公室，教训高丰估计花了他不少时间和精力。

体育老师看到他们直接说："先去吃饭吧。检讨就写个五百字，明天交给你们班主任。"

他后面接了一个电话，是他女儿打来的，一边聊着一边走了。

宋喻做的卷子只差最后两道题了，老师放他走他也不想走，这做题思路不能断。他说："再待一会儿。"

谢绥坐在宋喻旁边，装模作样地拿笔写作业。他看了一眼挂在墙上的钟表，心里计算着时间，偏头问："饿了吗？"

宋喻头也不抬地说："没呢，精神世界非常丰富，肉体已经麻木。"

谢绥轻轻一笑，合上笔盖，也不再去管他。

不一会儿，有人进来了，是一个中年妇女，个子不高，瘦瘦小小。她留着短头发，脸色瘦黄，眼皮薄，鼻梁矮，长相刻薄。

她手里提着一个袋子走进来，发丝凌乱，眼眶通红、布满血丝，看样子像是哭了很久，一边脸颊青青紫紫，腿还有些跛。

班主任都愣住了，站起来试探地问："是祝志行的妈妈吗？您，您这是怎么了？"

妇人一坐到老师对面就崩溃又绝望地哭了起来。她一边哭一边骂，嘴里尽是断断续续的脏话。

班主任是C市人，听得特别尴尬，连忙说："这，您带户口本来了吗，真的打算办转学手续？"

妇人掩面大哭："办，这日子过不下去了，这地方我也待不下去了。"

班主任僵硬地笑了一下，劝说："这……这是家里出了什么事吗？您冷静一下。"

祝志行妈妈的哭腔崩溃又绝望："老师，你是不知道被人戳着脊梁骨说话的日子，字字扎心窝子，我今天出门都不敢抬起头来。都怪家里那个杀千刀的，我这辈子都被他毁了，我要带着我儿子离开。丢脸丢到姥姥家了，闹出那么大的丑事，这地方多待一秒我都是受罪！"

班主任都傻了："好……好。"

宋喻在最开始听到班主任喊"祝志行妈妈"的时候就停下了笔，悄悄抬头看着那边。

祝志行？不是那个过去三年一直欺负谢绥的人吗？他妈妈怎么来了？还哭得那么惨。

谢绥神色自如，看样子对那边的动静丝毫不关心，只问宋喻："你写完了吗？"

其实最后一题宋喻还卡着，但是祝志行妈妈算是谢绥童年时期的噩梦。既然谢绥那一晚说放下过去，那他也不想再让这些人来碍谢绥的眼。

宋喻收笔："写完了，走走走。"

只是他们走出办公室，却在楼道里遇到了祝志行。

晚上，月色冷冷地照在地上，旧的教学楼里墙皮脱落。祝志行失魂落魄地站在阴暗角落里，平日里猥琐又阴毒的眼睛一片迷茫和恐慌。他的眼睛也是红的，和他妈妈一样不知道哭了多久。

宋喻看到他一愣，下意识拉着谢绥想要远离这个人。

没想到，祝志行一看到谢绥就眼眶充血，一口气冲了过来，一拳就要打在谢绥脸上，还撕心裂肺地低吼："是你对不对？！本来这些事没人知道的，是你做的对不对？！"

宋喻气得不行，掐着他的脖子把他扯开，怒道："你神经病！上次放过了你！这次上赶着来挨揍？"

谢绥退后，看着宋喻挡在自己前面的背影，对着祝志行嘴角微微地勾了一下。

祝志行理智全无，吼道："完了，全完了，全完了，你把我一家都毁了！谢绥，你就和你妈一样可恨！"

宋喻气死了，拿手里的书塞他的嘴，狠狠地说："你是不是有病！闭嘴！"

祝志行现在已经不怕宋喻了，那种皮肉上的痛苦远没有他这些天经历的一切恐怖。他怔怔地看着谢绥。

谢绥的皮肤冷白，在月光下更是有一种出尘的清冷，眼眸黑如深潭，望向祝志行时，漫不经心，冷冷淡淡的。

哪怕他在背后操纵全部，也没有真正地把他们放在心上，甚至连厌恶的情绪都不屑给他们。

祝志行牙齿打颤，瞬间感到浑身冰冷，头皮发麻。本来他还不确定是不是他，现在忽然就确定了。

是呀，谁还能对那些事那么了解。

"就是你……"祝志行泪流满面，举起手，颤声说，"就是你，魔鬼……魔鬼。"

如果说他对宋喻的情绪只是单纯对强者的害怕，那么这一刻，他对谢绥就是深入骨髓的恐惧。

宋喻烦不胜烦："你到底——"有完没完。

"谢绥！"妇女饱含恨意的声音忽然从楼梯上传来，带着哭腔和愤怒。

然后宋喻还来不及反应，后背就被人狠狠地推了一下。他眼睛瞪大，眼看要朝楼梯扑下去，手腕却被人抓住，往旁边一扯。

谢绥一只手抓住宋喻，一只手抓着祝志行妈妈的手，神情在月色下冰冷如霜，语气里的寒意可以结冰："你找死？"

祝志行妈妈愣住了，呆呆地看着谢绥。眼前的少年是她熟悉又陌生的模样。

她张了张嘴，布满血丝的眼睛闪过恐惧后，猛地挣脱开谢绥的手，再次迸发出疯狂的恨意。

她又哭又吼："就是你，就是你！如果不是你妈长得那个样，我家那杀千刀的当年怎么会着了你们的道，怎么会摔下楼断一条腿？现在又出了这种事，你们一家都是灾星！灾星！"

宋喻被谢绥拉着站好后，也回过神，紧接着就听到这骂声，瞬间怒从心生。

"说完了没有！"宋喻抬头，咬牙切齿，"我看你们才是灾星，谢绥前十几年遇到你们真是倒了八辈子霉。"

祝志行妈妈的精神已经濒临崩溃，眼珠子一动不动地盯着谢绥，显得有些疯魔诡异。她愤恨地说："你毁了我们一家人，我也不会让你好过的，我这辈子都会缠着你。"

宋喻被气笑了，浅色的虹膜折射出楼道里昏暗的光，显得这笑乖戾嘲弄。

"别吧阿姨，"他抬杠时火药味十足，"你瞧你前面那话说的，怪人家长得好看。"

"你！"祝志行妈妈气得语无伦次，脸涨得通红，手指颤抖地指着宋喻骂，"跟狐狸精的孩子一起玩，你也不是个好的，没教养的货色！不是我有病！是谢绥有——"

宋喻想到谢绥中学三年的事，顿时冷下脸色打断："你再说下去试试？"

祝志行妈妈怎么会怕他，高声道："他有病！会传染的病，啊！"

楼道里传出妇女痛苦的惊呼，祝志行妈妈被人抓着头发，狠狠地打了一拳。那人却不是宋喻和谢绥，而是一个浑身酒气，不知道什么时候冲上楼道来的男人。

他一只腿有点儿问题，走路一瘸一拐，可是拳头打在女人身上却丝毫不含糊。他头发凌乱，胡茬满脸，揪着祝志行妈妈的头发声嘶力竭地喊："臭娘儿们，我得了病又怎么样？背着我来办转学手续？你还想离婚？想都别想！你这辈子别想摆脱我！"

祝志行赤红着眼："爸！"

祝志行妈妈失声痛哭起来，声音在楼道里显得格外凄惨。

宋喻呆了两秒，忽然视线一黑，是被谢绥挡住了眼睛。

眼前狗咬狗的是他的仇人，少年的语气却漫不经心："别看，脏眼。"

宋喻的内心忽然有点儿酸涩。

这姓祝的一家都是群什么人，这就是谢绥以前的生活环境吗？他才是个高中生而已。

宋喻咬了一下唇，抬手移开谢绥的手。

"不，我要看，看了解气。"宋喻的语气里可不是解气，而是满满的愤怒。

谢绥勾了一下唇，幽深的眼眸再望向那一家人时，视线瞬间变得冰冷。

上次宋喻把他带到那面墙前，勾起了他回忆里的一些灰暗往事。他毕竟不是宋喻，手段那般单纯，充满稚气，当他决定对付祝家时，就注定要拖他们入地狱。

祝志行妈妈的哭喊惊动了班主任。

班主任从上面下来，就看到祝志行爸爸揪着祝志行妈妈的头发，那画面在阴暗的楼道堪比恐怖电影。

年轻的班主任吓得脸色苍白，也不敢去惹那个浑身酒气、理智全无的男人，于是打电话叫了学校保安。

后来保安来了，警察也来了，祝志行爸爸神志不清甚至想袭警，被警察带回去了。

祝志行妈妈鼻青脸肿，已经哭得快断气了。

而祝志行行尸走肉般站在旁边，看着警察拿纸笔做记录。

一夜之间，他的爸爸妈妈都露出了前所未有的狰狞的一面。他如同溺在海里，看不见前路，麻木又绝望。

"我饿了。"

宋喻不想再看这糟心的一家子，待了那么久，肚子叫了起来。

谢绥本就一直在等他，微笑道："好，我们先去吃东西。"

宋喻说："我先去拿我的卷子。"

谢绥都快被他刻苦学习的精神逗笑了："好。"

宋喻离开后，谢绥收了笑意。他立在灯光下，神情漠然，侧脸轮廓清俊，气质优雅又疏冷。

他望了一眼墙上的时钟，眼眸幽深，神色却厌倦又无聊。

祝志行双眼无神。

他的世界轰然崩塌，灵魂仿佛被一只手猛然勒住，拽往窒息的深渊。

他茫然地看着前方说："是你吧，谢绥。"

谢绥听到声音，偏过头来。

宋喻不在，他连最后那一点儿纯真都懒得假装，嘴角勾了一下，淡淡道："是。"

这是压死骆驼的最后一根稻草，祝志行的眼眶赤红，手握成拳，浑身颤抖。

但是这一天给他的打击太多，他什么力气都没了，只能像疯了一样笑起来，说："今天警察上门抓人，说我爸爸猥亵女客人，监控和人证都在。下午的时候，不止我妈妈，整条街的人都收到短信，是我爸出轨的照片，然后还有他藏起来的诊断书，确诊艾滋病，哈哈哈，艾滋病。"

他传了三年的谣言，没想到到头来，竟然落到自己身上。

祝志行的眼睛赤红，狠狠地说："收到短信我就知道是有人想害我们。谁那么恨我？果然是你，只有你！"

谢绥对付他们实在是懒得动心思。他想到刚才祝志行妈妈推宋喻的举动，从容优雅地提醒："别崩溃得太早了。"他语气平静，"你们只是自食其果。"

祝志行已经不敢去想谢绥怎么有能力弄这些，只能痛苦地捂住脸，缓缓地跪了下来，求饶："我错了，我错了，我错了，你要怎样才肯放过我们？"

宋喻抱着卷子往这边走，谢绥偏头静静地看向宋喻，脸上开始浮现笑容。是那个年纪的他该有的清朗的笑。

他漫不经心地对祝志行说话，语气凉薄："至少，也得……"

还早呢。

祝志行爸爸是个赌徒，身负巨额的赔偿金，后面还有将找上门的债主，被所有人都知道的丑闻……

那些或许才是他们一家人真正噩梦的开始。

不过，这些事谢绥懒得再分精力关注。比起这些人，他更愿意花时间享受宋喻刻意给他营造的明亮又温暖的高中生活。

第七章
养精蓄锐明天去当老大

"你想吃什么？"宋喻是真的饿了，问的是谢绥，视线却流连在烧烤摊上。

谢绥看了他一眼，先开口："不要烧烤，不要奶茶。"

宋喻："……"

话都被你说完了。

最后宋喻还是乖乖吃了饭。他在被留在办公室的时候就给白姨发了消息，让她这天别做晚饭。

宋喻吃饱喝足，心情舒畅，回公寓的时候在路上聊了起来："那个祝志行转学也好，这样我们高中三年都不会见到这傻子了，他们一家搬家最好，免得碍眼。"

谢绥笑道："放心，他们一家没脸再出现在C市。"

提到祝志行，宋喻就来气，自己上次放过了他，他今天居然恩将仇报，一上来就打人还污蔑人！

再想到梦里谢绥前期那种习惯性沉默和忍受的性子，宋喻扯了一下嘴角，决定好好给谢绥上一课。

"以后对付这种人，不要轻易原谅了。你看，你上次那么轻松饶了他，只让他擦了个字就放他走。结果呢，他今天跟疯子似的咬上来。我觉得他们一家脑子都有病！"

轻易原谅？谢绥心中觉得有趣，却顺着宋喻的话回道："好，我下次不会再那么轻易原谅人了。"

宋喻真是怕极了他重蹈覆辙，再次受伤，叮嘱道："然后不要轻易相信一个人，不要因为他对你好一点儿，就死心塌地把他当朋友。"

谢绥忍笑，偏头看他，幽深的眼睛里带着玩味。

宋喻，你在说你自己吗？

宋喻毫无察觉，继续说道："莫名其妙的接近和示好都是居心叵测！"

谢绥一下子笑出声来。

他这笑声搞得宋喻有点儿尴尬，怒气冲冲地说："我是跟你说认真的！能不能好好听听！"

谢绥问他："你也是吗？"

宋喻不解："啊？"

谢绥笑意温柔："你莫名其妙地接近我，和我当朋友，是居心叵测？"

他说到最后两个字顿了顿，颇有点儿戏谑的意味。

宋喻张了张嘴，一时想不出好的解释，胡乱道："上次你不是也问我为什么要帮你？我善良，心地善良还不明白吗？"

这天聊不下去，再见！

他被自己气到了，大步往前，却在路过食堂的地方遇到了高丰。

高丰刚从食堂旁边的小卖部出来，身后跟着一堆跟班，手里拿着一盒泡面。他的视线一扫，也看到了宋喻和谢绥。

被体育老师训了半天，又被强压着写了三千字检讨，高丰现在看宋喻简直是仇人见面分外眼红。他阴阳怪气地打招呼："哟！又是你小子！"

好巧不巧，宋喻现在心情也不好，冷笑道："好巧，下午没挨的揍现在过来领？"

高丰和跟班们："……"

如果不是手里还端着泡面盒，高丰现在估计已经打过来了。

他知道自己骂不过宋喻，也懒得骂，阴森道："谁揍谁还说不准呢。"

宋喻懒得接茬儿，就知道跟这种人讲道理没用，挑眉问："你们几个人一起？"

他需要发泄怒火的时候，居然有人送上门来。

高丰忍无可忍，还是他旁边的跟班拉住了他，小声说："老大，我们明天跟高二（九）班那伙人还有一场球赛呢，省点儿力气，省点儿力气。"

高丰把怒火压了下来，死死地盯着宋喻说："你以为我有空跟你玩？"

宋喻翻了个白眼，理都没理他。

高丰一看他这自带嘲讽技能的脸就来气，把泡面盒捏得凹下去，怒道："但你也别以为我会放过你！周五，就这周五，放学后，校门口的书山楼！"

宋喻忙着学习呢，嘲讽道："你看我理你吗？"

高丰怒不可遏："我就在那里等你！我刚才打听清楚你的名字了，宋喻是吧？无论你来不来，这脸你丢定了！"

宋喻说："呵，我不来，你还能有点儿脸。我真去了，怕是你要哭两年。"

说完，他不再理会高丰在身后的嘶吼，继续往前走。

其实吵了这一架，宋喻的气差不多也消了。他跟谢绥道了一声晚安，就头也不回地上楼了。

洗漱完，打开台灯把白天的卷子对完答案改好，又做了错题集，宋喻打开手机看了一下时间，已经是晚上十一点了。他的视线一顿，马小丁的消息就出现在屏幕上。

宋喻点进去看消息。

贞子不忘挖井人："喻哥？你真的那么猛？"

贞子不忘挖井人："你和高丰的约定已经人尽皆知了，要不要去论坛看看？"

宋喻："……"

决定退网搞学习的喻哥，终于回归论坛。

论坛上那个"前途似海"的帖子，宋喻向来是无视的。如果能屏蔽，他绝对第一个屏蔽这个。

还有关于他的各种猜测和赞美出现在首页，标题诸如"喻哥不在，好无趣""哥哥回来看我一眼吧""理性讨论一下，喻哥是宋喻的可能性"的帖子也有很多。

宋喻对这些帖子一概匆匆掠过。

当然除此之外，还有很多帖子，灌水的、凑热闹的、吐槽的，毕竟是学生论坛。只不过，今晚被一顶再顶的却是一个应邀的帖子，像极了武侠小说里那种令人尴尬的作风。

"小道消息，白天体育课那场矛盾事件有了后续，我朋友是高丰他们班的，说高丰在班级群里已经说了，星期五和宋喻约在书山楼顶见面。"

主楼："我看过论坛一些妹妹的录像，宋喻和高丰看起来相差悬殊，他们针锋相对，你们猜一猜，谁会赢？"

1楼："那肯定是我喻哥会赢，嘻嘻嘻！"

2楼："宋喻不是喻某那'炮仗'，要我说多少遍！"

3楼："录像还能看出这些？"

4楼："我觉得高丰赢，毕竟这人是出了名的厉害。"

5楼："宋喻就只是嘴上厉害。我看好高丰。"

6楼："我也认同高丰。"

……

26楼："只有我一个人看好宋喻吗？别的不说，就冲他长得好看，这一票我给他。"

高中的生活总是要一些风云人物做饭后谈资，好事者很快就把这件事传播开了，甚至有人直接用一种兴致勃勃看热闹的语气另外发表了帖子。

"来来来，这么历史性的一幕，肯定要取个名字。"

主楼："高丰这人出名出得早，我和他同一个年级，他的事迹全年级都知道。去年直接和年级主任杠上，把语文老师气出教室，是个狠人。

"陈志杰当初能压他一头，多多少少是因为他那个哥。现在宋喻突然和他杠上了，倒是挺让我惊讶的。

"要我取名，我就取……'草根崛起，我单枪匹马的那些年'，嘿嘿嘿。"

1楼："听起来像是那么一回事。"

2楼："我搞一个'宋高之争'，有没有历史事件的感觉？"

3楼："景诚盛事，双龙夺位。"

4楼："应邀书山之巅！"

5楼："书山楼旷世之约。"

会讨论这个的大多是男生，他们玄幻和武侠小说看多了，对武侠情节津津乐道。

6楼："欢迎收看景诚中学的开学特档争霸节目，风云忽起，谁是霸主。"

这时一个熟悉的ID出现。

你老大喻哥："你不如说是开学特档伦理节目，催人泪下高丰从良？"

整栋楼沉默了片刻。

8楼："我想笑，但我是高丰班上的人，怕被打，还是忍住吧。"

9楼："喻某的抬杠言论从来不会让我失望。"

10楼："不是说要退网吗？又回来了。"

11楼："哈哈哈，在吃夜宵，差点儿把手机掉进碗里。"

12楼："好了，喻哥，你就承认吧，你就是宋喻。"

宋喻关掉手机，没理后续发展。他第一次见有人这么上赶着丢人现眼的，高丰真是个奇人。

在睡觉前，孟外婆给宋喻发信息，问他这周六回不回家。

宋喻的手指按在屏幕上，顿了顿，想打个电话过去，但是考虑到外婆估计已经睡了，又作罢，回了一条信息："嗯，周末我会回来的，外婆晚安。"

没想到孟外婆这个时间居然还没睡,过了十分钟又给他回了一条消息:"喻喻在学校还适应吗?我今天和一个朋友聊天,她孙女和你一个学校的,就在三班,你们要不要认识下当个朋友?"

宋喻皱了一下眉。其实开学到现在,他除了身边的人谁都不认识,也懒得认识,于是他用温柔的语气委婉地拒绝了外婆:"我想认识人家,但人家不一定想认识我。交朋友还是要顺其自然。"

王辞一直没来上课,宋喻想找他麻烦都没地方找。星期四,他在早自习时间出去上厕所,回来的时候撞见了欧依莲在班级门口训一个女生。

那个女生宋喻觉得有点儿眼熟,眼熟她头发上的星星发卡,黄色的、亮晶晶的。

他想起来,这不就是那一天坐第一排开口直接喊他那个女生?

欧依莲拧着眉,语气很不耐烦:"请假,开学没几天就请假?一个学生哪来那么多重要的事。"

女孩又急又委屈,眼睛赤红,带着哭腔道:"老师,可我奶奶真的病了,爸妈打电话跟我说她病得特别严重,我怕我赶不回去会错过见她最后一面。"

"老人家一年得生多少大大小小的病,难不成你每次都要请假回去?"

女生清澈的眼睛含泪,愣愣地看着她,似乎从没想过这样的话会出自一个老师之口。

"我真的特别怕。等下我叫我爸妈打电话给您好不好?您先给我批假吧,求求您了。"

欧依莲察觉自己说的话不合适,但又拉不下脸面跟一个学生道歉。她踩着高跟鞋就要进教室,留下一句:"那么爱哭就先在外面站一节课,眼泪干了再进去吧。"

宋喻冷声道:"站住。"

欧依莲回头看到宋喻,脸色难看至极:"宋喻?现在是早读时间,你去干什么了?毫无纪律,学生没个学生的样子,我看你也跟着她在外面站一节课吧！你这样的人以后出社会就是败类。不好好学习，以后靠什么吃饭，靠你的病历吗？我说——"

她的声音被宋喻手机里传出的声音打断，录音里清晰的对话传了出来：

"老师，可我奶奶真的病了，爸妈打电话跟我说她病得特别严重，我怕我赶不回去会错过见她最后一面。"

"老人家一年得生多少大大小小的病，难不成你每次都要请假回去？"

"我真的特别怕，等下我叫我爸妈打电话给您好不好？您先给我批假吧，求求您了。"

欧依莲的脸色煞白，旁边戴着发卡的女生也红着眼，呆呆地站在原地。

宋喻面无表情道："你配当这个班主任吗？"

欧依莲只觉得天旋地转。这段对话要是传出去后果不堪设想，她现在可正在教师评优的阶段。

她拿着教案的手指尖发白，半晌后挤出一个笑容："我，我昨天备教案备得脑子发昏，刚才都是些胡话。算了，你们都先来我办公室一趟。"

宋喻哪里理她，看着她的眼睛道："先批了请假条。"

学校对校门的出入情况把控得非常严格，上课期间学生没有请假条根本出不去。

欧依莲咬牙，恶狠狠地瞪了宋喻一眼，在女生的请假条上用笔签下了自己的名字，用力得笔尖快要穿透纸张："盖章要去我办公室。"

女生有一点儿被吓到，宋喻往前一步，在她身边淡淡道："去，我陪你。"

她偏头看着在早晨阳光下清瘦高挑的少年，眼一红，落下泪来，哽咽道："谢谢……谢谢喻哥。"

办公室里，欧依莲盖完章后，露出一个温柔的笑容，对那个女生轻声说："林双秋，秋秋是吗？刚才老师的话你也别放在心上，都是我昨天忙着给你们备课，忙昏了头说的胡话。我也是有爷爷奶奶的，当然能体会你这种心情。

"哦，我翻了一下你的个人信息，秋秋的老家在乡下吧？你家庭条件不是很好，入学都是靠成绩优秀才申请的免学费。这学期每个班有一个国家贫困生资助名额，等上报的时候老师再联系你。"

林双秋紧紧握着请假条，低着头，肩膀颤抖，低声回应："谢谢老师。"

宋喻就在旁边，她又正处于敏感自卑的少女时期，只觉得尴尬到恨不得找条地缝钻进去。但没有什么比对奶奶的担忧更占据她的心，请假条一到手，她几乎是跑着出了办公室。

等林双秋走了，欧依莲把笔摔在桌子上，她明显有一肚子火气，但还是压抑着怒火说："请假条我批了，刚刚我就是一时说错话。老师也是人，总有嘴快的时候，你也不要揪着这种小事不放。我的话是对林双秋造成了伤害，但该给的补偿我也给了，你还要怎样？"

宋喻淡淡地说："本来我留在这个班是为了硌硬你，但我发现，其实一直是你在硌硬我。"

欧依莲这辈子大概是第一次被学生这样冷嘲热讽，怒道："宋喻！你要是不喜欢我就滚，班上也容不下你这尊大神！这录音你放出去又怎样，外面的舆论再多又怎样，你看学校会不会开了我！"

以她的资历，能够进名牌高中还是班主任，说她没有一点儿本事是不可能的。

只是宋喻在C市，最不怕的就是这种人。他冲着欧依莲笑了一下："好的，我会看着。"

欧依莲的目光尖锐得几乎要在他身上戳出一个洞来。良久后，她嗤笑一声，说："宋喻，那我来给你上一课。年轻人有正义感是好的，但是很多东西不是课本上讲得那么单纯，出了社会你会懂，也会理解我的一些做法。"

宋喻皮笑肉不笑道："哦。"

只是一个录音是远远不够的，欧依莲之后肯定会在林双秋那里下些工夫。

这件事可大可小，林双秋这个年纪的女生多半会有些胆小，不愿生事。毕竟如果欧依莲真的没被开除，那剩下三年将会是他们的噩梦。

宋喻倒是很能理解他们的心态。

高中的早读气氛热闹，因为没有强制性，学生们有的背诗文，有的背英语，有的学生则趁着嘈杂的环境聊天。

马小丁在跟奚博文聊天："我昨天玩了那个游戏，叫《至尊狂枭》，我还以为有多好玩，结果就是全程无聊地点鼠标，做任务提升战斗力，还不如狼人杀好玩。"

奚博文和他玩过一次狼人杀，过程简直是噩梦："就你那个，'我是预言家，谁敢冒充我，我就淘汰谁'的发言？"

马小丁："真亦假时假亦真，我这是迷惑好人你懂不懂？"

奚博文："那你迷惑成功了，好人的阵营觉得你要么是'狼'，要么是'愚民'，让你出局不亏。"

坐在他们旁边的人都笑出声来。

谢绥发现宋喻回来后就一直出神，问他："怎么了？"

宋喻不想让他知道这些事，摇摇头道："没事。"

马小丁忽然拍了拍宋喻的肩膀，两眼放光："喻哥，喻哥！明天的书山楼之约你真的应下了？"

宋喻："……"

哦，他才想起还有这碴儿。

马小丁对宋喻那是一百个放心："啧，我赌十分钟不到，高丰就得认输。"

奚博文捂着耳朵说："小声点儿，我看你在捧杀喻哥。"

宋喻不想回话。

马小丁又兴致勃勃地说："周五放学后喻哥你去不去玩游戏？《至尊狂枭》了解一下！虽然我刚刚说无聊，但是里面的人物建模还挺好看，嘿嘿嘿。"

宋喻翻了一个白眼。

不过说到周末,宋喻突然想起来,好像谢绥每个周末都去兼职。他转头问:"你这周末有什么打算?"

谢绥没什么打算,A市谢家那边的事现阶段还不用处理,他身边也没什么糟心的事。他这么想着,手机忽然振动了一下。

他放下转动的笔,垂眸看了一眼消息。

发信人是一个陌生人,内容包括一张照片——偷拍的谢绥奶奶上楼的背影,还有一句话:"周五放学后在教室待着。"

呵,谢绥微微地勾了一下嘴角。

宋喻还在问:"我周六回家一趟,然后我们一起去图书馆学习怎么样?你帮我补习补习。"

谢绥将信息删除后,偏头盯着宋喻,笑着问:"那我有什么奖励吗?"

宋喻有点儿蒙,奖励?

是哦,从暑假认识到现在,似乎他一直拿题骚扰谢绥,也没给出回报,这样可不行,喻哥从来不是白拿的人。

宋喻凑过去,很热情地问:"那你要什么?"

谢绥忽然笑着朝他眨了一下眼,表情灵动。

宋喻很少从谢绥身上看到这样充满少年气的动作,清新明亮,像林雾晨风。

周围都是嘈杂的读书声,谢绥从抽屉里抽出一张纸,又拿出一支笔,写了一行字给宋喻:"告诉我,你刚才在烦什么?"

谢绥的字很好看,清俊秀雅,笔锋却很凌厉。

宋喻有点儿摸不着头脑地看他一眼,所以他想知道的就是这个问题的答案?

但很多事写出来反而让人安心。握着笔,宋喻想了想,还是写了回复:"我不是很喜欢我们这个班主任。"

谢绥看到回答,握笔的手一顿,低笑出声。

一个欧依莲,也值得他烦?

谢绥写:"所以?"

宋喻心里想的是"所以我得想个法子揭穿她的恶行",但他在谢绥心里已经是一个不学无术只会用蛮力解决问题的流氓了,他得挽救一下自己的形象。

"所以我要好好学习,让她自打嘴巴。"

只是他的纸条在传到一半时,被语文老师截胡了。

语文老师是过来监督早读的,谢绥门门功课拔尖,这个班的平均分多半要靠他提高,他自然是每个老师重点关注的对象。

语文老师刚进教室就看到宋喻在传纸条骚扰谢绥,眉头一拧,慢吞吞地走过来,不满地嘟囔:"早读,早读,不读出声来算什么早读!传什么呢?让我看看。"

从老师进门开始全班就都安静了下来,放下课本,往这边看。

"没,没什么。"上面有关于班主任的坏话,宋喻哪能让他看到,神色一变,下意识扯过来,结果纸张被扯掉了一半。

语文老师拎着最后半截,念出声:"所以我要好好学习,让她自打嘴巴?"

全班哄笑。

宋喻:"……"

语文老师一愣,倒是没想到宋喻还有这觉悟:"你这是要打谁的嘴巴?"

宋喻的表情微微僵硬。

旁边的谢绥举起手帮他解围:"打我的。"

语文老师眼睛微瞪,并不相信他的话,毕竟这字写的是"她"不是"他",但学生的事,点到即止,他们这个年纪都很要面子的。

他也没逼宋喻把剩下的纸条交出来,只皱着眉训斥:"早读的时候不要传纸条,有什么话下课再说。"

班上其他人忍笑忍得很难受。

宋喻:"……"

老师走后,马小丁笑个不停,在后面问宋喻:"喻哥,离月考还差几个星期,你已经开始向谢神宣战了?"

宋喻没好气瞪他:"是!"

奚博文把笔当做话筒凑到谢绥旁边,假装记者提问:"提问谢神，面对来自 A 市学霸的挑衅，你有什么想法？"

谢绥勾唇道："荣幸至极。"

马小丁鼓掌："我喻哥就是牛。"

宋喻这个伪学霸恼羞成怒，凶巴巴吼道："闭嘴！"

月考对宋喻来说是高中一件比较重要的事，他要给在 A 市的宋爸宋妈一个交代。他要是再考三百五十分，只怕他爸妈都会觉得他不学无术、在 C 市不知道都干了什么，还不如让他回去，在他们眼皮子底下安心点儿。

早读结束，收作业的时候，宋喻才发现自己忘记带作业了。

语文课代表就是上次问定义域问题的女生，她长得漂亮，声音也特别温柔："我可以等等你，要不要现在回去拿？时间应该来得及吧。"

宋喻住的公寓，来回少说也要半个小时。他记得这个作业只有三百字，还不如临时写一份："谢谢课代表，我再写一份吧，要求是什么来着？"

语文课代表第一次和他说话，本来精神都紧绷着，发现宋喻其实很好沟通后，心中又是惊讶又是喜悦，红着脸轻声说："不用谢，不用谢，要求是新学期的计划和打算。"

宋喻："好的。"

他昨天是怎么写的？哦，他昨天是上网抄的。

虽然宋喻努力做一个学霸，但是写日记、作文之类的从来都不是他的强项。

"把你的给我看看。"宋喻偏头去求助同桌。

谢绥笑着拒绝："这恐怕不行，我的对你没有一点儿借鉴意义。"

宋喻说："都是高中生，你什么意思？瞧不起人？"

谢绥拗不过他，把桌上的纸递了过去。

宋喻看了一眼，气得两眼一黑。

谢绥新学期的计划，根本就没有三百字，甚至大概三十字都没有，只有一行字清清楚楚地写在本子上方：帮助我的同桌拿下市第一。

宋喻："……"

谢绥仗着成绩好，就这么放肆吗？

宋喻对他的计划非常不满："你要帮着我超越你？"

谢绥："嗯。"

宋喻："然后没别的了？"

谢绥笑："是呀，我这个学期的计划，只有这个。"

宋喻："……"

在旁边等着收作业的语文课代表瞪大了眼睛。

上次问谢绥问题，惨遭冷漠对待后，她还以为谢绥是不会开玩笑的"冰山系"帅哥呢。

聪明就可以不用努力了？宋喻酸得冒泡，决定好好教育谢绥："你这样怎么行，想不想好好学习，想不想考个好大学？！"

谢绥没理会他的愤怒，笑着说："你还不快写？"

宋喻这才想起课代表还在等着他，偏头说："等下，给我十五分钟。"

课代表嘴角的笑意都压不住了："没事，没事，我可以下节课再交，你慢慢写。"

再等一个小时我都愿意！！

谢绥看宋喻苦大仇深的样子，好心道："我可以帮你提供点儿思路。"

宋喻眼睛放光："比如？"

谢绥说："第一个目标：开学先当个老大。"

宋喻说："……闭嘴。"

周五"书山楼之约"发展到这一步，宋喻是不应也得应。怪就怪暑假那一天他一时冲动，点开了学校的论坛，树敌无数。今天有个高丰来找麻烦，明天可能就有个"风高"来找麻烦，还不如干脆威震四方，省得被人烦。

所以他当初为什么要在论坛轻率发言？

但如果不是他爸莫名其妙打电话过来，定下一个月考之约，他怎么会那么气愤去论坛发泄？

所以，爸，你儿子现在变成这样，都是你的"锅"，你背好了。

"应邀书山之巅"这个帖子这几天一直高居热度榜榜首。

高二(十五)班里，高丰头一次受到那么多人关注，兴奋过头了。他坐在教室里，面对一帮人的询问，不亦乐乎："其实我就没把这事放心上，宋喻那模样，看起来跟小姑娘似的，估计我动动手指他就认输了。

"没必要。唉，这事闹得那么大真没必要，哈哈哈。"

他嘴上说着"没必要"，嘴角却快乐得合不拢了。

规规矩矩地坐在最后一排写作业的陈志杰冷笑了一声。

高丰听到了，回过头，得意扬扬道："笑什么？你之前有我这么威风吗？"

陈志杰一句话没说，怜悯地看他，像看一个蠢而不自知的傻子。

高丰来气了："你什么眼神，不服？"

陈志杰理都没理他，起身去交作业。

傻人有傻福，但高丰没有。

高丰坐在位子上骂骂咧咧。

教室里吵个不停，现在基本都认定了宋喻是论坛上的"喻哥"，看他不顺眼的男生们瞎起哄，要高哥给他一点儿教训，女生们则是白眼翻个不停。

坐在窗边，与现场气氛格格不入的一个女生叫白雪欣，她有一头乌黑亮丽的长发，披在身后，校服外套下是一条价格不菲的白色连衣裙。她皮肤很白，化着淡妆，气质很好，是高二（十五）班的班花。

"欣欣，你看了那个帖子吗？"她的前桌是个脸上有点儿雀斑的女孩，此时特意过来搭话，眼里是藏不住的讨好。

白雪欣看了她一眼。

雀斑女孩继续说："听说宋喻有百分之八十的可能性是喻哥！哇，没想到网上骂人那么厉害的喻哥在现实里居然那么秀气可爱！"

白雪欣对论坛上的事也有所了解。不过，在她看来，这些事都幼稚又好笑，跟小孩子过家家一样。

她清高，觉得自己的眼界和这个年纪的女生都不一样。

"一个'炮仗'而已，值得关注？"白雪欣语气淡淡的。

雀斑女孩尴尬地笑了笑，觉得自讨没趣，转过头去。

白雪欣低头，翻出了手机里的短信看。来自她那位嫁入A市许家的小姨。

"欣欣，你知道你们学校一个叫谢绥的人吗？你最好跟他多熟悉一下，这个少年，身份不简单。"

白家在C市影响力算不错，但是和A市那些豪门相比还是不值一提，能让嫁入许家的小姨都说身份不简单，那就真的不简单了。

而且听说谢绥还是新任的"校草"。

白雪欣愉快地勾起了嘴角。

晚上，房间里，宋喻对着电脑想着举报的措辞。

不到万不得已，他还是不怎么想把事情闹大的，不然传到他爸那里，估计又得打电话来催他回家了。

宋喻想到梦里，谢绥被王辞欺辱时，欧依莲那睁只眼闭只眼，只说是同学小打小闹的态度，他就来气。

在他越想越生气的时候，电脑上突然出现一封匿名邮件。他打开邮件，发现里面是一份资料，是欧依莲以前的任教经历，还有几张截图，以及一个被她逼得转校的女学生的自述。

宋喻一愣。原来欧依莲比他想的还过分！

宋喻点进去，发现那些照片拍的其实都是那个女孩的日记。

几年前这份日记被一个正义的博主发到了网上，本来引起了许多关注，只是有人在背后操纵，控制舆论的走向、歪曲事实，网友们摸不清真实情况，最后热度没升起来，时间久了也就被人渐渐遗忘。

日记最开始，女生的语气是非常轻松的，充满了对新的学校和新的班级的期待。她的字迹清秀，语言还带着十五六岁的人的纯真，日记里有着一些孩子气的吐槽。

"啊啊啊,开学第一天就因为堵车迟到被罚站门口,这也太丢脸了吧。班主任是个很好看的英语老师,希望以后能挽回印象吧。"

但没过多久,日记的内容就开始变得压抑起来。

"新同桌是个男生,他看我的眼神让我不舒服,好奇怪……"

她的同桌上课总欺负她,而前后桌的人甚至看热闹不嫌事大,上课悄悄在后面录像,还把视频发到班级群。

日记里频繁出现"他真恶心""真的好烦""我该怎么办?"等句子。

她的家庭条件不好,父亲一直住院,她不敢和父母说这些事,怕让父母担心。她找班主任说要换同桌,班主任是欧依莲,直接跟她说:"坐哪儿不是坐,情商高一点儿,就没有相处不来的人。"

班主任的沉默和同学们的舆论让她在教室里变得非常不合群,她忍无可忍再次向欧依莲寻求帮助。

欧依莲却依旧没把她的求助当回事,还让她找找自身原因。

那些话像是一盆冷水把她整个人浇得冰凉,回到位置上就哭了起来。

同班的一个善良的女生看不下去,陪她一起去找校长,说了这些事。校长找欧依莲说了话,第二天欧依莲当着全班的面,把她被传到班级群的视频放了出来,播了一遍又一遍,嘴上虚伪地说:"同桌之间有些玩笑是开不得的,比如这种。"

后来家里人终于发现她情况不对劲,只是那个男同桌家庭条件优越,欧依莲十分偏袒他。她的母亲哭得几天没睡好觉,却也只能给她办理转学手续。

之后这件事闹到网上,男方家庭一再出钱压热度,甚至找人颠倒黑白,最终没能掀起波浪。

宋喻看完后,气得摁在键盘上的手都在颤抖。他调整了一下情绪,问了一句:"那个女孩还好吗?"

匿名发信人那边沉默很久,回了一句:"她换了新环境,好了很多,应该不希望再被打扰。"

宋喻一愣，认可这个说法。那么大概这段崩溃的往事，她也不会想再次回忆起。

最开始，宋喻想过把这桩几年前的事公之于众，让欧依莲自食恶果。但这样做，可能会再次把当事人已经结痂的伤口撕开，对那个女孩是二次伤害。

宋喻问发信人："你是谁？"

发信人回："你可以当我是个善良的陌生人。"

善良的陌生人？

为什么刚好在这个时候给他发这些资料？

这人知道自己的身份？

似乎为了打消宋喻的顾虑，那边又发消息过来："我一直在留意欧依莲，也调查过你，希望你还她一个公道，谢谢。"

宋喻皱了一下眉。留意欧依莲很久，所以知道自己和她不对付？调查过自己，所以知道自己有这个能力？

好像也说得通，但他总觉怪怪的。

宋喻试图找到什么线索，发邮件问："你是景诚中学的人？"

但那边没有再回邮件。

宋喻深呼一口气，把这份资料发给校长，又直接打电话给孟光。欧依莲那么狂妄，肯定有原因。

孟光接到电话的时候醉醺醺的："喂，喻喻，又出什么事了？"

宋喻说："来，表哥，到我们惩恶扬善的时候了。"

孟光说："什么？"

宋喻说："我要举报我的班主任。"

孟光以为他在开玩笑，握着手机先笑起来："你这高中生活还挺丰富的，一个星期，先是举报同学然后举报老师，哈哈哈。"

想到入学遇到的王辞和欧依莲，再加个高丰，宋喻翻了一个白眼："是，我举报任何人！"

孟光被他逗得哈哈大笑。

宋喻冷静下来，又说："你等下看了资料，就知道我们班主任有多不是人了。"

他把这些邮件全部转发给孟光，孟光看完，果然比他还气，隔着电话把欧依莲骂了半天。

孟光答应找侦探调整欧依莲的行为，然后向有关部门举报她，让她受到应有的惩罚。

宋喻垂眸听着，却有点儿出神，由那个女生想到了自己上一次梦里谢绥的经历。

当初谢绥面对王辞的欺辱，他那么骄傲的一个人，心里又会是多么压抑？会不会也觉得"迷茫"？他只是想好好学习，然后让陈奶奶过上好一点儿的生活，但那些人的恶意却接连不断地涌向他。

孟光怒气冲冲地去处理这件事。

挂了电话，宋喻心里很不是滋味，盯着手机屏幕半天，想找谢绥说话，却不知道说什么。他先发了个省略号过去。

谢绥随手雇人找了那份资料给宋喻后，就着重处理起陈奶奶的事了。许诗恩给了他很多钱，这在他手里就是很大的筹码。

偷拍陈奶奶的人果然是王辞。

谢绥喝了一口黑咖啡，垂眸掩去眼里的冷光。其实对于上一次已经在梦里生活到二十五岁的他来说，学生时代的这些小人物他都已经快记不清了。

他从来与世无争，却总有人撞到枪口上来。

手机一亮，是宋喻的消息，谢绥看着那六个点，手指在杯子边缘摩挲了一下。

谢绥回复："怎么还没睡？"

他可以让欧依莲受到惩罚，用更彻底甚至更狠的手段，但他更乐意成全宋喻的正义感和少年意气。

宋喻抱着手机躺到床上，挠了一下头，回："睡不着。"

谢绥："为什么？"

宋喻就是心情复杂想找他聊天，梦里那些还没发生的事又不能说，他挠头半天找不到话题，干脆自暴自弃地说："……怕吃亏。"

谢绥低笑出声，回："嗯。"

宋喻："嗯什么嗯，我吃了亏，你会帮我吗？"

谢绥明天下午大概不会去书山楼围观，只给宋喻发："怕吃亏就别去。"

宋喻："不行，都闹成这样了，怎能这么收场。"

谢绥："那就重在参与。"

什么意思，吃不吃亏无所谓，重在参与？宋喻皱眉："你这人好冷酷哦。"

谢绥："你才知道？"

宋喻觉得这天聊不下去了，但他心里闷闷的，想多说几句。他没话找话："你小时候有什么特别喜欢的书吗？先从美好的回忆开始。"

谢绥轻笑一声，宋喻真是他两次做同一个梦遇见的，最不会搭话的人。他回："没有。"

宋喻不罢休："没有？真的没有吗？比如《小飞侠彼得·潘》《小王子》之类的。"

谢绥："之类的少儿启蒙读物？"

宋喻："……"

"少儿启蒙"四个字把他接下来的一肚子话都憋回去了。

宋喻握着手机，咬牙切齿地打下最后一行字："我睡了！养精蓄锐明天去当老大了！"

谢绥微笑着回："晚安。"

周五一整天的课，宋喻都有点儿分神。他昨天睡得还挺香，但是上欧依莲的课时，还是犯困了。他把窗户打开，吹着凉爽的风，想提提神，结果还是忍不住打瞌睡。

欧依莲在黑板上写完字，回头就看到宋喻在睡觉，一直以来对这个学生的不满都在这一刻爆发了。她当着全班人的面阴阳怪气道："有些人真是毫无自知之明。觉得自己得了病就可以有优待？以后出了社会，靠你的病历让别人给你一份工作？当乞丐都比这有尊严。"

她盯着宋喻，话里话外的嘲讽意思非常明显，她让同学们都知道宋喻有病，却也不说明白是什么病。

全班大气都不敢出。

这是她第一次公开表示对宋喻的不满。但宋喻意识不清醒，没机会呛她。

下课铃一响，欧依莲抱着教案离开，有学生拿着题想去问她，喊了半天她也没回应，弄得问那个问题的女生特别尴尬。

马小丁说："这班主任是真的有毛病！天亮了，让英语老师换人吧。"

奚博文说："什么？不是天凉了吗？"

他只知道马小丁古诗词都是乱背的，没想到玩笑话也乱用。

马小丁愣了一下，意味深长地忽悠他："你不懂！天亮了，她出局了，说明昨晚在狼人杀中淘汰的目标是她。"

奚博文一脸冷漠：好好笑哦。

马小丁恼羞成怒，拿书本挡住他的视线："闭眼，闭眼，天黑闭眼，我今晚就淘汰你，你'死'了，没有遗言。"

语文课代表惯例来收作业。作为全班唯一一个和宋喻有过接触的女生，她背负了班上所有女生的期待——采访宋喻参加"书山楼之约"前的心情。

在等待的过程中，她鼓起勇气问道："喻哥，你……你下午紧张吗？"

宋喻嘴角微动，扯出一个不屑的弧度，说："紧张。"

语文课代表呼吸一窒，连带着竖起耳朵你挤我挤你的一群女生都暗自倒吸凉气。

且不说喻哥那"C市炮仗""C市男神"的身份，光是宋喻是他们班的人这一点，就是关乎高一（一）班尊严的一战！

高一（一）班的学生，操碎了心。

语文课代表讪讪地笑了一下，眼神难掩担忧："真的紧张吗？"

宋喻已经偏头笑了起来："那肯定紧张呀，下午就要多一个弟弟了，初为人兄，没什么经验。"

愣了片刻后，全班同学爆笑。

大概是宋喻给人的感觉不再那么难以接近,班级气氛一下子变得特别和谐愉快。

有大胆的女生主动举手自荐:"那哥哥考不考虑我,介不介意多一个小妹?"

她旁边的女生忙拉她的手笑骂:"你疯了?"

宋喻转着笔,下意识嗤笑:"不考虑,不接受建议,别套路我,喊谁哥哥呢?我早就不吃你这一套了——"

"哈哈哈!"全班再次哄笑。

论坛第一冷血"坏男人"名不虚传。

宋喻:"……"

还嘲笑马小丁"注定孤独一生",自己不也这样?

马小丁笑得肚子疼。

宋喻快快地交了作业。

课间这么一闹后,宋喻发现自己身边,那些本来都规规矩矩充当"背景板"的同学,慢慢开始活跃到他身边来。比如下课后,那个专门给他递了一瓶饮料,说了句"喻哥冲呀!"就红着脸跑开的女生。

宋喻百思不得其解:"她干吗?"

马小丁也不懂,挠头道:"不知道,新套路?"他如饥似渴地盯着宋喻手里的饮料,"那这一套喻哥你吃吗?"

宋喻瞥他一眼:"……"

放学后谢绥说有事先走了,宋喻问了半天,谢绥却闭口不言,只是朝他笑眨了一下眼睛。

自认懂事的喻哥当然是一脸"我懂"地点了点头,虽然他什么都不懂。

"书山楼之约"现场,有人在论坛开起了文字直播的帖子。

"欢迎收看景诚中学开学特档节目——谁是老大!我是解说员大K。

"现在我就站在书山楼隔壁的育德楼楼顶。这里风光是真的好,风吹得很爽,颇有种华山论剑的感觉。喇叭就位,灯光师就位,姐妹们给我吼起来!"

下面的楼层非常给面子,无论男女都清一色地发:"哈哈哈。"

书山楼是高二的教学楼,楼顶有个天台,算是学校的一个圣地。

很多看热闹的人特意跑来围观,但毕竟这天是周五,大部分人还是选择放学后赶公交车回家,只在回家路上闲得无聊刷刷帖子。

有争执就肯定有输赢,有输赢就有竞猜,楼里快乐地猜了起来。

"我猜喻哥赢。"

"喻哥赢了我捐学校一栋楼。"

"我送玛莎拉蒂给校长。"

"牛!"

……

大家越说越离谱,解说员及时发言制止:"那些说喻哥赢就送车送房的人,你们的名字我都记住了,到时候别赖账!"

帖子里气氛倒是出奇的欢快,只是宋喻对这些一概不知。

马小丁带着他的一群跟班跟在宋喻后面,把宋喻簇拥出最强王者的气势。

本来想安安静静聊两句就走的宋喻:"……"

路上、楼道里零零散散的有不少人围观,天台上却非常空旷。

碧空如洗,天蓝得通透,风吹动宋喻的校服,发丝也被吹得有点儿凌乱。少年赶着回去写作业,表情有些不耐烦,显得特别欠打。

高丰清了一下嗓子,想到论坛上的事,决定先立个下马威。他冷笑一声,手拧了一下衣领,语气狂得不行:"你就是那个……"

等等,宋喻网名叫什么来着?

跟班看出了他的尴尬,忙说:"你老大喻哥!你老大喻哥!"

高丰:"……"

这什么破名字!

他肯定不会念全名,但是念"喻哥"或念"老大"都和杀了他没区别。一个名字五个字有四个字让人念不出口,这人取的真是天才名。

宋喻看他们猜来猜去一周了还没搞明白,嗤笑一声,淡淡道:

"对,没错,我就是你老大喻哥。"

高丰:"……"

莫名其妙被占了便宜的一群铁汉子:"……"

楼道里偷看的女孩子激动大喊:"喻哥好酷!"

解说员大 K 拿着望远镜,继续在论坛为大家倾情解说。

周五放学后,谢绥在教室待了一会儿,那个人又发来信息,引导他去校区偏僻角落的旧教学楼。

旧教学楼里有一间废弃很久的教室,现在被学校拿来当储物间,里面乱七八糟地摆着很多桌子椅子,墙的角落里结着蛛网,尘埃厚重。

一推开门,就有一股很难闻的腐旧气味扑面而来。

"啧,辞哥,人来了。"

坐在桌子上的是三个高个子男人,正是开学第一天找宋喻麻烦的那几个。其中一个穿着黑 T 恤,剃着寸头,叫蒋休。

王辞本来在玩手机,听到这话,放下手机,吊儿郎当地转过身。

他生得阴郁,眉间带着一丝势在必得的笑,邪恶又阴沉地说:"哟,'校草'来了。"

谢绥进门,还非常有礼貌地顺带把门关上了,笑道:"嗯,久等了。"

谢绥泰然自若的样子让教室里的那几个人颇为意外。

王辞眯了一下眼睛,站起身来:"你知道我喊你过来干什么?"

谢绥神色不变,说:"你说,我听听。"

王辞打量他半天,说:"谢绥,我本来挺欣赏你的。"

谢绥从容优雅地说:"谢谢。"

王辞沉默地盯着他。

蒋休已经退到了一边,拿起手机开始录像。

他们跟王辞厮混了那么久非常了解他想怎么整谢绥。他知道只要录了像,谢绥就会尊严尽毁。

他有个把柄在他们手里,以后想怎么欺负就怎么欺负。

蒋休调着摄像角度，嘴角勾起。

谁能想到景诚中学看起来高不可攀的"冰山校草"，其实也不过如此？

不行，这么好玩的事，他要跟人分享分享。

王辞往前走，说："我就知道拍那张照片你会过来。我这几天懒得上学，在家无聊，把你的身世调查了一下。"他凑到谢绥身边，低声说，"听说你妈妈是干那种生意的？那怪不得你长得也……"

谢绥听到这些话，垂下眼眸。他的神情淡淡的，却更加显得五官精致，气质清冷。

王辞见他沉默，继续说："你要知道，你奶奶的年纪大了，随随便便出点儿意外，可就麻烦了。上次你和宋喻跟我作对，我也不气，他就是孟家一个上不了台面的穷亲戚，自以为厉害，我对付他还挺简单。"

他朝谢绥伸出手，笑容嚣张至极："想要你的同桌和奶奶安全也行，只要你——"

后面的话王辞说不出来了，他瞪大了眼——他的手被谢绥一把抓住并猛地一拧，只听"咔嚓"一声，王辞的手骨折了。

谢绥嘴角带着一丝异常凉薄的笑，眼底一片冰冷。他的手指修长，动作利落又潇洒。

"啊啊啊——"片刻后，教室里响起了王辞的惨叫。

谢绥随手抄起了旁边的桌子砸在大声尖叫的王辞身上，将他砸倒在地。

王辞握着手，目眦欲裂，却痛得神志不清地在地上翻滚，说话都断断续续的："谢绥，你，你，想死吗？！"

谢绥淡淡道："你该庆幸我现在手里没有更可怕的东西。"

这一幕发展得太快，另外几个人都没反应过来。

谢绥却已经大步向前，从蒋休手里夺过了手机，摁下暂停键。他笑了一下，声音轻描淡写，却听得人头皮发麻："就录这么多吧。"

蒋休人都吓傻了："你……"

谢绥本想将视频转发给自己做备份，却没想到在手机里看到了蒋休给宋喻发的短信。

宋喻的电话号码他是知道的，不会认错。

蒋休在教室里拍了几张王辞和谢绥的照片，拍照的角度看起来就是王辞占据优势，而谢绥背对镜头身影瘦弱，看起来毫无还手之力的样子。短信内容也恶意满满："看到了吗？这就是得罪辞哥的下场。"

谢绥手指一顿，低笑了一声，把手机抛给蒋休："你倒是喜欢做多余的事。"

第八章

明天来我家写作业吗?

书山楼，天台顶。

高丰恼羞成怒："你占我便宜！"

"你的废话能不能不要那么多。"宋喻冷淡道。

一张数学卷子、一张英语卷子、一篇日记，都还等着他呢。

高丰就等着这个机会出风头，打算让宋喻在众目睽睽之下颜面尽失。他活动了一下手腕，装模作样地说："急什么，我还是第一次被这么多人围观。就冲这楼道里这么多观众，这次较量也不能敷衍。我们慢慢来怎样？"

宋喻看了一眼周围，语气嘲讽地说："我记得我上来是当你大哥的。"他往前走一步，语气不善，"我觉得，只要你叫我一声哥，我们就可以到此为止。"

高丰对宋喻这种轻慢的态度感到非常愤怒，他阴狠狠地说道："你想得美！"

宋喻说："哦，打赌吗？"

高丰的眼睛一瞪，宋喻已经走上前来，没有任何花哨的动作，伸手便揪住了他的衣领。

可怜高丰一个壮汉，还没反应过来，直接被连人带衣地往前拉过去了。衣领勒着他的脖子，呼吸变得十分困难，他脸涨得通红，眼睛瞪大:"你——"他伸手去掰宋喻的手指,但是宋喻力气大得惊人,他根本就掰不动。

想起上一次篮球场的事,高丰终于意识到,那次不是宋喻侥幸。他的眼里露出害怕的情绪,问:"你要干什么?"

宋喻拎着他衣领,拽着他往前走。

天台上其他人看得目瞪口呆。

高丰的跟班们想要去帮忙,被马小丁拦下了。他们喻哥耍帅的时候,闲杂人等得往后让让。

马小丁说:"急什么呀小老弟,让你看看什么是真正的实力。"

书山楼天台的围栏不高不低,角落里还堆了些木材,是以前施工剩下的,一直没处理。

宋喻拽着高丰,一个跳跃,站到了木板上。他将高丰抵在围栏上,低头笑问:"那么爱出风头?"

高丰瞪着他,他的衣领被抓着,根本没余力挣脱控制。

书山楼对面是育德楼,六楼的走道上站了一排围观群众。他们举起手机对着这边。

宋喻决定今天要给这小子上一课,于是拍拍他的肩膀,指着对面说:"看到那些观众了吗?他们的手机都对着你,你不是喜欢出威风吗?来,打个招呼。"

育德楼的一群人看着楼顶的两个人,有点儿担心,又有点儿想笑。但看着高丰惨白的脸,他们又笑不出来,只觉得高丰实在是惨。

这个招呼怎么可能打得出来?!

前有宋喻让他无法动作,后有那么多人看他笑话,真的是太丢人了!

宋喻语气戏谑:"别这么紧张啊大兄弟,对着镜头笑一个。"

高丰怒不可遏:"宋喻!"

他想要反抗,但是他现在受制于人,而且顾忌太多,根本就不敢做大幅度动作。

宋喻嗤笑道:"专门约我来这里,我还以为你很喜欢这里的风景呢。"

高丰连忙道:"我错了,我错了!你小子松手!松手!"

宋喻似笑非笑:"我好心提醒你一下,现在该叫我什么?"

高丰闭眼大叫:"大哥,喻哥!"

顿时,天台上所有人的嘴巴大得能装下鸭蛋。育德楼那边更是传来一阵尖叫,瞬间闪光灯一片一片地亮起。

宋喻往后一跳,顺带把高丰拽离了围栏。他本来就想速战速决,这是最快的方法。

他打开手机,想看一下现在几点了,却收到了一条陌生人的短信。一般情况下,他手机里出现陌生人的短信都不会是什么好事。

宋喻点开短信,果然,两张照片,都是王辞和谢绥。

第一张照片上的王辞跷着二郎腿坐在椅子上,谢绥低着头,看起来十分隐忍。

第二张照片是王辞伸出手去碰谢绥,挡住了谢绥的表情。

宋喻捏紧了拳头。

他的同桌,他那善良又温柔还与世无争的同桌,现在正在被王辞这个傻子欺负!

宋喻骂了一句脏话,直接往楼下走去。

没想到刚才认怂的高丰,一缓过神就翻脸不认人。

他在全校面前丢脸后,又羞又怒,直接抱着宋喻的腿,要把对方扯倒在地:"我今天和你没完!"

宋喻现在哪还有空理他,毫不留情地一脚把他踹开。

高丰朝他的跟班们怒吼:"愣着干什么?帮我报仇!今天哪能那么容易放他走?"

一群人扑上来,宋喻脸色铁青地收拾他们,动作又狠又酷,毫不拖泥带水。发型都不乱的。

楼道里的女孩子们尖叫,只是这位以一敌十的帅哥根本没空理会她们,他两阶一步,急匆匆地下楼了。

关于"书山楼之约"的帖子,又掀起了一阵高潮。

"……不好意思,刚刚大 K 的手机差点儿掉了,现在给你们回顾一些刚才的内容。宋喻先发制人揪着高丰,高丰当场认兄,后面高丰不服,去拉扯宋喻,高丰被教训了一顿,高丰的跟班看不下去,都朝宋喻动手,随即高丰的跟班又被教训了一顿。"

众人回帖:

"我眼瞎了吗?宋喻看起来那么弱,居然是个狠角色?"

"啊啊啊,我可以作证!而且他承认了,他承认了他就是那个'喻哥'啊!"

"他现在走了,走都走得那么帅,太厉害了!"

"只有我在意承诺喻哥赢了就送房子车子的那些人吗?"

众人的讨论被一层楼声嘶力竭的吼叫终结!

"别围观了,书山楼那边的人都快跑——教导主任过去了!"

景诚中学教导主任,素来有"灭绝师公"之名,冷酷无情,被他抓住,检讨书演讲那是逃不了的。当然最狠的是,学生犯了任何一点儿小错误都得叫家长来学校,家长若不在本地,那他的电话可以打上三小时。

书山楼一群女孩子齐齐倒吸凉气,收好手机,赶紧往下跑。

但是教导主任做得非常绝,拿着钥匙和锁直接把大门关了,还拿着喇叭在下面怒吼:"楼上的一群兔崽子!铁门我已经锁了!你们一个都别想跑!周五不回家在这里惹是生非?呵,打电话给你们家长叫他们来领人,来一个我放一个!"

一整楼的人欲哭无泪。

宋喻刚跑到二楼,教导主任就来了。

听见他说要叫家长,宋喻十分头疼,拧着眉头,心想这都什么破事。

几个女生和宋喻在同一个楼道里挤着,看他烦躁,磕磕巴巴地说:"喻,喻,喻哥,你有急事的话,可以从最左边的那个教室的窗户跳下去。"

宋喻偏头看了那些女生一眼,愉快地笑了:"谢了。"

他生得好看,是那种干净通透又意气风发的少年模样,他一笑,眼里如有星河,逼仄阴暗的楼道仿佛也明亮起来。

"不……不用谢。"女孩子们脸色通红。

她们跟出去,站在二楼的走道上,探出半个身体,看着那个少年从窗户边一跃而下,动作一气呵成,又酷又帅。

"啊啊啊!"

但是她们的尖叫,伴随着教导主任拿着大喇叭气急败坏的怒吼声:"那边那个跳窗的,你是不是把我当瞎子?!简直不把我放在眼里!几班的!给我报上名来!"

宋喻已经落在了草坪上。他心里着急,只能无视教导主任的怒吼,按着记忆里对那栋楼的大概印象开始往南边跑。

教导主任暴跳如雷:"你完了!今天不抓住你,我就不姓田!"

宋喻年轻力壮,不一会儿就把他甩开了。

终于看到了那栋教学楼。

宋喻抄了近路,走的不是正门,不过那间废弃教室在一楼,宋喻很快就找到了地方。一扇窗户就在眼前,旁边是一堵布满了爬山虎的墙。

宋喻很急,不管三七二十一,先爬上了窗户边缘,然后用手疯狂地拍打窗户,喊:"谢绥!谢绥!你在里面吗?"

教室里倒了一地的人,谢绥坐在桌子上,就是为了等宋喻。他后面又补了几下,王辞的手更是痛苦万分。

这间教室其实他并不陌生。

C市有很多事,被他淡忘在岁月里,需要到特定的地方,一点一点才能回忆起来。

比如中学后门那面墙,鲜红的笔迹触目惊心,是阴暗的屈辱岁月;比如这间房……

上一次,同样的梦境之中,他也被王辞堵在这里过,他们做得甚至更加过分。但那时他的手在暑假受了伤,身手也没现在好,把王辞一行人打倒在地后,他也几乎散架了。

厚重的尘埃,昏暗的光线,满腔愤怒,那时的感觉他还记得。

大门被锁,他正是从这扇窗跳出去的。

那时的他太过迷茫和崩溃,从窗户跳下去的失重的感觉,让他觉得这个世界毫无希望。

谢绥听到宋喻拍打窗户的声音才回过神来。他垂眸敛去戾气，从桌子上跳下来，到窗边把窗户打开。

"谢绥！"

宋喻都打算破窗而入了，没想到给他开窗的是谢绥，一下子眼里都亮起了光。

外面的风吹散教室里沉闷腐朽的气息，宋喻身上有种洗衣液的香味，清新又鲜明。

谢绥看他半蹲在窗户上，背后是夕阳，还有正吹着大喇叭骂骂咧咧赶过来的教导主任。

这是嘈杂人间里真实的青春。

宋喻看谢绥这失魂落魄的样子，以为他受到了欺负。他从窗户跳进去，怒气冲冲地问："王辞那傻子在哪里？我今天要把他揍得他娘都不认识他！"

谢绥回神，笑着拉住他："没事，我已经解决了。"

确实，王辞那样子一看就很弱。

但宋喻还是气。他忽然看到谢绥手上的血，连忙问："你怎么流血了？！疼不疼？"

别人的血，他疼什么。

但是谢绥还想在宋喻面前隐藏一下实力，于是他睫毛颤抖，勉强扯出一个苍白的笑，压抑住疲惫，哑声说："疼。"

宋喻急道："那我们先去医务室！"

教导主任气喘吁吁地赶过来，放眼一望，没看到宋喻，可这一片地方只有这一栋楼。

教导主任举着喇叭在外面怒吼："你以为躲进里面我就没办法了吗？出不出来？你不出来我就把大门锁了！让你在里面待上一个晚上！"

宋喻暗骂了一句脏话。

谢绥笑着看他："你不想被他逮到？"

宋喻："这人会叫家长。"

谢绥："他看到你的脸了吗？"

对于这点宋喻就很自信了，挺了挺胸，骄傲地说："不，我偷跑出来的，只留给他一个帅气的背影。"

谢绥忍笑道："那我们直接翻墙走。"

他拎起桌上的校服外套，长腿一跨，就跳上窗户。

宋喻恨得咬牙，看了一眼倒地上哀号的王辞，问道："就那么放过他了？"

谢绥笑道："你想对付他，我当然奉陪。"

"……你这跳窗的姿势比我还熟练。"宋喻皱着眉说。

谢绥勾唇："天赋。"

等和他一起跳出去，宋喻才发现不对劲："你不是说手疼吗？怎么看起来一点儿都没事？"

谢绥笑了一下，演个伤员还不简单？他顿时脸色苍白，走两步路就发出一声闷哼。

宋喻紧张地问："你没事吧？"

"有点儿疼。"

"那我们赶紧去医务室吧！"

谢绥低笑哑声："好。"

医务室，周五晚上都没什么人。

谢绥根本就没受什么伤，医生看了半天，也就只看到他手臂上一块小的瘀青，上药的时候不禁嘀咕："怎么磕着的？别是去打架弄的吧，你们这个年纪，别好的不学学坏的。"

宋喻在旁边左看看右看看，积极提议："老师，你要不要再帮他看看，我觉得肯定不止这点儿伤。"

谢绥那么能忍的一个人，都出声说疼了，哪有那么简单。

医生翻个白眼，没理宋喻。

谢绥忍笑，跟宋喻说话："等下要我送你回家吗？"

宋喻一愣，送他回家？其实不用，他打个电话就会有人过来接，而且他答应了008不暴露自己的身份。虽然008这没用的玩意一消失就消失好几个月,也不知道回来会给他什么消息。

话说回来,谢绥好像从来都没有问过他的家庭背景。他不说谢绥就不问,真的太体贴了。

宋喻说:"不,还是我送你回家吧,你都受伤了。"

医生给谢绥上药的时候,宋喻坐到椅子上给外婆发了一条消息,说自己在学校有点儿事,可能会迟一点儿回家。

孟外婆很担忧,直接打电话过来问。

宋喻只能拿着手机,走到外面小声说话。

电话那边是老人家轻声细语的抱怨:"怎么就有事耽误了呢?今晚你表哥还有你舅舅、舅妈都来了。难得凑齐这么多人,外婆还想一家人在一起吃个晚饭的。"

宋喻有点儿愧疚了:"对不起,外婆。"

孟外婆打心眼儿里疼他,不忍心责怪,只说:"没事,喻喻,你的事什么时候处理完?我叫人去接你。"

宋喻看了一下时间,说:"大概半个小时,到时候我可能不在学校,等晚点儿我发地址给您。"

孟外婆满意了,笑着答应:"好。"

宋喻关掉通话界面,看到了马小丁的消息。

贞子不忘挖井人:"喻哥,我被我爸领走了,我可能活不过今晚……不过你放心,有我在,没人敢供出你!"

宋喻扯了一下嘴角,觉得自己就不该应这个什么"书山楼之约",要是不应,说不定能陪谢绥一起去对付王辞,这样他大概也不会受伤了吧。

宋喻握着手机,站在门口,偏头看医务室内的谢绥。

涂好药,医生吩咐了一些注意事项。

宋喻和谢绥一起出去,想了半天,还是有点儿不满,便说了出来:"你去找王辞,为什么不告诉我?"

谢绥偏头,幽深的眼眸看着他,笑道:"你已经够紧张了,怕你多想。"

宋喻疑惑了:"我紧张什么。"

谢绥挑眉："昨晚谁跟我说的，睡不着，怕吃亏。"

宋喻解释："那只是我和你瞎聊时随便编的，谁怕他。"

谢绥笑道："和我瞎聊？"

宋喻解释："当时闲得无聊，想找人聊天。"

谢绥道："下次可以直接打电话给我。"

宋喻说："……这不是怕打扰到你学习吗。"

谢绥也懒得去拆穿他，眸光落在他脸上，问："论坛有个帖子，你有去看吗？"

"你也玩论坛？"

宋喻很意外，在他心里，谢绥这种学生时代站在金字塔顶端的学神是不食人间烟火的，不可能关注这些东西。

谢绥声音带笑："本来不玩，上次有人硬发给我链接，要我去看他的粉丝有多少，我就顺手下载了。"

宋喻："……哦。"

谢绥："帖子的名字很有趣，'前途似海'。"

宋喻的脚步停了。

谢绥微笑道："你上次说，莫名其妙的接近和示好都是居心叵测。现在你……"

宋喻急得差点儿跳起来，说："不是！这世上就没有不求回报，为兄弟两肋插刀的友情了？我说了多少次了，你怎么就是不信，问就是善良！"

谢绥以前不认真想宋喻接近的目的，因为觉得没必要。现在他开始意识到宋喻是真的拿他当好友，于是便开始思考这个问题，也从宋喻的反应里大概知道了自己想要的答案。

宋喻是有目的，只是这个目的或许意外的单纯。

宋喻烦躁地抓头发，心里突然又觉得有些委屈。所以谢绥其实还是没有完全相信他，觉得他的接近都是别有目的。

宋喻无端有一种真心错付，被背叛的感觉。他越想越气，道："成，成，成，以后我不管你的事行了吧！"

说完宋喻转头就走，长腿大步向前，明显压着怒火。

谢绥："……"

看着宋喻怒气冲冲的背影，谢绥难得有些无奈。他跨步跟上，用力扯住宋喻，低声道："对不起。"

宋喻内心冷笑。

其实这倒是宋喻误会谢绥了，谢绥怀疑他接近的目的不是因为不信任。

上一次，一模一样的梦境，谢绥活成那个样子，如今又重新回到梦开始的地方，他并不觉得有人能到他身边来算计他。他一贯会察言观色，韬光养晦，一眼能看清很多人，于是猜忌、怀疑、防备都显得多余。

只是，对着宋喻，他当然不能说这些。

谢绥想起自己在宋喻眼里的"人设"，愣了一下后，睫毛微颤，神情有几分无措，不好意思地笑了一下，说："抱歉，第一次有人真心实意拿我当朋友，还不是特别习惯。"

宋喻本来还在气头上的，听着这话又愣了一下。

宋喻回忆起了第一次见面的时候，谢绥面临的难堪处境，以及当初从他手里接过药时，谢绥眼里的难以置信和惶恐……对善意的惶恐。

这些天来，他们的高中生活还算愉快，搞得他都快忽略谢绥这个年纪藏在骨子里的自卑和脆弱了。

谢绥轻声说："对不起，别生气，以后我不会再问这个问题了。"

宋喻："……"

好了，没气了。

但宋喻还是觉得需要申明一下："最后做一次解释。你是我在C市遇到的第一个同龄人，我觉得我们特别有缘，而且我特别欣赏你，想帮助你，就是这么简单，你就当我是个传播爱与正义的大善人吧。

"昨天你不是提到了彼得·潘？你眼中的少儿启蒙读物里的角色。你可以把我当做彼得·潘那种，正义的、善良的，目的就是当让你快乐的伙伴，明白了吗？"

虽然心中想着这都是什么乱七八糟的解释，但谢绥笑了起来。他的声音混着夜风，低沉温和："好，记住了。"

宋喻觉得他认错态度良好，还想说两句，手机忽然响了起来，打断了他的思路。他一看来电人是欧依莲，果断选择拒听。

但是欧依莲不依不饶，一直打过来。

宋喻猜都能猜到她这么做肯定和王辞有关。他接通电话，问："有事吗？"

电话那边是欧依莲饱含愤怒的声音："谢绥是不是在你旁边？"

宋喻笑了："你猜。"

欧依莲的心情十分烦躁："我打他家里电话，他奶奶说他没回去，打他电话又关机，你能不能找到他？找到他，让他现在立刻来我办公室！晚一点儿来，他下周一也不用来上课了！"

宋喻气笑了，什么时候轮得到欧依莲来给他下命令？

想到欧依莲恐怕还不知道他委托孟光帮忙调查、举报她，他决定给她上最后一课。他对着手机，笑道："在的，马上来，买一送一，我也来。"

他收了手机，对谢绥说："走，我去给你报仇。"

办公室外。

欧依莲挂了电话，脸上重新堆聚起了恐惧和惊慌的表情。她在外面深呼吸了好久，才踩着高跟鞋重新走进办公室。

办公室内坐着一个妆容精致，穿着一身长裙的女人。她手里拿着一个包，脸色冷若冰霜。

她是王辞的妈妈。

欧依莲露出讨好的笑："王夫人，我已经打电话叫那个学生过来了，到时候，你想问什么都直接问他吧。"

王辞妈妈怒道："我儿子现在还在医院躺着！如果不是司机在门口没等到他，进去找人，他是不是就要被锁在那小破房子一晚上！问什么？我还有什么好问的？小小年纪那么恶毒！我看他就该去牢里待几年！"

面对王辞妈妈的怒火，欧依莲只能觍着脸笑。她不敢得罪王家，附和着："您消消气，消消气。"

教导主任在旁边臭着脸，对这个王夫人的说辞很不满。他知道谢绥，年级第一的好学生，人家怎么会莫名其妙出现在那地方，事情一听就有蹊跷。

但差点儿把人锁了的是谢绥，王家怎么肯忍气吞声。

王辞妈妈这几天心情就一直不好，手指甲快把包戳烂了，暴怒道："他家里人只有一个奶奶？没爹娘的东西果然也没教养，你把他奶奶也喊过来，让她看看自己教出个什么货色。"

宋喻走到门口就听到这话。他推门而入，语气冰冷嘲弄地说："你不如先看看你儿子是什么货色。"

看到宋喻，欧依莲的脸色就臭了起来。她心想：宋喻碰上王家，估计他身上的"刺"也得被拔得干干净净。社会总要教他做人。

王辞妈妈霍然起身，死死地盯着宋喻："就是你？！"

宋喻翻出手机里那条王辞的短信，直接举起来，送到王辞妈妈眼前："识字吗？这号码是你儿子的吧，你看看他是什么货色。"

哪怕不细看内容，短信里"摧毁""地狱"等词汇都能感受到发信人满满的恶意。

王辞妈妈瞥了一眼上面的号码，确定是她儿子，怒容不减，一巴掌想把手机打掉："我儿子是什么样轮得到你来告诉我！"

她的视线冰冷至极："你以为你年纪小就没事吗？我会联系我的律师，这件事没完，我们法庭上见！"

宋喻眼疾手快地收回手机，面无表情道："哦，法律手段？再好不过。"

欧依莲心中痛快得不行。她怕王辞妈妈迁怒于她，巴不得有人来承受怒火，宋喻撞在枪口上最好。

法庭上见？

一个普通家庭的孩子，拿什么跟王家法庭上见，光是请律师的费用，只怕他都难以负担。

欧依莲勾起嘴角，上前说："王夫人，他不是谢绥，他是谢绥的同桌。"

王辞妈妈已经被宋喻气得不行，脸上的表情是冰冷的厌恶。她冷嘲热讽："果然是一路货色。"

谢绥这个时候上前一步，翻出了手机里从蒋休那备份的视频，淡淡说："老师，你为什么不先问我到底发生了什么呢？"

欧依莲一愣："什么？"

王辞妈妈冷笑一声。

办公室内所有人，视线都聚集到了谢绥这里。

手机视频放出来，是王辞的声音，嚣张又恶心。

"我就知道拍那张照片你会过来。我这几天懒得上学，在家无聊，把你的身世调查了一下。

"听说你妈妈是干那种生意的？那怪不得你长得也……

"你要知道，你奶奶的年纪大了，随随便便出点儿意外，可就麻烦了……

"想要你的同桌和奶奶安全也行，只要你……"

办公室里死一样的沉默。

王辞的话证明了他才是欺负人的那一方，这下子王辞妈妈装不下去了，原本脸上嘲讽的表情出现一丝裂痕。

欧依莲的表情也不好看。当初王辞找她要换位置的时候，她大概猜出来他是因为嫉妒，想整谢绥。

谢绥关掉视频，淡淡道："他拿我奶奶威胁我，要我去那栋教学楼，后面又带了一群人试图羞辱我，我自卫反击才打了他，逃出来。你打电话给宋喻时，我们在医务室。事情就这么简单。"

办公室内很是安静。

欧依莲张了张嘴，试图组织语言："这……王辞同学也就是口头上开开玩笑。同学间的玩笑，你当真了，还反应过激……"

王辞妈妈比欧依莲淡定多了。以她的身份，怎么会把两个高中生放在眼里。她用那种鄙夷的似乎看透一切的目光看着他们，皮笑肉不笑道："我儿子是什么人我不知道？他喊你去你就去？我怎么觉得是你自己上赶着巴结他，结果我儿子根本懒得理你，你恼羞成怒了。"

她慢悠悠地笑了,红唇微张,嘲讽的话脱口而出:"毕竟,一个巴掌拍不响,你不惹他,他为什么要针对你——"

"啪!"清脆的巴掌声,响彻在办公室里。

这一巴掌扇得潇洒又果断,把欧依莲都吓住了。

"你!"王辞妈妈难以置信地抬起头,捂住被打红的脸,怒目而视。

宋喻站在她面前,嘴角带着笑意,眼里却满是戾气,问她:"一个巴掌,拍得响吗?"

一个巴掌,拍得响吗?

这句话在欧依莲耳中嗡嗡作响。

王辞妈妈气疯了:"把他家长也给我喊过来!看看他们的儿子是怎么对我的!这件事我跟他们没完!"

宋喻冷笑一声,拿起手机拨号:"不用你喊,我自己喊。"

他打的是孟光的电话,没想到接电话的却是一道女声,声音轻快又温柔:"喂,喻喻?要回来了吗?"

宋喻愣了:"舅,舅妈?"

孟妈妈笑了起来,听声音她似乎是在洗水果,温柔道:"是我,你外婆今天打算亲自下厨,孟光被我扣下手机,赶去超市选菜了。怎么了吗?是要我派人去接你吗?"

宋喻:"没,没什么。"

算了……对付眼前这个女人,或许他舅妈更在行。

他垂眸,问:"舅妈,你能来一趟学校吗?"

孟妈妈声音停顿了一下,又笑问:"景诚中学吗?"

宋喻点头,看了眼欧依莲和王辞妈妈,语气很平静:"嗯,我遇上了点儿麻烦,老师要叫家长。"

"叫家长?"孟妈妈明显有些疑惑。

电话那边传来水果放入拼盘的声音,这时佣工过来说了什么,孟妈妈回了几句后,重新拿起电话,这次语气认真了几分:"好,喻喻等等,我马上开车过来。"

王辞妈妈站在旁边，眼神冰冷森寒。刚才被宋喻扇的一巴掌，简直就是卡在她喉咙里的一根刺。

　　不过她自恃身份高贵，做不出泼妇回击的举动，把宋喻的家长喊来，大人之间的事用大人的方式解决。

　　宋喻会后悔的，她心里坚信着。

　　王辞妈妈气定神闲地坐下，皮笑肉不笑道："喊的是舅妈？没有亲妈吗？果然没教养的人就是在一起混，我儿子遇上你们真不知道倒了几辈子的霉。"

　　欧依莲只觉得这些天被宋喻硌硬得呕在心中的气一下子通畅了。宋喻因为病情被校长重点看护，她又是班主任，一直在宋喻那里忍气吞声，现在宋喻招惹上王家，简直大快人心。

　　她假仁假义地皱着眉，劝说："宋喻，先不管王辞的事情到底怎么回事，那么多年就没人教过你不能打人吗？快，跟王夫人道歉。"

　　宋喻不爽的时候，毒舌的能力大增。他瞥她一眼，冷冷道："我打的是人？"

　　欧依莲脸色通红："你还骂人！"

　　欧伊莲愤怒地指着宋喻的鼻子骂："你真觉得自己很厉害？真以为自己是个人物？你这么厉害，你还来上什么学？等下你家长来了，就让她带你滚！老师吃过的盐比你吃过的饭还多，那么多年，什么学生没见过，你这种人，也就在学校逞威风，出了社会你看谁看得起你！"

　　她的话音响彻在办公室内。

　　一直闷声不说话的教导主任听不下去了，皱着眉说："欧老师，你这话对学生说，是不是过分了点儿。"

　　欧依莲骂得正来劲儿："田老师，你不懂，对他这种学生，就该骂狠点儿，让他长点儿记性。"

　　宋喻听了这番话神情没变，只把她的话当耳旁风。他抬头看欧依莲："这些话你是不是对很多学生说过？"

　　欧依莲冷笑："跟你有什么关系？"

宋喻嗤笑一声，语气嘲弄："真是教育界的毒瘤，你那么爱趋炎附势，当什么老师，去给王家当看门狗吧。"

欧依莲气得脸色发白。

宋喻已经不想听她说话了，冷静道："被引到那间教室的是谢绥，被辱骂的是谢绥，甚至被迫反击的也是他。就王辞那些话，要是当时我也在场，他现在就不是躺在医院那么简单。

"不去想着还学生公道，还在这里帮忙颠倒黑白、扭曲事实，甚至拉我下水，欧依莲，你也配？几年前那个被你逼到转学的女生你还记得吗？你到现在还不知悔改。"

他的眸光冰冷锐利，通透得似乎可以穿过她的灵魂。

欧依莲僵在原地，死死地盯着宋喻，眼睛瞪大，牙关颤抖。惊恐、心虚、难以置信等情绪萦绕，最终化为一个疑问——他怎么知道？他怎么知道！

王辞妈妈终于忍不下去了，她咬牙切齿道："你什么意思？你想对我儿子干什么！不得了啊你！"她一下子站起来，握着装开水的塑料纸杯狠狠地往宋喻的脸上泼去，骨子里的丑陋恶劣显露无遗。

她突然发难，宋喻还没来得及反应，眼看着水杯在空中旋转过来，紧接着手臂被人一拉，后退一步。

有人站到了他的身边，伸手利落地接住纸杯，毫不留情地反扔了回去。

王辞妈妈立刻用手挡住了脸，但手背还是被烫红了，眼睛也让热气灼得生疼，立刻发出惨叫："啊啊啊——"

欧依莲都吓傻了，连忙凑上去，取出湿巾，问："王夫人，您没事吧？"

王辞妈妈气得浑身颤抖，眼中含恨看着他们说："你完了！宋喻！没教养的玩意，我要你一家在C市都混不下去！"

宋喻冷笑。

这时办公室的门被推开，高跟鞋踩进来的声音清脆，同时响起女人冷若冰霜的话："你要谁在C市混不下去？"

宋喻一愣，回头看，笑着喊了一声："舅妈。"

欧依莲听到声音，心中一喜。宋喻的家人来了？那太好了！

在她心中，宋喻不过就是一个普通家庭的孩子，家长还是好拿捏的。

只是她偏头，却彻底愣住了。

她隔得远，墙壁反光，看不清来人的五官，却知道站在门口的女人气质非常特别。

那女人有着和王辞妈妈相似的强大气场——但没那么讨人厌，相反，更为高雅、明艳。她穿着烟灰色衬衣，酒红色鱼尾裙，栗色的鬈发，整个人的气质都透露着优雅。

她走进门，欧依莲也终于看清了她的模样。她脸上化着淡妆，看样子是随意出门的，皮肤保养得非常好。

一进门，孟妈妈就上前一步，唇齿冷笑，盯着王辞妈妈问："没教养？你刚刚骂谁没教养？"

王辞妈妈正捂着眼，也不看人，怒不可遏地骂："谁没教养你看不出来？就你那外甥——"

"啪"的一声响，孟妈妈一巴掌甩在王辞妈妈脸上。

王辞妈妈在惊怒之下抬头："你——"她嘴里的话还没说出来，脸上的血色就褪得一干二净，表情从愤怒和怨恨转变成了震惊。

她僵在原地，牢牢盯着眼前的女人，半天才从嗓子里挤出颤抖的声音："闻瑗？！"

孟光妈妈——闻瑗，也看清了这人是谁，她眼眸里的笑意不减，语气嘲弄讽刺地说："我当是谁那么大能耐，还让我一家在 C 市混不下去，原来是你，吴新梅。"

她的口红很艳，说出来的话却震耳发聩："没教养？你配说这三个字？"

王辞妈妈在闻瑗面前，突然什么话都说不出来了。

闻瑗简直就是让吴新梅仰望的存在。她生来就是千金名媛，后来嫁给门当户对的孟家，一路顺风顺水。

吴新梅只是没想到，宋喻的舅妈居然是闻瑗！

闻瑷勾了一下唇："熬死了原配，才上位嫁给比自己大二十岁的老男人，攀上王家就真把自己当根葱？"她越说，眼眸越冷，"来给我们当笑话的玩意儿，谁给你的脸？"

办公室一片寂静。

宋喻在旁边听着这些 C 市名门八卦，一脸震惊。虽然一早知道他舅舅性格儒雅温和，表哥暴躁的性格随舅妈，却没想到舅妈维护起自己人来这么泼辣。

欧依莲看着眼前咄咄逼人的女人，心中各种情绪涌出，深感自卑、惊慌，甚至有些恐惧。

她讷讷道："你是宋喻的舅妈？"

闻瑷眼风一扫，上上下下地打量了欧依莲一番，几乎一眼就能看清这人的本质。她嘲讽一笑，说："是，我来接我外甥，听说他被留在办公室了。出了什么事，你说给我听听。"

欧依莲的脸色煞白，嘴唇颤抖，话都说不出。

从王辞妈妈的反应就能看出来，眼前的女人身份不简单，所以宋喻……

欧依莲惊慌失措，觉得脑袋昏沉沉的，但迎着闻瑷的视线还是勉强挤出笑容，说："其实也没宋喻什么事，是我……我误会了他……在这里我要跟宋喻说声抱歉，耽误了他那么多时间……"

她抬手，似乎擦了一下眼角，视线落到宋喻身上，颤声说："老师刚才也是太急了，毕竟你们都是一个班的同学，要一起相处三年。王辞现在还在医院，所以老师口不择言，说错了话，希望……希望宋喻同学不要在意。"

宋喻扯了一下嘴角，懒得理她。

闻瑷用手点了一下桌子，直接问："我只想弄清楚今天发生了什么事。"

欧依莲脸色苍白，无措地站在原地。

旁边被泼了一身水还被扇了两巴掌的王辞妈妈狼狈不堪，之前指着他们鼻子骂的傲气荡然无存。

闻瑷看了她们一眼，撩了一下头发，往前走了一步，对着办公室内从头到尾说不上几句话的教导主任，很有礼貌地说："老师你好，我是宋喻的舅妈，希望你能把今天下午发生的事给我说一遍，谢谢。"

教导主任看着事情发展到这个地步，在内心叹了一口气。他只是接到消息，书山楼有学生惹是生非，没想到扯出这么一件事来。

他拿下眼镜擦了擦，憋了半天，还是梗着脖子说了："这件事，宋喻和谢绥都没错，王辞同学，那算……自作自受。"

王辞妈妈霍然抬头，咬牙切齿道："我儿子现在在医院躺着，你跟我说是自作自受？！"

教导主任拿眼镜的手微微颤抖，心里对学生的关爱还是战胜了得罪王家的恐惧。他叹了一口气，说："可以证明事情经过的短信和视频都有，王辞拿谢绥奶奶的安危威胁谢绥，把谢绥引到废弃教室里。谢绥打伤王辞逃出来后，宋喻同学带谢绥去了医务室。事情就是这样。"

闻瑷冷笑出声，转头看着脸色苍白、表情怨毒的王辞妈妈，冷冷道："王家还真是尽出奇葩，上次才有一个被抓了，这是马上又有一个了？"

尽管王辞妈妈一直以来对闻瑷的态度就是羡慕、嫉妒且惧怕的，可事情涉及自己儿子，她也不肯让步。她咬牙说："你搞清楚，现在在医院的是我儿子！"她指着宋喻和谢绥，憎恨地说，"他们，他们什么事都没有！"

闻瑷没理王辞妈妈，她踩着高跟鞋，走到宋喻旁边，语气一下变得温柔起来。她微笑着问："喻喻，你和你朋友手里还有那些证据吗？"

宋喻偏头看谢绥，谢绥非常自然地将手机拿出来。

闻瑷面无表情地把视频看完，强忍怒火，深吸一口气，转头对王辞妈妈说："你看着吧，王辞虽然没成年，但也不代表他能逃脱法律的制裁。"

王辞妈妈这一刻彻底慌了。

上次王北单被抓的事，让王家这段时间一直保持低调，安安分分不敢惹事。她儿子在这个节骨眼上惹的事，再想起王辞以前在她的溺爱下做的事，悔恨和恐惧爬上她的心头。她只有这一个儿子，他是她在王家唯一的依靠。

"不！这件事就是小孩子间的玩闹！闻瑷，够了，你不要揪着不放！"

闻瑷笑了："揪着不放的不是你吗？非把喻喻扣下来，非要叫家长。好，家长来了，满意了吗？"

"满意了吗"，每一个字都像刀子一样刺在王辞妈妈心上，令她如坠冰窖。

王辞妈妈眼里流露出悔恨之色。想到这天发生的一切，她转身一巴掌扇在了欧依莲脸上，双眼通红，怒吼道："就是你！都是你害的！如果不是你没能力管好学生，我儿子会落到这个地步？"

"啪！"又是一巴掌打在欧依莲脸上。

王辞妈妈怒吼："又蠢又毒还没眼力！都是你的错！"

欧依莲怎么也想不到事情会发展到这个地步。她愣愣地看着宋喻，大脑一片空白。

这时办公室外传来了孟光的声音："妈，怎么回事，接个人，你搞这么久？"

在他后面，是校长，还有几位校领导，正围着一名西装革履的儒雅男人一边说话一边往这边走过来。

大领导突然来学校，校领导专门跟着，正在介绍学校的环境和工作。

孟光是临时转道过来的，穿着居家的衬衫长裤，他大大咧咧地走进办公室，跟个大男孩一样凑到他妈妈身边说："我的手机你该还给我了吧！我都多大的人了，你还整这套，幼不幼稚。"

闻瑷笑着朝他翻了个白眼。

孟光看了看办公室里的情况，问："喻喻，到底发生了什么事？爸打电话给校长，校长也不知道具体情况，他干脆就直接来学校看看你们了。"

闻瑷冷眼："王家干的好事。"

欧依莲呆呆地看着一群人进办公室，突然意识到，被一群校领导围着的那个男人……是宋喻的舅舅。她感觉天旋地转，脑子里只剩下一个念头——完了，她彻底完了。

不只是欧依莲，王辞妈妈也感到喘不过气来，心中的悔恨如潮水一层一层把她淹没。

她是知道自己儿子的性格的，她来学校兴师问罪，根本就不在乎事情真相，没想到事情居然变成这样。

校长是和孟爸爸一起进来的，他没搞清楚状况，看到欧依莲就笑着说："这是喻喻的班主任，欧依莲。欧老师是一名从教多年的英语高级教师……"

欧依莲听到这个介绍，呼吸一室，苍白的脸上勉强露出一个笑容。她迫切地望着宋喻，眼里是深切的祈求和悔恨。

宋喻没理，偏头跟他表哥聊着天。

孟光似笑非笑地问："你不是来好好学习的吗？第一个星期就被叫家长？"

宋喻面无表情道："……班主任有病。"

孟光才想起宋喻说过的那个丧心病狂的老师，顿时不笑了，指着欧依莲问："就这人？！"

他激动起来："爸，就是她！我在车上跟你说的那个奇葩，她的罪状我都提交了，你可要主持正义啊！"

闻瑗忍无可忍，揪着孟光的耳朵说："不会说话就闭嘴！"

听到孟光的话，校长满是笑容的脸慢慢僵住，疑惑地看向众人，心想欧老师怎么了？

欧依莲眼眶已经红了，颤声道："不是，今……今天的事我可以解释。在这里，我郑重向宋喻同学道歉，身为班主任，责任越大压力越大，今天是我急糊涂了，才说了很多不适合的话。"

校长张了张嘴："欧老师？"

孟爸爸皱了一下眉，看了一眼失魂落魄的欧依莲，偏头对校长意有所指地说："今年出台了有关师德档案的文件，我知道现在高中老师因为升学率和社会舆论，压力很大，但是压力大不能成为老师趋炎附势、是非不分、侮辱甚至践踏学生尊严的借口。"

他每说一个字，欧依莲的脸就白一分。

校长也被批得有点儿难堪，点头道："是，是，是。"

孟爸爸深深地看了欧依莲一眼，严肃道："我前些日子接到一封匿名举报信，是关于欧老师以前任教时发生的事，事态非常严重，已经报案给局里了。你通知教务处这些天把她的课都先撤了吧，让她先停职接受调查，换其他英语老师补上。"

"报案给局里"，这五个字如同天雷轰顶，欧依莲再也装不下去了，崩溃地开口："领导！我今天不是针对宋喻！我不知道他是你外甥！我——"

孟光都气笑了，觉得这个女人蠢得不可救药。

宋喻和孟光的想法差不多，看着欧依莲崩溃绝望的表情，他扯了一下嘴角，语气讽刺："你现在还搞不清楚自己落到这地步是因为什么？和学生的家世无关，和你的所作所为有关。"

宋喻盯着她，冷笑道："你这样趋炎附势，是非不分的人，才不配做老师。"

欧依莲一个字都说不出，犹如被人一巴掌扇在脸上。她大脑空白，恐惧密密麻麻如针般包裹住她的心脏。

她一直针对宋喻，对他恶言相向，自以为高人一等，用"社会""权势"的那一套观念羞辱他，却不知道宋喻就是她拼命去巴结吹捧的那一群人之一。

所以他听到她说的那些话，心里是怎么想她的？

绝望、崩溃、悔恨里又生出可笑和羞耻的情绪，欧依莲的脸一阵红一阵白，眼泪不断落下。

宋喻被欧依莲恶心得够呛，在舅舅和校长还在讨论其他事时，拉着谢绥先出来了。

站在教学楼的走道上，月色皎皎，清风温柔，吹散了少年烦闷的心情。

宋喻觉得自己真是倒霉，想要安安心心到景诚中学学习，当个天天向上的学霸，偏偏有人前仆后继地送上门，搞坏他的形象；想要隐藏身份和谢绥做朋友，让他有个美好的高中生活，然而欧依莲和王家非逼他暴露身份……

不行……他得圆回去。

谢绥突然被宋喻拉出来，还有些疑惑宋喻要干什么。

"我……"宋喻欲言又止，皱着眉，冥思苦想要怎么开口。结果他越想这些事就越气，脸色越来越差。

这表情，是把他约出来打架的？

不过看宋喻犹豫烦躁的样子，再稍微联想这天的事，谢绥也差不多知道他在烦什么了。

宋喻是不是以为，在自己眼中，他一直是个家境普通、学习勤奋的好学生形象？

谢绥心中觉得有趣，存心逗宋喻，决定保持沉默看对方怎么说。

宋喻抬头，看着谢绥道："我本家其实在 A 市，爸妈都是做小本生意的，来到 C 市读书是因为我成绩太差，听说景诚中学师资力量强大，就过来投靠我舅舅了，所以我的家世其实没你想的那么厉害，你也不用太在意。"

宋喻虽然不怕系统，但总感觉如果现在曝光，以后会发生不好的事。

宋家，小本生意？宋喻可真敢说。

谢绥眼眸幽深，笑道："你把我叫出来，就是想跟我说这些？"

宋喻张嘴，想说什么，忽然想明白了一些事。

仔细想想，A 市、孟家、舅舅，那么显而易见的关键词，以他上一回梦里见识过的谢绥的手段，谢绥回谢家后随便一查就什么都知道了，所以他并没有隐藏的必要。

宋喻在心中呐喊：008，你快点儿回来吧，我玩崩了。

长久的沉默后，他自暴自弃道："是，我怕你以为我是个纨绔子弟，觉得我们差距太大，就不跟我玩了，和我疏远了。"

谢绥微笑，评价："你内心戏真多。"

宋喻瞪大眼，质问："那你刚才一脸冷漠？"

哦，装的。

谢绥不谈这件事，只道："不会的。"

宋喻："什么？"

谢绥："不会和你疏远的。"说完他自己都觉得好笑，却还是耐心解释说，"你只是你，宋喻。"

你是带着希望和光的彼得·潘。

宋喻彻底把系统抛在脑后，跟谢绥坦白自己内心的想法："我不说是觉得太傻了，整天把自己家多有钱多厉害挂在嘴边，多讨打。你看王辞，嚣张成什么样了，可也就他自己高兴，是有上赶着巴结他的人，但有更多不敢接触他的人。"

宋喻抬头，浅色的眼眸映着星光，清澈又明亮，继续说："其实我就想安静读书，和你一起安稳度过这三年。好好学习，认真进步，有严格的或善良的老师，有热情的或害羞的同学，生活单纯又快乐。"

谢绥嘴角上扬，眉眼皆是笑意："那我当然，如你所愿。"

宋喻说完了，也淡定了。他不知道王家出了这种事，秦家那个"好友"还会不会转学过来，但管他的呢，有他在，之前梦中的事就不会发生了。

处理完欧依莲的事，又跟谢绥解释清楚了，宋喻坐在回家的车上，整个人都放松下来。

闻瑗坐在副驾驶座上，偏头笑问："喻喻，刚才那是你的同桌？长得真不错，舅妈见了那么多人，就没见过比这小孩气质还好的。是朋友的话，你下次喊他过来玩，我还蛮喜欢这孩子。"

宋喻道："那我问问他。"

话都说开了，也就不存在要隐藏身份的顾虑了。

他靠在车座上，打算直接发消息问，结果编辑信息半天，还没发出去。

孟光在旁边看着，啧啧两声："你喊朋友来家里玩，不需要纠结怎么说，约出来玩的理由太多了，'明天来我家打游戏吗'这样就好。"

闻瑗训他："什么打游戏，你别带坏喻喻。"

宋喻在学校装学霸装惯了，回家都没能改过来维持人设的习惯，他正经地说："打什么游戏，是作业不好写吗？"

于是他编辑信息，简单又真诚地问："明天来我家写作业吗？"

孟光："……"

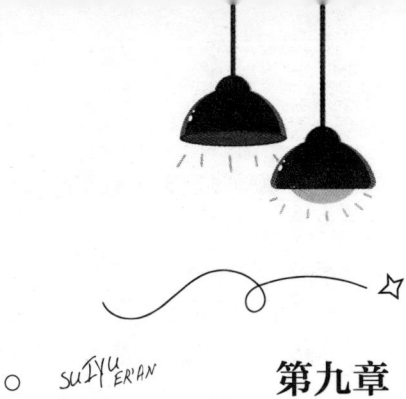

第九章
猜一猜喻哥的月考成绩

宋喻拿着手机想,谢绥大概率会拒绝吧?毕竟每一次自己邀谢绥去公寓吃饭,得到的都是拒绝的话,而且一般不超过三个字。

不一会儿,谢绥的短信回过来:"好。"

果然没超过三个字,但他居然同意了。

宋喻一愣,又发:"行,地址我发你,明天早上见。"

孟光看他的表情,想起自己回不去的青春,酸溜溜地说:"约同学写作业真的有意思吗?又不是约到了校花……"

闻瑗坐在副驾驶座上翻了一个白眼,撩动长发,凉凉地说:"你的坏学生思想烂在你肚子里就行,别说出来祸害你表弟。你要是乱搞男女关系,你看我打不打断你的腿。"

开车的孟爸爸也忍俊不禁地说:"喻喻,别听你表哥的,你们这个年纪,一起写作业才是对的。"

孟光被爸妈一起教训,悻悻地摸了摸鼻子,不满道:"我说什么了,我怎么就乱搞男女关系了?没意思,妈,你这人真没意思。"

宋喻的心情特别好,慢悠悠地盯着孟光,笑着说:"我没约到校花,但我同桌是'校草'。"

孟光一下子来了兴趣:"厉害了!"他追着问,"不过你那同桌的长相也确实挺出色的,那你呢,有没有混个什么草当当?'校草''级草''班草'总不能他一人占三样吧？哦，不对，喻喻是去当学霸来着。"

宋喻："……"

打扰了，这些都没混成。

当然，他怎么敢当着舅舅舅妈的面说这些，他避重就轻地回答孟光前面的问题："虽然我和谢绥的帅气是五五开，但是我这人不怎么爱出风头，学校的女生暂时还没发现我的帅气，所以没评上什么草。"

孟光乐了，安慰道："那她们的眼神够不好的，这样吧，我给你评个'市草'，给你找回点儿场子。"

宋喻笑个不停："虽然名副其实，但是没有这个必要。"

一车的人都笑起来。

开往市中心的路上霓虹灯在窗外闪烁，车内气氛温馨又愉快。

回到家后，一家人其乐融融地吃饭。

饭后孟外婆问起宋喻开学一星期的生活，宋喻愣了一下，然后把自己的高中描述成了教室、公寓两点一线的样子，总结起来就是努力学习，简单又充实。

如果不是家人都知道他的成绩，可能他又立起了一个兢兢业业的学霸形象。

上楼回房。

宋喻写了一张卷子后，躺在床上玩了一下手机，发消息给谢绥："你还剩什么作业没写完？"

那边回得很快："看你，我都写完了。"

宋喻人都惊呆了，噼里啪啦地打字："你都写完了？周五晚上你就都写完了？那你来我家写什么作业！"

谢绥发："帮你补习。完成我的新学期目标。"

谢绥的新学期目标——帮助同桌拿下市第一。

宋喻："……"

他心里竟然有点儿感动是怎么回事。

可以,这个第一,他会奋力去争取的!不然都对不起谢绥这份信任和用心!

切出聊天界面后,宋喻视线一瞥,良心发现般第一次主动点进了马小丁那个阴森森的贞子头像,给他发了一个问号表示关心,既不失礼貌又不显得特别尴尬,完美。

马小丁一眼就读懂了宋喻问号背后的深切关怀,先呜呜哇哇号了一通,然后抽抽搭搭地说:"谢谢喻哥,我没事,我在我爸手下活了下来……"

你老大喻哥:"好好说话。"

贞子不忘挖井人:"哭哭。"

你老大喻哥:"……"

马小丁一个激灵,说话终于正常了。

贞子不忘挖井人:"……但是我觉得你可能会有事,虽然我让他们都闭嘴,不供出你。可当时有人在录像,现在估计视频都在论坛传开了,教导主任说不定会查上你,喻哥小心。"

宋喻倒是不担心教导主任查人,毕竟那天还有王辞和欧依莲的事让那位"灭绝师公"头疼不已,根本分心不到他们身上。

想到论坛,宋喻皱了一下眉,登录上去看了一下。

他这天在书山楼和高丰的约战本来就备受瞩目,经此一战后,基本上全论坛都知道了"你老大喻哥"ID 的背后主人就是他。

论坛首页飘着各种得意扬扬的炫耀的帖子,以及粉丝们的崇拜之情。

喻哥以前还是个虚拟的人物,现在成为长得帅,武力值又高的帅哥,一下子成为论坛的热门话题。

"当初嚷着跟喻哥约架的兄弟们过来领个号。"

"断言喻哥长得丑又矮又挫的仁兄们,来来来,发照片呗。"

"……"

当然,还有一批人关注的是别的事。

"喻哥赢了,那些说要送车送房的人呢?"

"我已经匿名跟校长说了,三天之内他会收到一辆玛莎拉蒂,你们看着办吧！"

宋喻扯了一下嘴角，匆匆瞥了一眼论坛上的这些帖子，没多在意，放下手机便睡了。

第二天的早晨，天空不复前几日的晴朗，阴沉沉的，似乎是要下雨。

宋喻一觉睡到九点，醒来后，人还有些困。他揉着眼睛，想起这天约了谢绥写作业，瞬间脸色一变，以飞快的速度洗漱换衣服，穿着拖鞋跑下楼去了。

这个点，外婆一般在院子里浇花。

"外婆，今天有人来找我吗？"宋喻推开门问，却愣住了。

花园里，孟外婆和谢绥正站在一块聊着。

院子里种着很多茉莉花，绿叶白花，清新淡雅。

谢绥穿着衬衫，袖口挽起，露出半截手臂，正帮孟外婆浇水。少年身材高挑，五官精致，在花园里自成一道风景。

孟外婆看样子对谢绥特别喜欢，眼里都是笑，说："你是喻喻的同桌，这接下来的一年，可能要麻烦你多多照看下喻喻了，他身体不好，我总担心他在学校出事。唉，就怪我当初心软，拗不过他，让他外住。"

谢绥一愣，却偏头问："身体不好？是得了什么病吗？"

对于上一场梦里的他来说，宋喻也就是一个有过些许交集的陌生人罢了。他隐约记得宋喻身体不好，却没有多在意。毕竟那个时候宋家式微，开始往海外发展，逐渐淡出 A 市的圈子，一个病恹恹的宋三少并不值得当时身为谢家掌权人的他留意。

谢绥轻微皱了一下眉。

宋喻这三天两头和人闹矛盾的气势，都让他快忘记宋喻有病这件事了。宋喻的外婆提起这事，他才想起来。

孟外婆叹了一口气，摇摇头道："谁知道呢，喻喻小时候落了次水，身体就一直没好过。那么多年，国内国外那么多医生都没给出个具体结果，甚至有医生说，是精神方面的病。

"你别看他现在活蹦乱跳的,真发病起来,不知道虚成什么样。像感冒又不像,还会神志不清,能把人吓死。现在他病情稳定,发病少了,可算让人安心了点儿。"

想了想,孟外婆又加了一句:"你也不用太担心。"

谢绥微笑点头:"好。"

只是他低下头,有些出神。

宋喻在远处喊了一声谢绥,打断了他们的对话。

在家里学习的效率太低,最后宋喻提议,去图书馆。

谢绥本来就是为了辅导他来的,自然随他的意见。

孟外婆送他们出门,皱了一下眉:"天要下雨了,在家里学习不好吗?非跑外边。"

宋喻站在雕花铁门外,说得头头是道:"图书馆有利于人集中精力。"

孟外婆没好气道:"你可别努力过后还退步了。"

宋喻偏头对谢绥说:"靠你了,谢老师,别让我成绩退步。"

谢绥心里思考着他病的事,幽深的眼眸看了他一眼,淡淡说:"你那成绩,也没有退步的余地了吧。"

"说话放尊重点儿!""学渣"宋喻表示愤怒,"你信不信我一通电话喊一车人来揍你!"

宋喻吵吵闹闹的声音让谢绥回神,暂时把病的事情放下,偏头就对上宋喻翻涌着怒火的浅茶色眼眸。

这些日子相处下来,谢绥对付宋喻很有一套。他没有理会宋喻的威胁,只问:"今天学习哪一门?"

宋喻的一腔怒火瞬间消失。提到学习,他就会想到月考,想到月考就想到宋爸和自己的约定,于是整个人安分下来。

宋喻挠头道:"语文吧,我还剩语文作业没写。"

市图书馆甚至没学校近,宋喻干脆打车去了学校。

有很多同学家离得远,周末没回家。学校图书馆内,一楼阅览室坐满了高三的学生,基本没位置了。

"我们去二楼吧。"宋喻不想跟他们挤。

二楼相对而言人少很多,宋喻选了个角落,把自己的作业摆了出来。他刚坐下,就看到窗户外下起雨来。

天雾蒙蒙的,显得整个学校都特别安静。夏季的雨一下就很大,雨声哗啦啦的,从玻璃外传过来,水滴在窗户上留下痕迹。

宋喻在开始学习前做什么都觉得有意思,他拿着笔兴致勃勃地说:"这是我来 C 市第一次看到雨。"

谢绥往外看了一眼,淡淡地应了一声:"嗯。"

宋喻察觉他兴致不高,问:"你不喜欢下雨天?"

谢绥从来不喜欢和人分享自己的情绪,只是敷衍的话到嘴边又作罢。他笑说:"嗯,不喜欢。"

下雨天会勾起不好的回忆。

好像他上一次梦醒的时候,也是个下雨天。

谢绥不欲在这件事上多说,转移话题:"把你昨天做的卷子都给我。"

"好的。"宋喻见他不想多讲,便没有多问。

虽然宋喻是来写语文作业的,但人总是喜欢高估自己。他想着要是作业半个小时就写完了,岂不是没事干?于是他还带了数学习题册,卷子就夹在里面。

"给你,这张卷子我每一道题都写了一点儿。"宋喻的语气还有点儿得意。

谢绥拿过来,轻声笑问:"写了个'解'?"

宋喻:"……"

你搞没搞清楚!我现在是你的学期目标!你的扶持对象!

谢绥在宋喻发怒前先发制人,动作优雅地阻止道:"这里禁止喧哗。"

宋喻:"……"

他咬了一下牙,低头开始写语文作业。

高一刚开始,布置的作业都挺轻松,唯一麻烦的是每周一篇的作文。

语文老师毕竟是个开学就让他们写学期目标，极其富有情怀的中年男人，这次给他们的作文材料也十分文艺：念念不忘，必有回响。八个字，题目自拟，立意自取。

他在放假前还专门强调："你们能上网查到的，我也能。"

一句话断了他们投机取巧的心。

宋喻最怕写作文了。他咬着笔杆，憋了半天，把这八个字当成了自己的题目。

老师只是说题目自拟又没说不可以抄，可以，八个字了，完成了百分之一。

不过题目算不算字数来着？

算了，不想那么多，宋喻又去网站搜索了一下，把这八个字的意思抄了下来，三十字到手。

他东拼西凑地增加字数，谢绥则仔细地翻着他的卷子，翻完后，拿笔开始在本子上写东西。

宋喻写作文，思绪四处发散，问谢绥："你是在给我写学习计划吗？"

谢绥说："笔记。"

宋喻说："数学笔记？这个我有做。"他上次还问谢绥韦恩图来着。

谢绥握着笔，也没抬头，说："中学的内容，你有关函数这一块的基础特别不牢固。"

宋喻说："哦。"

他磕磕绊绊地写满了八百字，对"念念不忘"四个字，研究至深，有关怎么"念"，他分门别类说了十几条可能性和可行性。不知道老师满不满意，反正他是很满意的。

写完宋喻就困得不行，说："我睡半个小时，到时候你喊我。"

谢绥说："嗯。"

图书馆内的灯打开了，温和明亮。

这里很安静，只有谢绥在对面写字的沙沙声，对方在他睡觉后还刻意放轻了动作。

外面雨声变小，环境舒适安逸，可宋喻这一觉却睡得并不怎么安稳。

上次他的梦中梦里，有岛、蓝天、海，这些听起来明亮的词汇，梦里却森冷压抑，伴随着各种声响和血。

这一次的梦中梦，断断续续，他却不再是个局外人。

高档的别墅内，吊灯华丽，钢琴曲悠扬，高脚杯轻轻碰撞着，觥筹交错。一群名媛穿着晚礼裙，神情期待又忐忑，语气充满向往，在她们的讨论里听到的最多的是"谢"字。这像是一场为了迎接某个人而设的晚宴。

别墅前，雕着铁花的庄园大门打开，一辆加长的黑车行驶进来。

但宋喻只看到车门打开，似乎有人走下，可连人的模样都没看清，梦里画面就一转，成了一个雨夜。

大雨滂沱，整个天幕低垂，沉沉压下。少年从一间公寓跌跌撞撞地跑了出来，过了一会儿，少年慢下脚步，挺拔的身体像是折断了的竹子。他弯下身，扶着柱子，呕吐了起来。

宋喻是被人喊醒的。

"半小时到了。"

宋喻醒来，还觉得有点儿恍惚。

外面的雨没停，图书馆内却多了很多人。

他愣愣地看着眼前的人半天，想说什么，话到嘴边却停下。

沉默压抑的下雨天。

宋喻看着谢绥深沉的眼眸，不自在地说："你饿了吗？"

谢绥没想到他一醒来就先问这个。谢绥把手里写完的笔记递给他，笑着说："外面有家蛋糕店。"

其实还没到吃晚饭的时间，但宋喻点了点头，说："我们先去吃点儿东西。"

进蛋糕店的时候，很多人看向他们。

二人随便找个地方坐下，谢绥道："我去买，你先坐着。"

宋喻抬头看了一眼，排队的人特别多，便应下了。

在等待的过程中,宋喻无聊,打开了手机,随便点进点出几个软件。他的视线落在屏幕上,心却不在,满脑子还是刚刚那个梦。

谢绥不喜欢下雨天?也确实不喜欢吧,毕竟下雨天是谢绥倒霉的日子。

他发生过几次令人生崩溃的事情,都在下雨天。

宋喻心里很堵,越想越气得牙痒痒,有点儿想去医院把王辞摁在病床上再打一顿。

他顺手点进了论坛,想看点儿开心的事,视线被一条刚发的帖子吸引。主楼是两张照片,拍的是宋喻和谢绥。谢绥在写字,而他在睡觉。

图书馆的角落里,灯光温柔照下来,谢绥穿着白衬衫黑长裤,侧脸英俊清冷,照片里睫毛纤长,整个人都是那种言语不足以形容的气质。而宋喻趴在桌上睡着,只露出半个黑色的脑袋。

拍照人坐在图书馆二楼另一侧,从拍照人的角度看不到宋喻的其他身体部分,连是男是女都看不出。

1楼:"是谢神?"

2楼:"谢神和谁在图书馆?!"

3楼:"楼主,你拍照技术太差了!"

4楼:"有没有在图书馆的姐妹!我看这像是二楼!你快点儿去帮我们看看!"

5楼:"想太多,周末还在图书馆学习的人会看论坛?"

6楼:"手里的鸡腿,突然觉得不香了。"

7楼:"快乐晃动的脚渐渐停止……"

8楼:"呜呜呜,别人的周末。"

9楼:"楼主拍清楚点儿!让我看看是谁!"

……

楼主:"楼上的姐妹我对不起你们,我……我上个厕所的工夫,他们就走了。不过我问了别人,他们好像是去蛋糕店了,我追过去,帮你们拍张照。哦,谢神对面也是个小哥哥,而且他的衣服款式我记得。等我好消息。"

本来"酸气冲天"的帖子，这时候开始出现别的声音。

"男生？是我想的那个男人吗？"

男生压根儿就没想到会是宋喻，他们进楼直接催促。

38楼："楼主拍照！快点儿拍！气死人了，我也想要市第一陪着学习！"

宋喻面无表情地看帖子。突然，他的右手边有闪光灯亮了一下，朝着他的方向。

他神色不虞地偏头，看到一个扎着马尾辫，穿着景诚中学校服的女孩子。估计她拍完才意识到忘记关闪光灯，尴尬得不行，把头埋进书堆里，不敢看他。

宋喻没说话，低头继续看着帖子。

楼主："我拍了……我感觉……有点儿似曾相识！"

41楼："让我看看是谁，我辛辛苦苦赶作业他却在睡觉？恶心吧啦！快放图，放出来后，兄弟们把'丢人'打在回复里。"

楼主发了一张图，图里是一个少年，坐在蛋糕店里，低头心不在焉地玩着手机，发色浅而软，皮肤也白，乖巧的长相却配上冷淡神情，看样子就不好惹。

同时，你老大喻哥："我。"

这一瞬间，这个热热闹闹的帖子沉默了，紧接着，论坛热闹了起来，满屏的"哈哈哈""啊啊啊"和"喻哥好帅"。

这时有人手动喊话41楼的兄弟："图出来了，41楼的大哥讲句话，就那个ID叫'长弓不怕长'的。"

长弓不怕长："帅，这谁看了不得夸一声'帅哥'呢？"

他发的每个字似乎都出自颤抖的手。

而他底下的回复也特别统一，一排整齐划一的"丢人"。

宋喻又抬头看了一眼对面的那个女生。她现在满脸笑意地看着他，对上他的视线，又马上低头，欲盖弥彰地把手里的英语书立起，挡住自己的脸。

宋喻："……"

有意义吗？

宋喻扯了一下嘴角,不再理会她,视线重新落到那个帖子上。

在41楼说话的那位被集体嘲讽了一遍后,有人找回了正题。

"喻哥,你和谢神是在一起学习吗?准备月考吗?"

宋喻等得无聊,回复了她。

你老大喻哥:"他帮我补习。"

论坛里爆发了一阵尖叫。

"啊啊啊!"

"呜呜呜,今天是什么神仙日子!我突然就又有动力了,扶我起来,我还能写两张数学卷子!"

"你们别把喻哥吓跑了!去专楼,这里发言正常点儿!"

有人问:"喻哥是要好好学习了?"

宋喻耷拉着眼皮看他们的发言,心想这不是废话吗,他开学至今哪天没有认真刻苦地学习?

是不是"炮仗"这个身份让这群人对他有点儿误解?他觉得有必要为自己解释一下。

于是宋喻在这个论坛,难得心平气和地说了一句话:"我一直都有好好学习,上高中不来学习来打架的吗?"

隔着网络,一群人沉默了。

他们在震惊过后,涌出了深深的悔恨。大家看着自己没做完的卷子,瞬间觉得自己简直不配呼吸学校的空气,他们还有什么资格在论坛聊天!

"抹茶喜欢吗?"这个时候谢绥排队回来了,坐到宋喻对面,出声问。

宋喻收好手机,看到他手里那块小巧诱人的蛋糕,微微瞪大眼睛,高兴地说:"喜欢,喜欢。"

除了薄荷外,他最喜欢的味道大概就是抹茶了。

奇怪,谢绥去的时候也没问他口味,宋喻由衷地赞叹:"我们真是比亲兄弟还亲。"

谢绥笑了一下,没否认,将叉子插上蛋糕,递给宋喻。上次他陪宋喻逛了个超市,基本上就把宋喻的喜好摸透了,根本就不用去问。

"笔记看了没?"

宋喻叉了一块蛋糕塞进嘴里,听到他的话,身体一僵。

气氛顿时有些尴尬。

他做了那个梦后就一直心神不宁,哪还看得进去书,光顾着玩手机看论坛去了。

谢绥看着宋喻,笑着说:"月考成绩出来后,别找我哭。"

宋喻把嘴里的蛋糕吞回去,觉得挺不好意思的,连忙说:"不会,不会,这辈子我就没哭过。我回去就背,回去我就把你给我写的这些东西全都背下来。"

谢绥本来也是说着玩的,但是听他那么否定,眼眸一眯,心中又生几分逗他玩的想法。

当然这种心思转瞬即逝,他记得宋喻很在意这次月考的。

"要是考差了你会怎样?"出蛋糕店,撑开伞,谢绥问。

宋喻望了一下天,嘴里嘀咕:"我会被我爸喊回去,你就再也见不到我了。"

谢绥握伞的手一紧。他停了片刻,偏头道:"我给你定个学习计划吧。"他的语气虽淡,却不容抗拒,"你的题海战术可以先停下了。"

那纯属浪费时间。

宋喻一脸不解,跟谢绥说再见的时候都还没搞懂怎么就突然不让自己做题了。

这人干吗剥夺自己学习的权利?怕自己抢了他的第一?

周一,上学。

早读时间后,语文课代表过来收作业。这个女生的名字宋喻终于知道了,叫江初年,名字还挺诗情画意的。快要收到他们这一组的时候,马小丁在后面摇宋喻的桌子:"喻哥,喻哥!你作文写了什么?能给我看一看吗?"

马小丁同学虽然热爱语文,但没有学霸的命,又得了学霸的病,特别喜欢交流语文作业。

宋喻对自己写的作文特别满意,认为他的作文又有深度又有广度,简直旷世佳作。他拿出作文本往后一扔,还得意地警告:"只准欣赏,不准借鉴。"

"好好好。"

马小丁兴致勃勃地翻开本子,看到题目就愣了。等他看完全文,人已经蔫了,迟疑地说:"喻……喻哥,我怎么感觉你有点儿偏题。你是不是上课没认真听老王说话?"

老王就是他们的语文老师。

宋喻皱眉说:"不就是那八个字吗?那天语文课我睡了一下,没听他前面说的话。"

马小丁发出哀号,万分痛惜:"喻哥!这八个字是老王随便找的题目,装文艺的,它不是作文的内容。

"你还记得我们交的那三百字学期目标吗?老王说'念念不忘,必有回响',什么事坚持下去都有回报,作文内容就是让我们写打算怎么实现目标。"

宋喻:"……"

马小丁:"这次作文是和上次联动的,完全可以当日记写,以怎么向着目标奋斗为主题。你这写得都偏到月球了吧。"

宋喻:"……"

怎么没人跟他说这些。

宋喻偏头看到正在睡觉的谢绥,凑过去拿笔戳了一下他的手臂,说:"谢绥,谢绥,谢绥,起来了,收作业了,你昨天作文写了没有?"

谢绥跟宋喻做同桌,差不多是把上辈子没睡的觉都好好补了一遍。但他睡意很浅,被叫醒后,黑眸特别清明,只是嗓音微哑,带点儿鼻音:"嗯,写了。"

宋喻急于求证:"你写了什么?"

谢绥稍微回想一下,支着手臂坐起来,慢悠悠道:"你。"

宋喻傻了,他们三个人写的是同一份作业吗?

"你写的是我？你这偏题了吧！"

"没偏题。"谢绥的声音里带着笑意。他刚睡醒，表情散漫又低沉，很自然地说，"我的新学期目标就是帮你成为第一，写这个，不算偏题。"

宋喻："……"

马小丁听完，得出结论："对哦，谢神已经是坐在学校巅峰的男人了，根本不需要计划来着。他上次的目标是帮喻哥你搞学习，写你，没毛病。"

江初年这个时候收作业收到了他们这一组，听到马小丁这番话，笑着问："什么谁写谁的。"

她穿着校服，头发扎成马尾，耳边一些碎发落下，看起来青春俏丽。她的皮肤白里透红，嘴角有两个小梨窝，怀里抱着一堆纸，身上还有几分文静和书卷气。

马小丁脸红了一下，支支吾吾的，说不出话来。

奚博文帮忙解释："没什么，我们在说谢神的作文。"

江初年眼眸一亮，忙问："什么作文？"

马小丁简直表现得不要太明显。他挠挠头，咳了一声，红着脸说："还能是什么作文，就上周的作业。喻哥你说，是不是这样？"

宋喻忍无可忍："可以了，闭嘴！"

谢绥在旁边笑。

江初年拿着作业的手微微颤抖。

把作业交完回到座位上，江初年握着笔想了半天，转头对自己的同桌说："我要去论坛写东西。"

她同桌是个短发微胖的女生，趁着下课打开薯片包装，一片一片地往嘴里塞，含糊地问："写什么？霸道总裁？"

江初年抿唇一笑，意味深长道："不，高冷'校草'。"

同桌惊道："你疯了！你敢以谢神为原型？"

江初年沉浸在自己的幻想里，捧着脸说道："何止，我还要写喻哥。"

同桌："……"

敢写喻哥,你怕是活腻了。

"你要不要吃片薯片冷静一下。"同桌委婉劝道。

江初年迫不及待地拿出本子和笔,嘴角止不住上扬:"冷静不了了!名字我都想好了。"

同桌:"……你可千万别被喻哥发现。"

江初年挺胸,很自信:"发到专楼里,喻哥这辈子都看不到。"

周一的第一节课是英语课,新的英语老师进来,全班都安静了几秒。这个老师是男的,姓程,三四十岁,头发已经有点儿稀疏了。他穿着西装,一手拿着保温杯一手拿着教案,带着副眼镜,看起来文质彬彬,儒雅斯文。

他简单交代了一下自己姓程,以后将会接管高一(一)班,成为班主任。欧依莲的事情他含糊带过了。

新的英语老师兼班主任看起来脾气很好,教学风趣幽默,口语流利动听,第一节课大家都特别认真。

下课的时候,程老师提了一句:"我们班是四十五个人吧?"

第一排一个女孩子摇头道:"四十八个,有同学没来。"

程老师扶了一下眼镜,拿笔在花名册上做标记,说:"那就算四十五个,没来的那三位同学,以后也不会来了。"

马小丁瞪大眼睛:"王辞退学了?!"

程老师的话一石激起千层浪,同学们议论纷纷。

王辞这个人大家都很忌惮,虽然王辞开学一周就没出现过几次,但表现出来的那种盛气凌人和阴狠张扬,让班上同学很不舒服。现在他直接转走,反而是件好事。

众人在心里暗暗地舒了一口气。

宋喻淡淡地扯了一下嘴角,没说什么。王辞走得好,最好这三年他都不要让自己在 C 市见到他。

程老师没有多说王辞的事,指挥着两个人高马大的同学把第一组的几张桌子搬走了。

他看了一眼班上的座位,叹口气道:"月考结束后,我们重新排一下位置。你们现在这样坐,上课讲话都不愁找不到人。"

全班哄堂大笑。

程老师瞪了他们一眼:"我刚转来景诚中学,接管的就是你们班。这第一次月考关系到我的颜面,别让我丢脸——考砸了,我让你们吃不了兜着走。"

上了一节课,大家对这个新的班主任都非常喜欢,班级气氛放松,学生和老师相处也随意起来。

有男生举手,笑得灿烂,问:"老师,我们要是考得好有没有奖励?"

程老师整理教案,扶了一下眼镜,慢吞吞地说:"班级平均分要是进了年级前三,我们就搞一次班级团建。"

"哦哦哦,好!"

"老师我想吃火锅!"

"老师我提议去郊游。"

有人嗤笑:"小学生吗?还郊游,老师,我们去唱歌吧。"

考试还没考,大家已经开始兴奋地提意见了。

程老师拿教案在讲台上拍了一下,没好气道:"安静!就你们现在这个样子,怎么跟别的班争?平均分要是倒数,每个人给我去操场跑三圈。"

这下子不少人发出了哀号。

新班主任在最后离开的时候,忽然看了一眼名单,说了一句:"宋喻同学,来我办公室一趟。"

正在研究谢绥给自己定的学习计划的宋喻满脸疑惑。为什么又提到他?

到了办公室,新班主任和颜悦色地指着旁边的位置说:"不用紧张,坐,老师就是想问问你这几天,有没有遇到什么麻烦?"

宋喻坐下,有点儿疑惑。他能遇到什么麻烦?虽然很不想承认,但那么多天,他好像都是别人遇到的麻烦。

程老师的声音都温柔了一点儿:"校长跟我说了你身体的事,平日里有什么不舒服、为难的地方都可以到办公室找我。我给你打个电话,你存下我的号码。你现在的同桌是谢绥吧,他是个认真勤奋的好孩子,你就跟着他安分学习,谁欺负你,跟老师说。"

宋喻欲言又止,最后说:"好的,谢谢老师。"

宋喻去办公室的这段时间里,班上很热闹。

一群人眼光炙热地望向谢绥,一口一个"谢神"地喊着,可怜巴巴地哀号,类似"班级平均分,就靠你拉我起来了""全班的希望在你身上"。

谢绥还没说什么,马小丁已经不满地嚷嚷起来:"怎么回事,不把我们喻哥放眼里?"

奚博文在这点上倒是和马小丁一条心。他像是掌握了一个谁都不知道的秘密,颇为得意地说:"呵,肤浅,你们怕是都被喻哥表面的假象给骗了,其实喻哥也是个学霸来着。他来景诚中学,直接跟谢神比拼第一的位子,你们不知道吧!"

全班:"哇!"

他们回忆起宋喻在班上刻苦学习的模样,越想越觉得有可能,于是两眼发光地问:"谢神,谢神,这是真的吗?"

谢绥:"……"

他觉得这两个人是在坑宋喻。

谢绥的手点着桌,想了想,为了不让宋喻到时候太丢脸,略有深意地说:"宋喻很聪明,但A市和C市的教材还是有点儿区别。"

不知道自己被冠上一个"学霸"身份的宋喻回了教室,觉得这群人看自己的目光奇奇怪怪,视线里充满震撼和惊讶。

马小丁问他:"喻哥,新班主任喊你干什么?"

宋喻想了想,说:"没什么,就说了一些日常的事。"

"哦,"马小丁兴致勃勃地邀功,"喻哥,这次月考你一定要考出个好成绩,为我们班争光,我刚才把你隐藏的学霸身份告诉大家了。"

宋喻霍然转身,眼睛瞪大,难以置信地问:"你说什么?"

马小丁不知死期将至,得意扬扬道:"就你A市学霸的身份,差一点儿就八百分,是时候说出来亮瞎他们的眼了……哎哟!喻哥你打我干什么?"

宋喻揉着发疼的手,无视马小丁委屈巴巴的模样,转回来,维持冷静对谢绥说:"有没有两周之内提高四百分的方法?"

谢绥轻笑:"有,做梦。"

宋喻:"……"

吹牛吹大了,总有牛皮吹破的一天。

最后一节是体育课,还是自由活动时间,宋喻坐在树下面背单词,刻苦的模样感动了整个高一(一)班。

又帅又会打架还爱学习!这世上怎么有那么优秀的人!

谢绥本来是陪宋喻学习的,后面被班主任喊去了办公室。

办公室内,程老师迟疑地问道:"你和宋喻同学当同桌,觉得怎样?"

谢绥莞尔:"挺好的,他人很好。"

程老师舒了一口气,握着笔说:"那老师下次月考也安排你们坐在一起吧,宋喻同学身体不好,要一个安静的环境,坐你旁边挺好的。"

谢绥点了点头道:"谢谢老师关心。"

他出门下楼的时候,被人喊住了。

"谢绥。"那个声音温柔似水,带一点儿笑意。

谢绥步伐一顿,偏头,看到走道上是一个不认识的女生。

她穿着白皮鞋,浅蓝色的衬衫上衣配白色纱裙,露出又白又细的小腿,腰间系着一根皮带。她化着淡妆,涂着橘色口红,头发黑而长,披在身后,气质清新温柔。

谢绥的眼眸黑得纯粹,看人时总带一点儿凉意,不笑的时候,身上的清冷疏离感就非常明显。他静静地盯着她。

白雪欣一愣,第一次从同龄人身上感受到这种压迫感,但是越是这样,不越有挑战吗?

谢绥现在还没回 A 市,高中时期是她接近他的最好时期。

她对自己的外貌很自信,往前走了一步,脸上是那种惊讶带笑的神情,还有一丝害羞:"你就是谢绥吧,我……我听我同桌说起过你。"

谢绥看着她,视线却依然冷冷的。

白雪欣的睫毛跟小扇子一样扑闪,小声说:"谢神,说起来,我还要跟你说声对不起。陈志杰是我们班的,我不知道他还有没有去找你的麻烦,但他之前针对你,很可能是为了让我高看他一些。如果给你造成困扰,我很抱歉。"

她伸出手,递出一支笔,不好意思地说:"我,我可以拥有一个你的联系方式吗?写在我手背上就行。"

为自己太受欢迎而导致的事抱歉,容易激起男生的虚荣心——厌恶的人崇拜的"女神"在向你示好。

大概是受宋喻的影响,谢绥现在身上那种冷酷气质消散了很多,对于这种拙劣而刻意的接近,还是很礼貌地回复:"谢谢,不用抱歉,也不需要联系。"

说罢,他转身就要走。

白雪欣第一次被人拒绝,眼眸瞪大,清纯的形象差点儿崩裂。但是她还是咬唇,往前一步,拽着谢绥的手臂,拖长着声音撒娇道:"这样拒绝女孩子是不是太残酷了呀,谢神。我看你在学校里走得近的朋友只有宋喻,不考虑交别的朋友吗?其实我这个人也挺好的,比他还好哦。"

她吐出舌头撒娇,右手伸出笔,左手手背露出,眨眼笑道:"留个电话?我会给你惊喜哦。"

谢绥挣脱开她,嘴角的笑意冰冷。

他上一次梦里,二十几岁时拒绝过的女人不知道有多少,白雪欣的表现在他眼里拙劣不堪。

谢绥从白雪欣手里拿过笔,在她略微得意的视线里垂眸,漫不经心地笑着说:"你不配。"

"咚!"

笔被丢在楼梯间,滚下了去。

说完谢绥就走了。

白雪欣表情僵硬地站在原地。良久后，她眼神愤怒，手指慢慢握紧。

之后的日子，宋喻一天要请教谢绥不知道多少次，而他真假学霸的事也终于闹上了论坛。

"猜一猜喻哥的月考成绩"成为时下最热门的话题。

主楼："我有个高一（一）班的同学跟我说，喻哥本质还是个学霸，你们信吗？反正楼主半信半疑，已经开始期待喻哥的月考成绩了。"

1楼："嘻嘻嘻，我喻哥那当然是文理双全的呀！"

2楼："信信信，喻哥当初为了学习，逼全论坛的人卸载论坛你忘了吗？"

3楼："我信，谢神成绩那么牛，喻哥能差？"

4楼："我觉得不太可信吧……我不吹捧，也不贬低谁，感觉喻哥更像'学渣'。"

……

宋喻已经沉迷学习很多天了，没怎么在论坛出现。

开学后，论坛的流量也大了起来，曾经销声匿迹一段时间喜欢抹黑宋喻的人们重出江湖。

34楼："胡扯，你们吹他别的就好，别侮辱学霸这个词了，他就不是学习的料，可别碰瓷辛辛苦苦学习的人。"

35楼："几天不来，喻某'炮仗'的身份就洗白了？又骂人又闹事，这种人，不知道有什么让人喜欢的。"

36楼："等着成绩出来看喻某自打嘴巴，笑死，吹吧你们。"

……

56楼："这些人前段时间一句话都不敢说，现在又冒出来诋毁人，真恶心。"

57楼："我觉得还是别把喻哥说得太厉害吧，我总觉喻哥不是学霸，免得到时候太丢脸了。"

不喜欢宋喻的人闹得更得劲儿了。

84楼:"我赌他总分不超过五百分,成绩只能当年级倒数几名,他一看就是个差生。"

85楼:"对对对。'宋喻是学霸'真是我今年听过的最好笑的笑话。"

86楼:"哈哈哈!"

……

你老大喻哥:"很好笑吗?"

你老大喻哥:"那么好奇我的月考成绩?"

你老大喻哥:"我要是没进年级前一百,这帖子里议论我的人,一个人都跑不了,我一个个找你们谈谈心。"

宋喻靠在床上,面无表情地回复完,吸了一口果汁,翻个白眼。

月考他也就只害怕他爸好不好?能让他们看笑话?

论坛上是死一般的寂静。

很久后,楼里发了狂似的被人刷屏。

"你们笑什么,啊啊啊!"

"很好笑吗?好笑吗?!"

"今晚我要砸了他们的键盘!"

……

刚才诋毁、笑话宋喻的人们也一声不吭了。

等等,宋喻不是专注于学习吗?专注学习上什么论坛?

有人颤巍巍地提出意见。

151楼:"有没有组队祈祷的?一起求喻哥考个好成绩。"

152楼:"带我一个。"

153楼:"本来以为是喻哥用成绩证明实力的故事,结果把自己搭了进去。"

154楼:"太狠了。"

155楼:"我回去叫我妈为了考试别给我烧香拜佛了,给喻哥拜拜吧。"

论坛里只看戏不发言的人看到这反转都惊呆了,他们还能说什么,只有:牛。

果然，不是谁的笑话都是那么好看的，尤其宋喻这种本身就是个传奇人物的男人。

月考"火葬场"，也是那些看笑话的人的"火葬场"。

估计现在，他们比谁都希望宋喻月考考个好成绩。

月考即将来临。

宋喻没有再埋头卷子中，谢绥把他的时间计划好了，什么时间背单词、背古诗文、背化学方程式都安排得明明白白。

他还被逼着纠正错题，每道物理题，硬是做了三遍，才彻彻底底搞懂。

数学也是，一张单元练习卷子，重复做，他做了好几遍，最后由谢绥亲手批改。

第一次批改时，谢绥红笔写的字比他答题写的字还多。

谢绥给出的评语很真实，语气冷淡："不要再灵机一动创造公式，一般你模棱两可的，都是错的。"

宋喻："……哦，好的。"

但不得不说，谢绥把他脑海里乱七八糟的思路厘清了很多。

为节省时间，最后一个星期，宋喻也开始在食堂吃饭。

马小丁对即将到来的月考没有一点儿紧张的心情，天天出去玩，宋喻忙着自己的事，也懒得管他。

这天吃饭时，宋喻和奚博文坐在一起。

奚博文围观了一周宋喻刻苦学习的样子，恨不得把自己碗里的肉全夹给宋喻，眼神是老父亲看孩子般的心疼："喻哥，多吃点儿，别累着自己。"

宋喻看着碗里多出来的排骨，神情奇怪极了。他古怪地看了奚博文一眼，也没说话。

奚博文心中叹口气。他有幸看过宋喻的几张卷子，也算是明白了，A市和C市的教材差异确实非常大，喻哥这考进年级前一百名的宏愿要实现，着实有点儿悬，看谢神怎么教了。

"喻哥，你那么刻苦学习，是打算考A大吗？"奚博文探口风。

宋喻吃了一口青菜,想了一下。

A大其实是谢绥在上次梦里考的学校,也是他认识第二个"好朋友"的地方。

不过,王辞走了,陈奶奶高三那年不会出事,后面的事情有可能会因为蝴蝶效应发生什么改变。

"试试吧。"

宋喻对考什么大学没多大期待。他感觉自己来这场梦里一趟就是为帮助谢绥来的。

宋喻嚼着米饭,长久学习有点儿累的大脑忽然想到什么,但转瞬即逝,无法捕捉。

这时食堂里传来一点儿动静。

奚博文抬头,一愣,小声跟宋喻说:"喻哥,那好像是校花。"

宋喻咽下米饭,抬头看到从门口走进来一个女生。

在所有人都穿校服的食堂,她看起来特别醒目。她黑发垂腰,穿着一身价格不菲的无袖白色连衣裙,看起来十分清纯。

她无视所有人的目光,径直朝着他们这边走过来。

奚博文嘴巴张大,惊讶地看着她。

旁边人的窃窃私语传过来。

"那是白雪欣?"

"她不是一直司机接送回家吃饭,从来不来食堂的吗?"

"看,往那边去了。"

"找人的?谁?那么幸运。"

……

宋喻只看了她一眼就继续吃饭,直到一道身影坐在他对面。

少女用温柔的语气笑着说:"你好,我叫白雪欣。"

宋喻的所有兴趣早就变成了学习,淡淡地看她一眼,回答尽显"木头"本色:"哦,你坐吧,那儿没人。"

奚博文:"……"

宋喻说完就专注吃饭,没再理过她。

白雪欣深吸一口气,勉强维持着笑容。她心里烦躁得不行,这么没礼貌没教养的人，谢绥怎么和他玩到一块的？

但表面工夫还是得做足，她用手指点了一下桌子，撒娇道："喻哥，你能不能看我一眼呀，我是为了见你才专门来这里的。"

宋喻对同学还是很礼貌的，给她提建议："那你见到了，还要做点儿别的吗？这是食堂，你还可以吃饭。"

白雪欣要气死了。

奚博文吞了一下口水，用手在桌子底下扯了扯宋喻的袖子，小声说："喻哥，人家可能是欣赏你，你的话别说得那么绝，我看她要生气了。"

宋喻吃饱了，拿筷子随便拨了一下剩下的饭，嗤笑一声。得了吧，看她的眼神就知道，目的不明不白，绝对不简单。

但他还是给奚博文一个面子，抬眼问她："有事吗？"

白雪欣对宋喻的耐心就没有对谢绥那么好。她的脸色覆上寒霜，也没了笑意，露出惯常在学校的高傲模样："也没什么，就是想问问你关于谢绥的事。"

这次宋喻没开口，奚博文先不满地嘀咕起来："问谢神的事不去找他，找喻哥干什么？"

白雪欣朝宋喻露出一个笑容："就是有点儿好奇罢了，我和谢绥虽然没血缘关系，但我姑妈嫁去了他妈妈的本家，某种意义上也算是亲戚，我想关心关心他。"

亲戚？

奚博文一愣。如果他没记错的话，白雪欣的家世非常好，敢情谢神还是个隐藏的贵公子？

宋喻听到这里，握着筷子的手一顿，眼神微冷："好，你问。"

白雪欣满意地勾起嘴角："在整个学校，好像也就只有你和他走得比较近了，宋喻，你是转学过来的吧？我挺好奇，开学前发生了什么，让他这样一个人愿意和你做朋友？"

奚博文听得一头雾水，问宋喻："喻哥，她在问什么？"

宋喻淡淡道："问我怎么跟谢绥打好关系。"

奚博文尴尬地吞了一口口水。

白雪欣愣住了,她没想到宋喻就这么直白地说出她的意图。她内心尴尬勉强保持微笑,也不否认:"对。"

宋喻看她一眼,笑道:"谁知道呢?大概就是一见如故吧。"

白雪欣挑眉,重复他的话:"一见如故?"

宋喻说:"一见面就感觉是认识很久的老朋友,差不多就是这种感觉。所以我给不了你什么好方法。"

宋喻愿意听她说话,还是因为她透露的信息。他蹙了一下眉,视线里泛出一点儿冷意,警告道:"谢绥不愿意回去的家,我希望你别到处乱说。"

从食堂出来,奚博文思考半天才厘清刚刚发生了什么。

校花想和谢神打好关系,过来找和谢神关系最好的喻哥,问怎么做?

"……每一步都很合理,但我还是感觉她这人有点儿奇怪。"奚博文碎碎念。

宋喻说:"别理她,她有病。"

晚上突然下起雨来,C市九月份的天气,变幻莫测。

大概是月考在即,宋喻也特别严肃,毕竟他是真的想搞好学习。

下了晚自习,他直接去谢绥那边写作业。

公寓里有一间房专门被谢绥理出来做书房。

宋喻打开台灯坐在书桌前,咬着笔跟一道他做错无数次的函数题做斗争,眉头紧皱。

谢绥坐在他旁边,把台灯调暗了点儿,问:"要写多久?"

外面雨声淅沥,宋喻一到下雨不知道为什么就特别容易犯困,眼皮已经在打架了,但还是固执地想把这题写出来。

"等等,我马上算出来答案是多少了,就差几个公式套数据。"

谢绥看了一眼题,说:"答案是5,回家睡觉。"

他知不知道晚睡对身体不好?

宋喻怏怏地说:"你告诉我没意思,我再解个二元一次方程,就做出来了。"

他累了,干脆就趴着,拿笔在草稿纸上算。

宋喻特别困,觉得脑袋昏昏沉沉,一边算着题,一边随口扯着话题,嘟囔着:"校花好像很关注你,问到我这里来了。"

谢绥合上手里在看的书,心里丝毫不在意,却还是接他的话,淡淡道:"是吗?"

雨声仿佛成了最好的催眠曲,宋喻的视线渐渐模糊,写字都开始有点儿歪,声音也越来越小,跟自言自语似的:"是,我觉得她脑子有病,做朋友还有什么方法,对他好,不就行了。能不能成功另说,但这一点起码要做到吧。

"还有,她自己的事问我干什么?"

谢绥听了只想发笑。

宋喻的眼睛一下睁一下闭的,二元一次方程写到最后,歪歪扭扭求出答案,支撑他的精神动力一下子没了,他满意地趴在桌上睡了过去。

台灯的光是暖色的,照得少年的脸也泛着暖光,睫毛在脸上投下阴影。他的呼吸深深浅浅,睡颜安静而乖巧。

外面下着雨,天气在慢慢转入秋。

谢绥放下书,往外面望了一眼。

沉郁的夜色,无尽的雨,明明是很讨厌的天气,这一刻他的心却很宁静。

第十章
嘴里的棒棒糖瞬间就不甜了

睡着的宋喻远没有白日的那份张扬,睫毛小扇子一样垂下,呼吸也很轻。

他高强度学习了那么久,满脑子都是考试,梦呓也是:"我要是没考进年级前一百名……你们也别想好过……"

谢绥听清楚后,低笑出声。

他还真是霸道,不过对月考也真的是上心过头了。

C市夏季的夜晚还是有些凉。

微暗的灯光下,宋喻睡得很香。他的五官清秀柔和,嘴角抿着,很难想象,睁开眼睛的他会是那样明亮帅气的少年。

犹如温暖的金色阳光,又像盛夏薄荷味的风。

谢绥给宋喻盖上被子,关掉台灯,室内归于一片黑暗。

在窗外不停的雨声中,他声音微哑:"晚安,彼得·潘。"

宋喻这一觉睡得挺好的,一觉睡到了天亮,幸好是周六,不然上课就迟到了。

不知道为什么,他这具身体一到下雨就特别疲惫,做什么都打不起精神。

房间里有种特别淡的香,但不是他熟悉的茉莉花的气味。

孟外婆在他来校前,给他带了一些自制的安神的香袋,是茉莉香,他就挂在床边,久而久之也就习惯那股气味了。

难道,这不是我的卧室?

宋喻起来,揉揉眼睛,还没清醒。

门把手一扭,已经有人推门进来了。

谢绥一身清爽的白T恤和黑长裤,语气非常自然:"醒了就出去吃早餐。"

宋喻愣愣地看着他,明显有点儿发蒙。他眼尾微红,一看就是刚睡醒,还没搞清楚状况。

谢绥停了几秒,盯着他笑问:"你是不打算起床了?"

宋喻:"……"

搞清楚状况了。

谢绥给宋喻准备了一套新的洗漱用品,毛巾、牙刷、牙膏和杯子都有。

刷完牙洗完脸,坐到桌前,看着自己眼前的白粥和油条,宋喻拿着勺子,迟疑半天,直接问:"所以我昨天写数学题写睡着了?是你把我扶到床上去的?"

谢绥淡淡说:"没,你睡后可乖了,自己梦游上的床。"

宋喻:"……"

他知道自己问了个蠢问题,不理会谢绥语气里的讽刺。

月考在即,周末当然也得好好学习。

宋喻除了不拿手的语文作文,其他科目心里都有了点儿把握。

他的学习进度,全校都在心惊胆战地观望。

马小丁甚至专门建了一个四人小群,取名"景诚中学学霸交流群",受全班同学所托,监督宋喻。

周一就要月考,周末的晚上,马小丁疯狂和宋喻聊天。

贞子不忘挖井人:"喻哥,喻哥,学习得怎么样?"

宋喻难得谦虚了一次。

你老大喻哥:"还行。"

奚博文却提出疑问。

博文强识："还行是多行？喻哥，我同学都快急死了，恨不得把自己的总分加到你的分上。"

马小丁嗤之以鼻。

贞子不忘挖井人："我觉得喻哥考进年级前一百名没问题，不知道他们担心个什么劲儿！"

宋喻乐得不行。

月考的分班安排出来了，座位表是按照中考成绩排的，谢绥市第一，在最前面的班坐第一个，而宋喻因为是转学过来的，没有成绩，去了最后一个班坐最后一个。

马小丁看着座位表唏嘘："喻哥，你和谢神的差距有点儿大呀，一个在最前，一个在最后。"

宋喻咬着豆浆的吸管，坐在位置上扬眉一笑，豪气地说："大什么？下次我们就一个考场了。"

他用手撞了撞同桌的椅子，寻求认可："对不对，谢绥？"

谢绥看他一眼，笑道："嗯，那我得交几门白卷？"

马小丁和奚博文笑个不停。

宋喻愤怒地把豆浆放桌上："你全给我写满！瞧不起谁呢！"

早自习下课铃一响，大家就开始往考场走。

宋喻的考场在另一栋楼，而且是顶楼最偏的教室。他一进去，先看到的就是几个吊儿郎当的少年。

宋喻的位置还是在最后一个。他坐到位子上，低头一看，发现桌子上密密麻麻的全是小抄，往旁边一看，墙上也是，不过都是上一次考试留下的，和他这次月考没什么联系，也不怕被抓。

但他觉得这些小抄碍眼，就拿橡皮把桌子上的铅笔痕迹都擦干净了。

在他认认真真地擦桌子的时候，他前面的人来了，是个非常瘦弱的男孩，很矮，瘦得出奇，戴着厚厚的眼镜，书包也重得像个蜗牛壳，肩膀耸着，十分局促的样子，一看就是那种班级里沉默寡言没什么存在感的男生。

宋喻擦完，把橡皮放到一边，趁着时间还早干脆就睡起来了。但他刚有睡意，椅子挪动的声音就刺耳地响起。

有人往这边走来，不过还是不影响他睡觉。

"喂，小同学。"吊儿郎当不怎么友善的声音响起。

那人的话却不是对宋喻说，是对宋喻前面的男生说的。

"等下考试，照顾一下兄弟我呗，看样子你的成绩应该不赖。同学之间，互帮互助一下。"

第一次月考分班，坐在倒数的基本都是转学生，不一定成绩差。

"眼镜男"一愣，脸上泛起红色，窘迫地说："我成绩也很差……"

对方得寸进尺，把他的书包直接提起来掂了两下，说："哎哟，这么重，还说不会学习？难不成里面装的都是些见不得人的东西？"

"眼镜男"又害怕又生气，想要去抢，但是被人摁住脑袋，不能进一步。

对方后退一步打开书包，倒过来就往地上倒东西，书本哗啦啦掉了一地，然后是水杯、钥匙和文具盒。他脸上满是嘲弄之色，一边倒一边嗤笑："乖学生和我们就是不一样。"

他倒完了，一脚踩在书本上，把书包丢给气急了的"眼镜男"，半是威胁半是嘲讽："叫你帮帮忙，你磨磨唧唧的干什么。"

"眼镜男"生气得浑身颤抖，眼泪在眼圈里打转，结结巴巴道："你……你太过分了。"

"我过分？你不服就告诉老师，看最后倒霉的是谁。"

对方得意扬扬地坐上桌子，脚重重地搭在宋喻的桌上，睡得并不安稳的宋喻，被这一声来自耳边的巨响吵醒了。

宋喻昨天睡得有点儿迟，现在被吵醒，心情非常不好，所以眼睛睁开的时候，又冷漠又烦躁，视线跟刀子似的看向吵醒他的人。

对方也注意到了，偏头打量着宋喻，眼睛微微眯起。

他看宋喻规规矩矩地穿着校服，又是一副清秀瘦弱的样子，顿时嘴角一咧，把腿收下来，站起身不怀好意地说："嘿，转学生，跟你商量个事呗。"

宋喻用手揉了揉眉心，一脸阴郁。

他前面的那位戴眼镜的同学，现在眼睛红得跟兔子一样，吸着鼻子，掉着眼泪，正蹲下去捡书。

最后一个教室里大多是不学无术的少年和刚转学来的新人，他们都装作看不到这边发生的事。

对方不认识宋喻，只当眼前人是个好欺负的。

他身体靠过去，手摁在宋喻桌上，笑了两声，说："等下考试，照顾下兄弟我呗，你写一道题就传一道，或者干脆我们换换卷子也成。我看你长得也不像个傻的，应该懂我意思吧。"

宋喻扯了一下嘴角，微微抬头，眼神嘲弄，声音冰冷："可我看你像个傻的。"

那人一愣，脸色霎地沉下来，气得伸手就要去揪宋喻的领子："敬酒不吃吃罚酒，我看你考都不用考了。"

宋喻抓住他的手腕，用力往前一拽，然后一脚踹向他，把他踢倒在地。

对方瞪大眼睛。

宋喻面无表情地指着地上的书和文具，声音冷淡道："捡起来擦干净。"他的动作过于霸道和帅气，让教室里敢怒不敢言的一群人看呆了。

阳光透过玻璃落在少年浅色的发上，显得整个人通透干净。

教室有人认出他了："喻哥！"

顿时窃窃私语多了起来。

"那是喻哥？"

"……我天，真人真的那么帅？"

哭得抽抽搭搭的男生愣住了，用厚厚的眼镜片后红得跟兔子一样的眼睛，一眨也不眨地看着宋喻。

之前还嚣张跋扈的家伙跪在地上感觉膝盖就要散架，明白自己惹上一个刺儿头，威风不再，面色苍白。他的手颤抖地把地上的书一股脑捡起来，在自己衣服上擦干净，还给别人。

他一瘸一拐地扶着桌子灰溜溜地坐回位置上。

教室里的人倒吸一口冷气，心中感叹喻哥恐怖如斯。

戴眼镜的男生手里拿着文具盒，怯怯地说了一句："谢谢你。"

宋喻的困意散得差不多了，揉了一下眼睛，戾气散去，说："不用，惩恶扬善是老大该做的。"

那人回去后听到宋喻的话，心里气得不行，把椅子摇得吱嘎响。

宋喻抬眸，眼风如刀，那边一下子就安静了。

转过头，宋喻慢慢补充："还有维持纪律。"

全班："……"

你们做老大的可真忙。

上课铃打响，监考老师走了进来，第一门考的是语文。

只是这个考场的气氛有所不同。

有宋喻这尊说了要维持纪律的"大佛"在这里，那些本想作弊的学生都不敢有什么小心思了。

监考老师坐在讲台上看了台下一眼，全班一大半的学生正抬头看着讲台。顿时空气有点儿安静。

学生们内心茫然，不知道干什么。

老师非常错愕——是我坐在这里，他们不自在吗？

监考老师咳了一声，开始在教室里来来回回地走动，视线被最后一排的宋喻吸引，毕竟整个教室里，这个安静答题的俊秀少年特别与众不同。

她站在宋喻旁边，看了一眼他的阅读理解和古诗文默写，做得中规中矩，该拿的分都拿到了。老师眼带笑意，满意地点了点头。

这个动作落在了班上所有人眼中，成了一个讯号。

他们心里有了一个猜测——我的天，喻哥原来真是学霸？！

语文作文是宋喻特别烦的部分，在交卷的那一刻，他觉得神清气爽。

中午，宋喻和谢绥一起回公寓。

宋喻说:"我觉得我这次应该能进年级前一百,要是作文没偏题的话。"

谢绥微笑:"真棒。"

宋喻兴致勃勃地说:"我跟你对一下选择题,答案是AAAD吗?"

谢绥看他一眼:"考完就别想了,准备下一门。"

宋喻隐隐有了不好的预感,瞪大眼睛道:"喂!我不会全选错了吧?"

谢绥忍笑,风轻云淡道:"没关系,十二分而已。"

宋喻站在原地,瞬间感觉天崩地裂,心情一下子就变得非常失落。他努力了那么久,结果第一门语文就考砸了,瞬间整个人像泄气的皮球,蔫了下去。

谢绥:"这就难过了?"

宋喻快快不乐,没说话。

谢绥笑着说:"我吓你的,是AAAD,一个不差。"

"真的?"宋喻一下子抬头,浅茶色的眼睛里亮起欣喜若狂的光。他反应过来,愤怒地说,"你吓我干什么?成绩是能拿来开玩笑的?!"

谢绥笑着看他:"长记性了没?"

宋喻问:"什么?"

谢绥说:"考完不要和人对答案。"

宋喻:"……"

确实,对完答案,那种骤然失落、郁郁难过的心情真不好受。

宋喻接下来的几门都没找谢绥对过答案。

月考总体来说还算顺利,有谢绥帮宋喻圈重点,讲解知识点,数学和物理其实也不算难。甚至压轴题就和他做过的一道题类似,答案都没变,计算结果等于 5。

最后一门考英语。

交完试卷的那一刻,宋喻觉得如获新生。

虽然成绩还没出来,但这个月考之约,总算结束了,而且他出奇的自信,认为会有个好结果。

景诚中学的阅卷速度是出了名的快，大概后天月考的成绩就会出来。

考完那天的晚自习，宋喻抛起了硬币，正面是好，反面是坏，如果扔到反面那就是硬币有问题，得换。

马小丁考完英语，魂都没了，他翻着白眼说："英语作文又是李华，这个李华天天和同学去逛街吃饭搞活动！"

奚博文在旁边哈哈大笑，说："这次作文还挺好写的吧？"

马小丁问宋喻："喻哥，你英语考得怎么样？"

宋喻又抛了个硬币，正面朝上，运气不错。他嘴角噙笑，慢悠悠道："考试这种事嘛，三分天注定，七分靠打拼，剩下一百四十分看老师心情了。"

马小丁："……"

奚博文眼睛放光问宋喻："喻哥，听说你考试时还顺便教训了个不良少年，维持了考场纪律？论坛里有个帖子，已经把你吹上天了，说你又正义又帅气，简直是'C市男神'。"

宋喻手一收，笑得灿烂："真的？我回去看看。"

他回去后，先给家里人打了个电话。考试完，他的底气都足了。

宋喻拨通了他爸的私人电话，开门见山地说："爸，提前恭喜我考进年级前一百名，你有什么要奖励我的吗？"

日理万机的宋总在电话那边惊讶地说："成绩出来了？"

宋喻语气轻快："还没，提前恭喜。出不出来无所谓。"

宋总："……"

电话那头传来暴躁宋总的一通训斥，隔着手机都把宋喻耳朵炸得生疼。

很快，宋总的火消了。其实他定下这个月考之约，也只是想给宋喻找点儿事做，让宋喻安分待在学校里罢了。

宋总问起了自己担忧的事："离你出院也有三个月了，感觉怎么样？"

"感觉挺好的。"宋喻三个月没有半点儿异样，能吃能打能杠，甚至对自己的这个病还有几分好奇，"爸，我这病到底怎么得的？"

宋总语气恨恨："怪你三叔，买了一个岛四处嘚瑟，非拉着你去玩。结果你在岛上海边玩得差点儿溺水，昏迷了大半个月，等你醒过来后，身体就不好了。"

宋喻一愣。

宋总顿了顿，又叹息："也怪你，暴雨天气非要出去，拦都拦不住。算了……上次你出院，徐医生说你的病情开始稳定。这病你不用太担心，又不是绝症。"

宋喻心中忽然泛起一点儿酸意，叹息一声。是绝症啊。爸，再过五年他就要没了。

半晌后，宋总又别扭地说："你从小到大要什么没有？那么大了还吵着要奖励，幼不幼稚？"话锋一转道，"说吧，要什么？"

对于宋总来说，成绩出不出来其实无所谓。

宋喻有点儿低落的心情瞬间恢复明朗，想了想，眼睛清亮，笑着说："爸，你叫人给我买一块表吧，我想送人。"

爸爸的奖励是儿子送人的礼物。

宋总："给你说的那个朋友？"

宋喻勾唇道："对。"

在跟他爸聊完天后，宋喻握着手机出神。其实再次回到这个梦里，他以前的记忆是很模糊的，尤其是六岁之前，几乎是一片空白。

但十几年的模糊回忆，并没有让他感到任何不适，也没有让家人对他起疑。

"这是系统的自动修复功能吗？"宋喻低声揣测。他皱了一下眉，摇摇头，将这件事甩在脑后。

宋喻坐到了电脑前，打开了学校的论坛。想看看奚博文口中那个帖子是怎么夸他的，但是真点进去，又觉得索然无味。

意料之中的，一群人夸他帅、夸他霸道、夸他善良正义，还有几个男生对他的行为进行客观分析，态度从抹黑他变成支持他。

235 楼："呜呜呜，我还记得开学那天我说了喻哥的坏话，呜呜呜，我错了，喻哥对不起……"

236 楼："你们就不担心担心喻哥的月考成绩？"

237 楼： "弱弱地说一句，我觉得喻哥应该能进年级前一百名，考试的时候，老师看着他的卷子都笑了。别让我们失望啊喻哥，我很看好你的。"

……

他大概是唯一一个月考让别人操碎了心的老大。

宋喻点出去，不知道第几百次看到了那个专楼的帖子，现在一直被顶在首页。他握着鼠标，想了想，直接点到了最后一页，映入眼帘的却是一行刷屏的宣传。

"姐妹们，嘻嘻，我用这个马甲写了篇文，点击只看层主收获快乐，秘密哦，别泄露出去！别泄露出去！"

宋喻鬼使神差地点了只看层主的发言。

"我开始啦！瞎编的，瞎编的！谢谢大家的支持！"

"文案：景诚中学的人都知道他们的'校草'谢绥，冷淡慵懒，高不可攀。后来，新转学过来一个少年，模样清秀，性格乖张，开学就声名在外，成为'C 市男神'。这两个人成了同桌。一山不容二虎，人人都觉得，他们要么就是沉默相对，当陌路人；要么就是针锋相对，互相看不顺眼……"

"我天，哈哈哈！"

"文案满分，文案满分！"

"加油！不要断更！"

宋喻："……"

作为当事人，他登录了自己的号。

在一众哈哈哈里，一条评论非常引人注目。

你老大喻哥："……"

楼里的讨论停顿了片刻，然后是激烈的文字感叹。

"是我瞎了吗？哪位姐妹的眼珠子挖出来借我用用。"

"真的是喻哥！是喻哥！"

"姐妹，你完了。不，你火了！"

大写的无语，就是宋喻现在的心情。

专楼格外热闹，众人从难以置信到幸灾乐祸，笑完之后，开始直接在专楼里和宋喻对话。

"喻哥,真是稀客呀。"

"考得怎么样啊?你知不知道前段时间我们都操心死你的成绩了。"

"就怕到时候你和谢神一个在榜首一个在榜尾。"

"喻哥!别和谢神在榜上离得太远!"

宋喻垂着眼皮,随便翻了一下回帖,看到有人问他的成绩,注意力马上被转移过去了。

你老大喻哥:"考得还行。"

看到他回复,女生们兴奋地追问他考试的情况。

毕竟这几天,光是关于宋喻的成绩猜测就在论坛不知道掀起了多少腥风血雨。

以前等着看笑话的人都在给他求佛拜香,全论坛紧张激动地祈求他考个好成绩。获得这种待遇,景诚中学有史以来仅此一人。

"喻哥能进年级前一百名吗?"

"听说谢神给你一对一补习,一定没问题的吧,喻哥!"

"不要让大家失望!"

宋喻考完之后心情还不错,他稍稍皱了一下眉,回复:"不会让大家失望的。"

他这完全不同以往发言风格的话发出去,不知道屏幕后有多少女孩子愣住,而后在手机前笑成一朵花。

"……太乖了。"

"好的,我们相信你。"

"喻哥进了前一百名,我们给谢神发一面锦旗,内容就写'救死扶伤'。"

"哈哈哈!"

……

宋喻嘴角一勾,也笑了起来。

他还记得自己第一次进这个论坛的时候,想的是谢绥原本应该有的高中生活或许就是这样,明亮、活泼、万人瞩目。

现在也算是完成了一半了吧。虽然谢绥平时也没怎么和别人交流，但他接受到了特别多的善意。

宋喻把手机放到一边，闭上眼睡过去。只是这一次，他又做了一个有关谢绥的梦中梦。

有了前两次的铺垫，这一次做梦宋喻还挺淡定的。

上次那个宴会有了后续。

无尽的夜，细密的雨。

从车上走下来一个身材高挑的男人，穿着黑色西装，气质清冷。他的头发微长，手腕上带着一块精致的表，旁边人往前一步，为他撑开黑色的伞。

庄园内红色蔷薇花攀上雕花铁门，细细的雨打湿草坪。夜色朦胧，雨气迷离。

伞檐下露出男人冷峻的面部轮廓，男人稳步走上台阶，唇抿成一线，气质疏离。

三楼的一间卧室里有人正站在窗边向下看着。不同喧哗嘈杂的主厅，这里安静又清冷，靠在窗边刚好能看到花园。

"帅吧？"

说话的是一个女人，穿着裸色高定长裙，她有一头如海藻般的黑色鬈发，装扮华贵非凡，手却一直很没形象地往自己嘴里塞薯片。

她一边吃一边说："这就是谢家前几年才被认回去的那位，年纪轻轻的就开始从他爸手里接管谢氏集团了，真的厉害。"

她旁边的一个青年收回视线，语气平静："帅，然后跟你有什么关系呢？"

女人嘟囔："怎么跟我没关系，说不定等下我和他一见钟情，一个不小心他就成你姐夫了呢。"

青年嗤笑："那可真的是太不小心了。"

"……你是不是讨打！"

"醒醒，你比他大。"

"年龄不是问题。"

"可我看他的样子就不会喜欢你这一款。"

"你从哪儿得出的结论？"

"男人的直觉。"

"恋爱都没谈过，你有这种直觉才怪。"

"可我就是知道。"青年勾唇笑了一下。他的肤色是病态的白，虹膜颜色很浅，整个人有种水晶般易碎的脆弱感。

他若有所思，说："说起来，我和他小时候见过，只是他应该不记得了。"

"你们见过？"

"对，五岁那年，妈带我去城区外的庄园养病，刚好许阿姨也住在附近，就一起玩了一段时间。"

"许阿姨……"女人轻喃，又微微地叹了一口气，怅然道，"她那个时候应该是和许家、谢家都闹翻了吧。"

她摇摇头，不再提这些往事，问："那你们的确有缘分，等下你换身衣服下去叙叙旧？"

青年轻笑道："算了吧，我记得，人家不一定记得，而且他小时候不是这样子。"

"不是这样？是怎样的？"

"不想说，但你听我的就对了，别去自讨没趣，他对你这种情史丰富的女性没兴趣。"

"呵呵，我的亲弟弟那么为我着想真让我不好意思。"

青年看向她，从容道："没事，这是你应该不好意思的。"

"宋喻！"女人佯装愤怒喊了一声，但是没维持多久，又忍不住笑了起来，她起身，洁白的手指点了一下青年的额头，娇蛮地说，"我非要试试，你看我拿不拿得到他的联系方式！哼！"

梦的最后，是青年望着她出门的背影，无奈地扯了一下嘴角。

第二天宋喻起来后，郁闷地揉了一下眉心，什么东西，系统在给他完善他记不清的剧情吗？

怕他梦醒就忘、演不出细节，所以以"宋喻"的角度告诉他？

那怪不得了，每次做这种梦都有谢绥出场。

早自习，宋喻把英语书立在面前，时不时就偏头看一眼正在犯困的谢绥。

比起刚才梦里惊鸿一瞥的男人，少年时的他五官稍显稚嫩，尤其是睡着的时候，少了那种危险的凌厉感。他的睫毛黑长，鼻梁高挺，唇很薄，紧抿着，精致清冷。

宋喻实在闲得无聊，开始回想起梦里"宋喻"和"宋婉莹"的那个问题，所以谢绥到底喜欢哪一种类型的女生呢？

他盯着谢绥的脸想了半天，谢绥大概喜欢温柔清纯的？这种他也喜欢，笑起来有两个酒窝最好，然后力气很小，喜欢撒娇。

宋喻想着想着，谢绥睁开了眼睛。

宋喻尴尬片刻，说："你醒了……嗐，我闲得无聊帮你数睫毛来着。"

谢绥撑着桌子起来，偏头笑问："多少根？"

宋喻说："看你醒了，把我吓得忘记了。"

谢绥勾了一下唇，打开英语书，翻到要背的课文。

宋喻好奇心起，索性直接开口问："谢绥，你有没有喜欢的女生类型？"

谢绥视线落在第一行英文上，淡淡道："为什么问这个？"

宋喻："好奇！礼尚往来，我先告诉你我喜欢的女生类型，温柔的、好看的、善良的，最好还会撒娇。"

谢绥还没说话，马小丁耳朵尖，已经听得清清楚楚，嚷嚷道："喻哥，你说了跟没说一样，典型的敷衍式回答，你怎么不说你喜欢黄头发的女生呢，男生都喜欢黄头发的女生。"

宋喻回头："闭嘴！"

马小丁一缩，手动给嘴"拉上拉链"。

谢绥笑着重复："温柔的、好看的、善良的、会撒娇，嗯？"

宋喻听得仔仔细细，确认无误，点头："没错。"

谢绥的语气很平淡："真巧，我们重复点很多。我喜欢善良的、可爱的、聪明的。"

抛砖引来的果然也是砖。

宋喻翻白眼:"这也太敷衍了吧。"

谢绥看他一眼:"我认真的。"

宋喻说:"我也是认真的!"

他们的争论还没完,班主任程老师已经进来了。

程老师把保温杯放到讲台上,脸上那叫一个春风得意,笑容止不住地上扬,高兴地说:"同学们,告诉你们一个好消息。这是你们上高中的第一次月考,大家都迫切想知道成绩,年级组也非常重视,所以昨天改卷老师们加了个班,今天就把成绩都统计出来了,公告栏估计已经张榜了。

"全班成绩我还没仔细看,但我们班平均分位列年级第一,这离不开这段时间大家的艰苦奋斗,全班都值得表扬。来,先给自己一点儿掌声。"

程老师带头鼓掌,被成绩已经出来的消息震惊到的学生们也只能跟着鼓掌。

程老师意气风发道:"班长等下建个班级群,可以拉大家讨论一下班级团建做什么了。"

他这话一出,学生们眼睛都亮了,全班顿时沸腾起来,掌声比刚才热烈多了!

而宋喻听到成绩出来了,一整节课都心不在焉。快下课的时候他翻出昨天那个硬币,又抛了起来,依旧是正面是好,反面是坏。

下课铃响,宋喻翻开手,硬币是正面。

"走走走!"宋喻拉着谢绥就往外跑。他的运气那么好,说不定就进年级前十名了呢。

公告栏在教学楼下面,那里已经围了一群人,但是人们看到他们后就自觉让出一条道路来。

谢绥气定神闲地走在后面。比起自己,他倒是更想看看宋喻的成绩。

宋喻站到公告栏从下往上看,第一名果然是谢绥,满分七百五十分,他的总分是七百四十八分。

旁边都是惊讶声和窃窃私语。

"谢神真的不愧是谢神。"

"这是人考出来的分数吗?"

……

谢绥的成绩除了语文,其他科目都是整整齐齐的满分。

宋喻比旁边的人冷静多了,谢绥的"主角光环"摆在这里,他不得不服。

谢绥对自己的成绩毫不在意,问宋喻:"你看到自己没有?"

宋喻直接从第一百名那里开始找,一行一行往上看,难得有点儿紧张,声音发虚:"还没有。"

谢绥却笑着说:"我已经看到了。"他伸出手,指向第二列第一行那个和他名字挨着的名字,道,"第八十一名。"

宋喻仰头看了好久。他心里执着的事情终于尘埃落定,便笑了起来。

"喜大普奔!喻哥考到了年级第八十一名!"

主楼:"天哪,真的牛,年级前一百!真的是学霸!数学、物理都是满分!骂不过、打不过、比成绩还比不过,我要自闭了。"

1楼:"啊啊啊,我真是太兴奋了,我决定让我妈今晚在村口摆两桌。杀鸡杀鸭,宰猪宰牛。"

2楼:"还有人要抹黑喻哥不?快点儿出来挨骂!"

3楼:"哈哈哈,楼上,喻哥月考顺利,我看他们都高兴疯了。"

……

15楼:"喻哥考得那么好,谢神功不可没,当然也要感谢高一(一)班的全体同学,例如我,没有打扰他。"

16楼:"讲得在理,所以我打算出五百给高一(一)班的同学当作奖励。不满意的话,我再加一百,满意的话,当我没说。"

17楼:"高一(一)班同学:这是什么好事?"

18楼:"哈哈哈。"

19楼:"这该死的月考终于结束了!"

第一次月考的物理试题比较简单,光是满分就有几十个学生。

景诚中学作为师资力量强大的优质中学，除了谢绥的成绩遥遥领先外，排名在后面几十名的学生之间的总分都差距不大。

班级排名出来，宋喻获得第九名的位置，心满意足。他本来认认真真学习，就是想给宋总一个安分读书的印象而已，现在进了年级前一百名，还考了两门满分，完美完成任务，真棒！

马小丁得意得尾巴要翘上天了，好像考进年级一百名的人是他一样："就说我喻哥是文武双全吧。"

奚博文年级排名为第五十三名，班级第六名。他一脸震惊地看着成绩单，觉得他同桌真是心大："你这还笑得出来？马哥，我们四个人就你成绩最差，倒数第十名，你不反思一下吗？"

马小丁咬着棒棒糖愣了几秒，含糊地说："考都考完了，还提成绩干什么？"

奚博文悄悄地看了一眼坐在中间位置的江初年，她正在和同桌对答案，几根碎发落在白皙的的侧脸上，嘴角的酒窝很浅。

奚博文恨铁不成钢地说："可江初年是年级第三十名，班级第五名。"

马小丁："……"

他嘴里的棒棒糖瞬间就不甜了，失落地趴在桌子上。

这个时候宋喻和谢绥已经回来了。

宋喻往嘴里塞了颗薄荷糖，脸上的喜色已经被压下去了，淡定地坐在位置上，一副一切都在意料之中的样子，尽显学霸本色。

奚博文看不下去自己同桌这黯然伤神的样子，拿手肘碰了碰他："我劝你向喻哥请教一下学习方法。"

马小丁翻白眼："喻哥本来基础就不差好吧，A市中考差一点儿就考到八百分。"

奚博文说："A市和C市的考试难度不是差了一点点，喻哥这进步也算飞速了好吧。"

心地善良的奚博文同学决定把他的同桌拉上正轨，在他耳边说："江初年班级第五名！班级第五名，班级第五名！"

马小丁瞬间打鸡血一样，从桌子上起来，在后面拿笔戳了戳宋喻,叫:"喻哥,喻哥,喻哥,喻哥!"

宋喻人逢喜事精神爽,咬着糖回头看他:"干吗?"

马小丁求学:"喻哥,你传授一下学习方法呗,物理、数学满分太棒了。"

宋喻怪不好意思地说:"这两门我是运气好,数学最后一道大题谢绥给我做过类似的,答案都没变,其他的知识点也很熟悉。考试范围就那么多、能扩展的题型也就这些,不得不说谢绥押题还是很准的,基本上都是类似的题型,没偏到哪里去。"

宋喻越说越感动,从自己口袋里取出一颗薄荷糖,递过去献殷勤:"谢谢我优秀的同桌。"

谢绥以前不喜欢吃甜的东西,自从认识宋喻后却开始尝试薄荷糖。他微笑接过那颗淡蓝色的糖,说:"不用这么肉麻。"

马小丁痛苦又悔恨地问谢绥:"谢神!下次能不能帮我也圈一下重点?"

谢绥在撕糖纸:"我给宋喻的重点不一定对你适用。"

马小丁不要脸了:"适用的,适用的。"

宋喻嗤笑一声说:"适用个头,你先好好学习一个星期吧!"

上课铃打响,这节是数学课,数学老师直接把考试答案放在PPT(演示文稿)上,捏了一下嘴边的小麦克风,非常欣慰地说:"这一次月考整个年级只有四个满分,我们班就有两位,在这里要重点表扬谢绥同学和宋喻同学。试卷上的最后一道函数题是有点儿超纲的,第二小问才是最难的,用到了你们现在还没学到的洛必达法则,高三的学生都不一定答得出来,他们却答出来了,答题步骤都一模一样。"

他话一说出来,全班愣了几秒,开始哈哈大笑起来。

数学老师说:"学校里另外两位同学得满分大概率是因为他们的数学老师就是出卷人,张老师讲过类似的题。但是就算他讲过类似题型,他教的班也只有两个人答了出来,说明我们班的两位同学是真的很优秀。好了,不说了。大家照着PPT对下答案,等下我选几道题讲。"

江初年频频往宋喻那边望,她的同桌揪着她的马尾说:"看够了没?对答案了。"

这天最后一节是班主任的课,问了他们团建想去的地方,最后大家决定去唱歌,时间就定在周五的晚上。

月考结束,也算是让宋喻心里一块大石头落下,加上班上一群人都嚷着让他也去,他便同意了。

他自然要叫上谢绥。

晚自习下课回公寓的路上,宋喻状似不经意地问:"你生日是什么时候?"

谢绥挑眉,笑着问:"想送我礼物?"

宋喻一噎,然后说:"你这人真没意思。"

谢绥:"还早,好像在冬天。"

他不常过生日。

宋喻:"行吧。"

他记着了,找宋总要的手表可以派上用武之地了。

宋喻回想起看公告栏时旁边人的窃窃私语,有些疑惑地偏头问谢绥:"说,你是不是每天晚上都背着我悄悄学习?"

谢绥挑眉,摇头:"为什么这么问?"

宋喻说:"你上课总是分神,作为年级第一,你也太混了吧。"

谢绥虚心地问:"哦,那年级第一应该怎样?"

宋喻顿了顿,挠头道:"至少得比我认真吧。"

谢绥慢悠悠道:"那我还是混着吧。"

宋喻愤怒地说:"你是不是瞧不起我们这种勤奋型选手!"

只是不待谢绥回答,他又消了火。

想想上次梦里,在那样的环境下谢绥依旧稳坐年级第一,哪怕他有"主角光环",也真的是很厉害了。

宋喻叹息道:"她们喊你'谢神',我觉得也没喊错,你真的像神仙,让人琢磨不透,各种方面。"

谢绥觉得这个话题有点儿意思:"各种方面?"

宋喻:"嗯,我觉得她们说得在理,你这人神秘莫测,让人猜不透,但我知道你骨子里是个特别好的人。"

谢绥轻笑道:"太夸张了。"

宋喻不解地看着他。

谢绥想起了上一次梦里,他从未在意过的A市那些关于他的传言。现在听宋喻说起,他忽然就有了点儿兴趣,问:"别人都说我什么?"

宋喻脑海里回忆起了昨天看的帖子,表情怪异地沉默了一阵子后,开始拼凑记忆说:"说你智商奇高、家世成谜、不近人情,是一朵不可攀折的'高岭之花'。"

说起来他都有些好奇,家世这一点,他们怎么猜出来的?

谢绥低笑出声。

笑够了,他一点一点地分析:"智商奇高算不上,过目不忘是天生的。家世这一点,我自己都不清楚。不近人情是性格原因,最后——"他微笑看着宋喻,"她们传的都是假象。你和我当朋友这么久了,你觉得呢?"

宋喻张了张嘴,讪讪地说:"你还是在山上栽着吧。"

他悻悻地摸了一下鼻子,抬头:"周五的聚会你去吗?你要是不去,我一个人去也没意思。"

二人已经走进了公寓,走到了快要分离的楼道口。

谢绥目送他上楼,说:"好,我会去的。"

终于熬到月考结束,宋喻这一晚是不想再像以前一样做题了,准备轻松地给自己放个假。

洗完澡后,他从冰箱里拿出一瓶酸奶喝完,丢进垃圾桶,直接躺到了床上。

他给他姐姐发了一个龇牙的黄豆表情。

几秒钟后,宋婉莹就回话了:"干吗?"

宋喻:"我的成绩出来了。"

宋婉莹:"所以?"

宋喻："这位女士，你错失了一个亿，后悔吗？"

宋喻："当初你不相信我时脑子进的水，终将会以眼泪的方式流下。"

宋婉莹："……你牛。"

宋喻决定用真相说话，用数据打脸，将成绩单发给姐姐。

不一会儿一个来自A市的电话打了过来，宋喻接起，电话那边是笑意止不住的女声："不错，进步那么大，你这是考前拜了多少神。"

宋喻笑起来，却也没自夸，如实说："没，我只是遇上了一个好同桌，他是我们年级第一，押题特别准。"

宋婉莹在电话那边啧啧了两声："哟，还开始谦虚起来了。"

宋喻莞尔。但他这次专门找宋婉莹，也不止是为了成绩的事。

他努力回忆了一下那个梦的内容，放轻声音问："我五岁的时候为了养病在城区外庄园待过一段时间，你有印象吗？"

宋婉莹愣了一下，想了一会儿："啊？庄园养病？我记忆里怎么没这回事。"

宋喻："那你问问妈。"

宋婉莹："妈忙着呢，还在公司。不对……五岁……你等等，我好像隐约有点儿印象。"

宋喻沉默，给她时间去回忆。

她在那边冥思苦想半天，终于想了起来："有，我记起来了，好像还是个暑假，那段时间我和哥哥都被爷爷喊去了国外。爷爷好严格，那绝对是我小时候回忆起来最痛苦的一个暑假。

"本来你也该去的，但妈妈那个时候刚做了个手术，医生再三叮嘱她不能太操劳，她把很多事交给老爸，自己则去了庄园静养。可能妈妈怕寂寞吧，就顺便带上了你。你怎么问起这件事了？"

宋喻听完握紧了手机，声音有些疑惑："所以……不是我去养病？"

宋婉莹又好气又好笑地说："你这病是你六岁那年自己贪玩折腾出来的，你心里没数吗？暴雨天不好好在房间待着，跑去海边，差点儿溺水,还昏迷那么久,把全家都吓了个半死。"

宋喻:"……"

这和他梦中梦里的剧情是不是有点儿偏差?

所以在六岁之前,他身体很好?但他怎么记得上一次梦里,自己的病是与生俱来的。

宋喻很快从震惊中回神,摇摇头。也许他的病就是六岁后落水才有的吧。

把一个梦当真,他也是够傻的。

宋婉莹的注意力没停在这上面,打趣道:"考得那么好怎么能没一点儿奖励呢?喻喻,你是喜欢王后雄,还是喜欢薛金星?"

宋喻非常冷酷地拒绝:"都不喜欢。"

宋婉莹试图诱惑:"他们能带你走上学习的巅峰。"

宋喻嗤笑道:"不用,我不需要。"

宋婉莹:"……"

挂掉电话后,宋喻盘腿坐在床上,神情严肃起来。

"008。"他朝着空中喊了半天,房间里久久没有回应。

三个月前008说要去跟主系统汇报情况,到现在还没有回信。宋喻无奈地想,是不是主系统嫌它办事不靠谱,直接把它毁灭了?

他扯了一下嘴角,往后一靠,浅茶色的眼里满是郁闷和困惑。

008要他回到梦里,按安排五年后的那部分剧情,但现在的剧情大概率全部偏离轨道了吧。谢绥遇不上那些坏人坏事,不会"黑化"也不需要释怀,他的存在也就没有必要了。

说起来,宋喻现在还觉得上次梦里那个"宋喻"像是强行加进去的角色,就为了让谢绥保持善良的本性。

还有,他一直很好奇……为什么"宋喻"说出"你的妈妈很爱你,你不要恨她"之类的话,就能让谢绥瞬间顿悟,甚至放下那些仇恨。

太牵强了吧?谢绥又不恨他妈妈。

算了,梦而已,没有逻辑。

喝下三杯水,宋喻冷静了,重新躺回床上,点进QQ,却发现马小丁给了他一个群的链接,名字叫"高一(一)班快乐一家人"。

宋喻:"……"

贞子不忘挖井人:"喻哥,进班级群,大家都在讨论周五晚上的事呢,你快来,你快来!"

贞子不忘挖井人:"好不容易搞一次团建,那肯定不能干巴巴只唱歌,好吃的好玩的都要准备好。"

你老大喻哥:"……"

宋喻暂时不想点进那个中老年风格名字的群。他现在心里藏着一件事,堵得慌,只能去问谢绥。

宋喻:"你还记得小时候的事吗?"

那边回复得很快。

谢绥:"为什么问这个?"

宋喻有点儿心虚:"……没,就是想问问。"

谢绥的手点在屏幕上,怀疑宋喻是不是想起了五岁的事。

只是,他都不记得的事,宋喻会记得?

不对!敏锐如谢绥,很快捕捉到了那一丝不同寻常。他往后靠着床,眼里一丝冷意划过,神色冰冷,眼眸幽深。

五岁……

谢绥知道宋喻和自己以前认识,但认识的那段经历却一片模糊。之前他不曾在意,所以没去细想,现在想来,他有种记忆被人动了手脚的感觉。

这是梦境重来一次的代价吗?他不信。

谢绥垂眸,回复宋喻:"不记得了。你想跟我说你小时候的事?"

宋喻看到他说"不记得了",舒了一口气,又有点儿失落。

宋喻:"没有,其实我也记不得了,脑袋一热就来问问。你也知道我闲得无聊就喜欢没话找话,呵呵。"

谢绥轻笑。但他也不会去逼问宋喻,于是非常自然地转换了话题:"现在还不睡?"

宋喻:"还早,考完了要放松一下。"

谢绥:"不早了,晚睡晚起对身体不好。"

宋喻躺在床上,双手举着手机打字:"……你这样说话好像我爸哦。呃，不对，我爸脾气很暴躁。应该是我妈。反正就是我家人。"

谢绥："你家人一般怎么称呼你？"

宋喻想了想，把小名跟小伙伴分享也太羞耻了，摇摇头，坚定地打字："就喊宋喻。"

谢绥直截了当地戳破了他的谎言："你在撒谎。"

宋喻吓到了，迟疑地问："你从哪儿看出来的？"

谢绥："我去过你家，你外婆喊你喻喻。"

宋喻的手没拿稳，手机砸到了脸上，痛得他一下子坐起来。他又是羞耻又是愤怒又是郁闷，抹了一把脸，心想：外婆怎么当着别人的面乱叫我的小名！

宋喻："……你听错了，忘了吧。别那样喊我，我要脸！"

谢绥笑起来。

谢绥："不是说我像你家人吗，那就再像一点儿。"

谢绥："喻喻，睡觉吧，晚安。"

宋喻气急败坏地打字："睡睡睡！安安安！"

闭嘴吧你！

退出和谢绥的聊天，宋喻盯着天花板看了半天，深呼一口气，点进了马小丁给他的群链接——高一（一）班快乐一家人。

群里正聊得火热，刷屏飞快，所以宋喻进群的时候，都没什么人注意到。

宋喻翻了一下前面的聊天记录。

贞子不忘挖井人："喻哥不来，嫌我们名字难听。"

灯火如昔年："喻哥那么酷的吗？不过这名字谁取的，太土了，我也想打人。"

抹茶奶盖不加冰哦："喻哥不来，那我们可以在背地里说他闲话啦！"

博文强识："……什么？"

汉生："皮痒了吧。他有什么闲话可说？无非就是出手又帅，骂人又狠，成绩还好呗。我一个男的都已经嫉妒不起来了。喻哥牛。"

秋水长天："那是你们男生看到的点，我们只想感叹为什么喻哥能有谢神这样完美的同桌！"

锋芒："就是！呜呜呜，绝美友情我哭了。"

有一位女同学干脆发了一整排的柠檬表情包，直接刷了屏。

是晚晚吖："他的高一有学神帮他补习，'校草'帮他买蛋糕，我的高一什么都没有，呜呜呜。"

这时一个熟悉的 ID 出现了。

你老大喻哥："哦？"

高一（一）班快乐一家人，有一瞬间没能快乐下去。

这个 ID……马小丁，你不是说喻哥不进群的吗！

是晚晚吖："……喻哥？"

宋喻看了一眼她们的描述，心情不是特别好。

你老大喻哥："什么意思？都觉得是我占谢绥便宜？"

是晚晚吖："不是，呜呜呜，喻哥，不是，你别误会！"

宋喻呵呵一笑，打字问："我难道比他差？"

是晚晚吖："没！没！没！'C 市男神'就是你！你可比谢神受欢迎多了！你是全校女生的偶像！"

宋喻刚从谢绥那里吃了瘪，还被手机砸了脸，心情不是很好，现在才舒坦一点儿，扯了一下嘴角。

你老大喻哥："所以没必要嫉妒。"

叫"是晚晚吖"的同学一头雾水。

你老大喻哥："有'校草'做同桌，是挺让人羡慕。但你年纪轻轻能和我在一个群，你也不赖。"

众人陷入了沉默，认真学习那么久，他们都快忘了喻哥本来是以抬杠选手的身份出道的了。

你老大喻哥："不是吗妹妹？"

是晚晚吖："是，是，是！天哪，我怎么可以那么幸运！我年纪轻轻可真了不起！但我之前居然还身在福中不知福，我错了，喻哥，放过我吧！"

第十一章
这怎么还耍起人来了

周五晚上，临清街。

放学后，大家都先回家放书包，聚会时间定在晚上六点。

一个班的人分了三个包间。

宋喻没打电话叫人来接，把东西放在公寓里，先和谢绥去了临清街。

马小丁跟着宋喻混，顺便拽上了奚博文。

周末的临清街尤其热闹，马路上时不时几辆摩托车疾驰而去，男生载着女生，戴着墨镜吹口哨。

马小丁探头探脑，羡慕得不行："什么时候我也能这样拉风？"

"下辈子吧。"奚博文扶了一下眼镜，问出了非常实在的问题，"所以我们现在去干什么？"

宋喻翻手机，看了一下时间："五点三十五分，还有半小时。"

马小丁眼珠子一转，兴致勃勃地提议："我们去买一些零食饮料放书包里带着去吧。"他说完，拉上奚博文就往商场跑。

宋喻站在岔路口望了一眼逐渐暗淡的夕阳，开口："我们先去坐着吧。"

宋喻对唱歌的兴致不是很高，只是想让谢绥体验一下高中的聚会、热闹的氛围，算是弥补他梦里被孤立的三年。

唱歌的地方在临清街比较繁华的地段，名字叫"邂逅"。

班级群里很热闹，现在正吵得不可开交。

灯火如昔年："今天团建共有四十五个人参加，一个包间十五个人。想和谁在一起，记得先说好哦，嘿嘿嘿！"

"贞子不忘挖井人"发出几个问号。

九十岁带病打怪："看看我，在线等一个女同学的邀请短信，青春荒唐我不负你，赢一把游戏五块钱起。"

锋芒："姐姐们还是看我吧，一个月了，还不足以让你们了解我吗？"

兔子尾巴："把你们邀请过来听你们鬼哭狼嚎？"

是晚晚吖："呜呜呜，我能不能再了不起一点儿——跟喻哥一个包间呢？"

灯火如昔年："我来回答你，你在做梦。"

是晚晚吖："……江初年，你找打！"

放下手机，江初年对着镜子笑着眨了一下眼睛，然后抱着本子和笔就要出门。她下楼的时候，她的母亲正和另一位阿姨坐在沙发上聊天。母亲看到她，没好气地白了她一眼，问："这周五晚上的，你要去哪儿玩？"

江初年把本子藏在身后，小声道："秘密。"

她的母亲气不打一处来："疯完了给我早点儿回来，明天有一个宴会，你今天试试衣服。"

江初年一边换鞋子一边敷衍地说："是是是。"

沙发上另一位阿姨笑道："初年真是越来越好看了。"

江母心中得意，却还是谦虚道："哪有，差远了，你看看同样年龄的白家那丫头，又会打扮又会说话。我这闺女就知道读书，不知道一天到晚在本子上写些什么。"

阿姨却摇摇头说："白家那丫头心机太深，我不是很喜欢。说起来，这次王家算是遭了报应，一时半会儿缓不过气，秦家这个时候让四少来 C 市，也不知道为了什么。"

江母："谁知道呢？"

班级群里把订好的包间数字报了出来，303，304，305。

宋喻看到305一愣，没忍住笑出了声，说："真巧，又是一个305。"

谢绥的步伐也一顿，说："我们去305吧。"

"邂逅"三楼。

305包间的装潢是冷色调的，光线昏暗，只有正中央的效果灯在变换闪耀。

二人进去时光线是白色，灯光千丝万缕地投射下来，清冷幽静，如身处静谧的宇宙。

宋喻嘴角噙着笑，忽然开口问："好不好奇我那天怎么会出现在305？"

谢绥早就调查清楚前因后果，但还是顺着他的话说："有点儿好奇。"

宋喻来了劲儿，得意地说："因为我听到有人在聊天，话里提及了你的名字，让我知道有人需要我去拯救。"

谢绥忍笑道："所以你就来了。"

"对，所以我就来了，去惩恶扬善了。"

宋喻的眼睛明亮，清澈如星辰。他的声音也轻快，带着几分少年的得意。

马小丁抱着书包鬼鬼祟祟进来的时候，包间里还没有什么人。他把东西放在沙发角落，然后马上坐下，拿身体挡着，做完这一切才长长地舒了一口气。

奚博文开了一包薯片吃，一边嚼一边含糊地说："你干什么这么紧张？"

马小丁擦了一下汗："我误拿了几瓶酒，在自助机结账的时候没发现！"

奚博文："不是吧？"

马小丁："一下子买了好多种饮料，罐装的包装又都差不多，我也没细看，就拿错了几瓶。"

奚博文翻白眼:"放旁边去吧,别让大家误喝了。"

马小丁把东西放好后,视线就没离开过门口。

奚博文好奇道:"江初年会来?"

马小丁:"嘻嘻嘻。"

奚博文:"……"

之后陆陆续续地也进来几个男生,看到宋喻和谢绥先是愣了一下,不好意思喊了一声喻哥、谢神,就坐到了旁边。他们当了一个月的同学,虽然相处还有些拘束,不过也不是那么放不开了。

女生出门大概都是比较麻烦的,马小丁等得无聊,提议玩游戏,刚好现在一款多人在线竞技的游戏,挺火的。

马小丁问宋喻玩不玩,宋喻拒绝了。

他们凑齐了五个人,开了一把游戏,马小丁就坐在宋喻旁边。他技术不行,却又专选输出位置。

宋喻本来在玩手机,时不时听到马小丁被击杀的系统语音提示后,没忍住探身看了一眼,简直不忍直视。

宋喻:"净化的技能当摆设,用保命的装备等死。你的队友快哭了,你别送死了。

"你的生命值和法力值都是满的,你回家是打算补个勇气?"

不知道多少次被击杀后,马小丁苦着脸把手机给宋喻,拉他下水:"喻哥,你来,你来。"

宋喻探身接过手机。

这一个月没有一点儿休闲娱乐,他不禁有些手痒了。

宋喻操纵着游戏角色在地图一角让敌方阵营全军覆没,马小丁激动得哇哇叫:"喻哥牛!喻哥牛!"他眼巴巴地凑过去说,"喻哥,求教怎么避开敌方的突然袭击,我总是在打团战的时候第一个被灭掉。"

宋喻:"你那操作没救了。"

马小丁:"呜呜呜。"

宋喻开玩笑说:"操作不行,卖萌来凑。你给对手发几个可爱的表情,说不定人家就放过你了。"

包间里的人不厚道地笑出声。

马小丁接过手机，怪不好意思地说："这不是装可爱女生骗人吗？这种行为是会被嘲笑——"

下一秒，马小丁的游戏角色再次显示已死亡。

马小丁："……"

马小丁："我要不要再加两个字，喊他哥哥。嘤嘤嘤，哥哥放我一条生路！这样子够萌吗？"

宋喻揶揄道："够萌了，小丁妹妹。"

马小丁真的在游戏里发了一堆哭的表情，点名刚刚击杀他的游戏玩家，说："别杀我了嘛。"语气娇俏俏的。

只是对手冷漠无情，继续打他。

马小丁手忙脚乱，哀号道："啊啊啊，他不吃这一套，他甚至开始针对我了，他怎么那么凶？！我该怎么办？"

宋喻比敌方更加冷漠无情，嗤笑道："那你就死给他看。"

马小丁看着冷漠的喻哥，欲哭无泪。

其余人终于忍不住，放声大笑起来。

玩了一局游戏后，气氛终于彻底放松，女生们也姗姗来迟。

班主任先把大家都聚集到305，由班长拍了一张合照照片。

程老师手里拿着一个相机，咳了一下："你们尽管开心地玩，我给你们摄像，把唱歌的同学的风采都录下了，以后毕业了也可以拿出来回味。"

众人捂脸，哀号阵阵。

江初年穿着一身浅黄色的裙子，长发披肩。她唱了几首歌后，握着话筒，眼睛亮晶晶地看着宋喻和谢绥，笑着说："谢神和喻哥要不要来一首？年纪轻轻的我有这个荣幸听到你们唱歌吗？"

宋喻沉默片刻，果断拒绝："没有。"

谢绥就在旁边坐着，面容上的笑冷淡而疏远，是那种熟悉的拒绝的表情。

江初年眨了一下眼睛，对他们的拒绝毫不意外。她狡黠一笑，换了另一个条件："不行，既然我不能听你们唱歌，那我要和你们玩游戏!"

她的同桌在旁边捂着脸扯她的衣袖,总觉得自己这个好朋友在自掘坟墓。

江初年:"真心话大冒险,多简单,来吗?"

马小丁对于江初年的要求那肯定是一万个支持,吼得比谁都大声:"好,好,好!"

在他声情并茂、"手脚并用"的催促下,众人接受了这个提议,坐到了桌子旁边。

江初年窃喜,咳了一声,道:"刚好我准备了扑克,就用大王当王牌,小王当鬼牌吧。王牌决定真心话的问题和大冒险的内容,鬼牌是被惩罚的人。"

她坐下来,把十五张牌放到桌上,让众人随机抽,又热情地补充规则:"共十五张牌,从 A 到 K,加两张大王小王。如果选择大冒险,可以随机指定一张牌进行互动哦,毕竟是十五个人的游戏嘛,我们要尽量增加玩家之间的参与感。"她说到"互动"和"参与感"时,咬字特别清楚,眼神带笑。

其他的几个女生纷纷笑出声。

"行了,直接开始吧,再多说下去,我觉得你要被揍。"

江初年说:"行行行,那我们不要浪费时间了,抽牌抽牌,别客气。"

男生们兴致也非常高。

"不许偷看。"

"搞快点儿,别耽误我拿王牌的时间。"

你一张我一张,这副牌一下子就抓完了。

众人拿到牌也不敢随便亮出来,不然到时候被针对,喊上去"互动",多倒霉。

宋喻拿了一张 K。

马小丁暂时还没看牌,凑过来问:"喻哥喻哥,你什么牌?"

宋喻躲开他,慢悠悠道:"一张你惹不起的牌。"

马小丁:"哇!"

奚博文扶了一下眼镜，当场拆穿："喻哥，你就别装了吧，这个游戏惹不起的也就是王牌，可王牌是我。"他直接把自己的牌摊开在桌子上，果然是大王。

"呵。"宋喻被当场拆穿也不尴尬，靠上沙发，偏头小声问谢绥，"你是什么牌？"

谢绥直接摊牌给他，笑道："A。"

江初年也看完牌，说："我是数字牌，来来来，第一轮的鬼牌玩家可以出来了。"

没有一个人说话。

大家面面相觑，最后视线统一落到了一直不看自己的牌，反而喜欢瞎操心别人牌的马小丁身上。

马小丁握着扑克突然觉得心慌。

"我不会那么倒霉吧。"马小丁悄悄后退，眯着眼睛看了一下，顿时蔫了。

马小丁把牌甩在桌上，果然是小王。他转头，装出凶神恶煞的模样对奚博文说："你敢整我？你完了！"

宋喻这个时候站出来维持游戏公平，按着他的肩膀对奚博文笑道："真心话随便问，大冒险随便搞，大家开心才是最重要的。"

众人笑成一团，男生们开始起哄："大冒险！马小丁，你不选大冒险还是个男人吗！"

马小丁的肩膀上还搭着宋喻的手，怪瘆的。他瞪了他们一眼，然后果断选择："真心话。"

众人齐齐发出奚落的声音。

奚博文嘿嘿笑了："真心话？那我就直接问了，这个包间里如果一定要选一个女生当同桌，你选谁？"

马小丁："……"

宋喻倒是没看出来，奚博文这小子还挺会提问的。

马小丁往江初年那边看了一眼，红着脸说："你这是什么破问题？换一个。"

其实对这种问题，他这样的做派反而显得可疑，大家瞬间像发现新大陆一样,眼睛亮了起来。

女生们的八卦之魂熊熊燃起。

"啧,有猫腻。是谁让你害羞成这样?"

"太巧了吧,看来我们这个包间里有你不能言说的名字。"

……

马小丁死鸭子嘴硬:"这不是怕你们女生为我打起来吗!"说罢,他恼羞成怒地对奚博文说,"快点儿给我换下一个!"

江初年笑够了才说:"这位鬼牌玩家,你能不能有一点儿自知之明,什么时候轮到你定规则了。"

奚博文嫌弃地看着马小丁,满脸写着"烂泥扶不上墙"。但他作为一个好同桌,还是心地善良地说:"那你自罚一杯苦瓜汁,我就换一个。"

马小丁爽快地给自己倒了一杯,强撑着喝完了。

奚博文冥思苦想,最后干巴巴问出一个问题:"问一个,嗯,你欣赏的女孩子类型。"

马小丁这就来劲儿了,展开了他的演讲:"我是一个不注重外表的男生,"虽然第一句话就收到了无数无情的嘲讽,但他还是沉浸在自己的梦里,说个不停,"我欣赏文静有内涵的女生,可爱、有书卷气,要读过很多名著,要会背很多课文,喜欢写散文,能和我一起谈天谈地谈人生理想、诗词歌赋。"

他的演说发表完毕后,男生们冷酷无情地说:"好,没有,下一个。"

女生们则趴在桌上笑道:"哈哈哈,点一首《梦醒时分》给这位朋友。"

马小丁哼了一声,懒得理这群俗人。

奚博文难以置信,悄悄问他:"你从哪里看出江初年有这些特点的?"

马小丁挠挠头,怪不好意思地说:"她不是语文课代表吗,语文好的女生在我眼里就是这样啊。"

奚博文:"……"

呵呵,他决定再也不为马小丁操心了。

马小丁心里自始至终只有语文。

后面几轮每个人都选真心话,江初年干脆临时改了规则,连续三次真心话后的那一轮必须选大冒险。

这一轮,王牌到了江初年手里,鬼牌落到了江初年的同桌身上。

江初年笑个不停:"真心话还是大冒险啊盈盈?哦,对不起你没得选,大冒险。"

梁盈盈咬牙切齿。

江初年指了指外面,说:"宝贝,去找小哥哥要联系方式,顺便合张影,没有你就别回来见我。"

梁盈盈往嘴里塞了一片薯片,眼神能杀人:"玩得那么狠?你别栽在我手里!"

江初年无辜地说:"哦,对不起,我无所畏惧。"

梁盈盈气势汹汹地出门,最后脸红得像兔子一样跑回来,捂着脸好半天才恢复脸色。

众人看热闹看得越来越起劲儿,后面选大冒险的人也多了,马小丁抽中王牌,鬼牌是另一个男生。他一扫颓靡之气,叫嚷着:"不是说有互动的吗,拿到3的出来,和我们的鬼牌玩家深情对视抱一个。"

拿到3的也是一个男生,那人哭笑不得,骂骂咧咧地站起来:"马小丁,你等着!"

这一轮是宋喻抽到了王牌,一个女生抽中鬼牌。她激动得脸都红了,自告奋勇地选了大冒险,发言:"喻哥!我可以为你做任何事!"

宋喻笑道:"这就不用了,大冒险的话,你给我背一段《沁园春·长沙》吧。"

女生们面面相觑。

男生们哄然大笑:"喻哥好冷酷,哦,不,学霸的'人设'还是不倒。"

后面有一轮，谢绥拿到王牌，而鬼牌在宋喻手里。他们摊牌的时候，整个包间都安静了一秒，气氛顿时紧张起来。

江初年坐得笔直，抱着抱枕激动地说："啊啊啊，喻哥，你快选，真心话还是大冒险。"

她心里想的却是：呜呜呜……为什么这不是必须选大冒险的那一轮。

谢绥指间夹着那张牌，垂眸似笑非笑地问宋喻："选什么？"

宋喻皱眉想了一下，说："真心话吧。"

谢绥点头，声音淡淡地问："昨天睡得好吗？"

整个包间的人都沉默了。

江初年以及一众女生的心都要碎成片了！

宋喻一头雾水地答："挺好的，难得一夜无梦。"

毕竟每次梦到关于谢绥的事，他晚上睡得都不算安稳。

谢绥勾唇一笑，把牌重新丢回桌子上。

下一轮，宋喻的运气很不好，又是鬼牌。

这回王牌到了江初年手里，她感觉她又活了过来！

她原本想问一些隐秘的问题，但话到嘴边又憋了回去。她委屈巴巴地揉着抱枕，随便问："一夜无梦，那喻哥你之前一直在做噩梦吗？"

宋喻只当他们顾及自己的"武力值"，不敢为难他，如实说："没做噩梦，就一直梦到一个人罢了。"

众人警觉地看过来。

谢绥一愣，眼眸微微眯起。

江初年激动地问："那个人是谁？"

宋喻反应过来自己说漏了嘴，懊恼不堪，但幸好还可以挽救。他往后一靠，说："这就不回答了吧，这是第二个问题了。"

江初年特别积极地把牌聚集在一起："快快快，重新洗牌，抓抓抓！"她今天非要知道那个人是谁。

游戏继续。

结果这一回王牌到了梁盈盈手里，然后谢绥拿到了他人生中的第一张鬼牌。

梁盈盈也不知道该问什么,但落到她身上的每一道视线都充满威胁。她觉得自己要是什么都没问出来,会被人揍的,于是只能问一个很有分寸的问题:"谢神,你现在有欣赏的人吗?"

众人倒吸一口凉气,心都提到了嗓子眼儿。

"校草"欣赏的人,这传出去怎么也得惊动整个学校吧。

梁盈盈握牌的手都在颤抖。

谢绥却只笑道:"我选大冒险。"

众人:"……"忘了还有这招。

梁盈盈很失落:"哦……好吧。"她重新看向谢绥,瞬间有点儿尿,不敢提出特别过分的要求,"那……谢神你也背一段《沁园春·长沙》吧。"

旁边的江初年翻了个白眼,道:"盈盈,你不行呀,大冒险还要学喻哥。"

梁盈盈低头看着江初年,一下子想起了自己刚才去找人要微信时的尴尬和羞愤,以及当初的豪言,脑子灵光一现。她呵呵一笑,道:"你完了。"

江初年一头雾水。

梁盈盈说:"谢神,我突然改变主意了,不背《沁园春·长沙》了,我们来读书吧?我最近看到一篇写得特别好的文章,好巧不巧,主角的名字和你一模一样,你随便给我念一段如何?"

众人:"……"

"不要!"江初年激动地站了起来,要去抢梁盈盈的手机。

但是后者早就知道她会这样,往旁边一避让,手疾眼快地把文件发给谢绥。她眨了一下眼睛,笑着对他说:"谢神,你随便挑一段念吧。"

江初年瞪大眼睛,脸上写满了生无可恋。她现在就是后悔,非常后悔。后悔为什么当初要发文档给梁盈盈,为什么刚刚要多嘴嘲笑她!

马小丁高兴地拍肚皮,在旁边瞎起哄:"哎呀,这书我看过,写的不就是我喻哥的故事吗!"

坐在他旁边的男生推他一把,哭笑不得地说:"马小丁,你那么兴奋干什么?"

马小丁说:"哈哈哈,不知道但我就是觉得好好玩。"

宋喻被他们这么一闹,终于想起来是什么文章。

宋喻面露尴尬,偏头试图拦住谢绥,语速飞快地说:"要不还是换一个大冒险吧。"

谢绥已经接收了文档,手指点开,语气平静:"为什么?"

宋喻吞吞吐吐找理由:"因为……她这个故事……把我写得特别傻!"

"是吗?"谢绥漫不经心地应着,手指在屏幕上滑动,垂眸一目十行。看到一个地方时,他突然停顿。

随后谢绥发出一声轻笑。

宋喻:"……"

马小丁兴奋地坐不住:"哈哈哈,喻哥,你也有今天!"

谢绥看宋喻快要气死了,心中想要捉弄他的想法越发强烈。他收回视线,重新看着手机,微笑道:"那我往后面翻翻,随便读一段吧。"

这到底是谁的大冒险?!

宋喻表情僵硬,他想着能挽救一点儿脸面是一点儿,说:"不然你就读文案吧。"天知道后面有什么让他丢脸的内容。

谢绥抬眸和宋喻对视。

宋喻濒临参毛,他浅色的眼眸清澈明亮,望向谢绥时的神色,一半是威胁一半是祈求。

谢绥微笑道:"好。"

王牌玩家梁盈盈抗议:"这不行,文案不属于文的内容!"

宋喻朝她看了一眼。

梁盈盈秒㞞,又把话圆了回来:"……但也不是不可以。"

江初年在后面偷笑。

梁盈盈在心中哀号:……我好卑微一王牌!

之后的几轮游戏，男生们玩开了，真心话和大冒险都叫人大跌眼镜，看得女生们啼笑皆非，气氛欢快。

刚刚被马小丁整过的3号牌玩家，终于拿到王牌报复了回来。

马小丁被迫和旁边的男生演了一出《罗密欧与朱丽叶》，在表演了深情对视，热情拥抱后，两个人立刻松手，齐齐转头，装作呕吐的样子。

包间内众人笑得前仰后翻。

宋喻手里是一张J。

"都十一轮了，鬼牌居然没再出现在谢神和喻哥身上，这是什么运气。"一名男生在收牌洗牌的时候摇头感叹。

"等一下，"一个丸子头女生忽然举手，眨了一下眼睛，笑道，"我合理怀疑这是牌的问题，江初年，你有没有备用的？"

不变的十三张牌，对王牌鬼牌做手脚太简单了。

江初年说："我带了一副扑克，但是只有A到K可换，大小王还是那两张。"

丸子头女生自告奋勇："那先停一停，我去买一副新的。谢神，我一定要知道你的秘密！"

没办法，她对"校草"所欣赏的人实在是太好奇了。

江初年抱着抱枕笑得不行："真的？我怕你根本问不出来。"

丸子头哼了一声，却笑着看向宋喻，说："还有喻哥，真好奇你梦到了什么人。"

宋喻扯了一下嘴角："你们想太多。"

其余人玩了那么久也有些累了，催促她出门，还让她帮忙带东西回来。

"帮我拿一瓶冰红茶来。"

"还有我，带瓶橘子汽水，谢谢了。"

……

江初年望天感慨："小说里那种浪漫故事什么时候会降临在我身上。"

她忽然压低声音和姐妹说："我妈现在已经开始干预我和什么

人交朋友了,你敢信?"

梁盈盈瞪着眼睛,难以置信道:"真的?"

江初年郁闷地说:"A市那边来了个秦家四少,就比我大一岁,她兴高采烈地安排我去参加宴会。你知道秦家吗?秦氏财团在A市都是顶级豪门,听起来就好恐怖。"

梁盈盈一愣,问的却是:"长得帅吗?"

江初年直起身子,皱了一下眉,说:"如果是秦家,其实帅不帅已经不重要了。但是我妈那种因为家世,让我去和对方交朋友的思想,我不是很懂。我看了照片,那个人叫秦陌,挺帅的,可我感觉他看不上我这种人,我也惹不起他那种人。"

"惹不起?"

"对,直觉。白雪欣那种人估计和他很合得来,要是人家给她机会接近的话。"

她们聊着悄悄话。

宋喻缩在沙发里。环境一安静,他精神放松下来,就有了困意。

轻缓的音乐,柔软的靠枕,还有空气中若有若无的饮料和食物的气味,都成了催眠剂。

宋喻往后靠,拿牌挡在自己的眼睛上。

丸子头女生很快拿着一盒新的扑克牌上来,顺便拿了一瓶冰红茶和橘子味汽水摆在桌上。她坐到沙发上,急匆匆地挑出来大小王、梅花A到K,摊开在桌面上,热情地笑:"抽抽抽,规则没变。"

宋喻说:"我有点儿困了。"

丸子头女生委屈巴巴地说:"喻哥,你对得起我这一趟辛苦跑路吗?"

宋喻强行睁开眼睛,说:"那就玩最后一轮。"

丸子头女生只能妥协:"……好吧。"

现在已经晚上十点半,也确实不早了,众人开始抓牌。

宋喻随随便便抽了一张,打开一看,惊呆了。十五分之一的几率,他就在这最后的一局抽中了鬼牌!

他的表情变化太明显,一下子所有人都意识到发生了什么,目光炯炯有神地盯着他。

谢绥手里是张 A。他抬眸看了宋喻一眼。

这次抽中王牌的是一个女生,平时性格颇为内向。她站起来,有些害羞地说:"喻哥,真心话还是大冒险?"

宋喻目睹了那么多场大冒险,真的怕被他们捉弄。他把手里的牌一翻,叹气道:"真心话吧。"

"好的!"非王牌玩家的一群女生也开始尖叫。

王牌女生不负众望地问:"你梦到的人是谁?"

宋喻:"……"

他就知道会是这个问题。

所有人的视线都看向他,就连谢绥也偏过头来,眸光冷冷地盯着他。可是这个问题不能回答,因为问出了人,就会被问是什么梦,那些梦哪能说?

宋喻道:"我记得可以换问题的,马小丁那次不就换了?"

奚博文愣了一下,回道:"可他是接受了惩罚的。"

马小丁点了点头,劝阻道:"对,我喝了一杯苦瓜汁。喻哥,你别搞事。你喝不下的!"

宋喻:"……"

"那就喝点儿汽水吧,"他拿起了桌上的橘子汽水,倒了满满一杯,非常自然地说,"你给我换个问题。"

拿到王牌的女生:"……"

丸子头女生捂脸,哭笑不得:"喻哥,哪能这样。"

宋喻皱了一下眉,也觉得自己这样有点儿不尊重游戏规则。他在犹豫要不要说……好像说出来其实也不算什么大事。

"我替他喝,换个问题。"在他思考的时候,谢绥突然发话了,声音淡淡的。

丸子头女生无奈:"谢神……你……"她就想听个八卦,为什么那么难?

宋喻也愣住了,偏头看着他。

谢绥却已经倒了一杯苦瓜汁,一饮而尽,动作随意,就像在临水初见的时候那般,只是没有那个时候生人勿近的冷厉。

谢绥擦了擦嘴,抬眸笑道:"换吧。"

王牌女生叹了一口气,摇头道:"行,那我就也问个简单的,喻哥,你现在有欣赏的人吗?"

宋喻回神,对这个问题倒是回答得干脆,摇头:"没有。"他的心里只有学习!

他们还想再问点儿什么,可班主任已经拿着自拍杆和手机进来了,大声吆喝:"来来来,305的同学们,大家过来拍个照。"

班主任本来笑得红光满面的,直到视线落到桌子边上的酒上,笑容凝固。

包间里所有人的呼吸都停止了。

半晌后,今晚的游戏在班主任响彻房间的怒吼中结束:"你们在干什么?!酒是谁拿的?!皮痒了是吗?!一人给我写一千字检讨!"

众人解释酒是被马小丁误拿的,他们没有碰,但奈何班主任正在气头上,压根不相信。

晚些时候,宋喻跟外婆发了一条消息,说自己周六白天回去。

他回到公寓洗漱后却精神抖擞起来,闲得无聊,干脆跑到楼下,来谢绥房间写检讨。

"一千字,写什么。"

宋喻从包间出来时还被女同学塞了一瓶橘子汽水,带回来也没喝,就放到旁边。

现在他对着报告纸一头雾水,扭开了汽水盖子。

谢绥淡淡道:"可以写我们的游戏内容。"

宋喻喝了一口汽水,摇头道:"啧,那写上去怕是得被班主任追加到一万字。"

谢绥笑了一下,说:"你先写,我去泡杯咖啡。"

宋喻:"成。"

但是谢绥走后,他咬着笔,对着纸,玩起了手机。

宋喻的QQ里有一条好友申请,是"灯火如昔年"。他想了一下,同意了。

不一会儿,那边发来了消息:"对不起,喻哥。论坛的帖子我已经申请删除了,文档也销毁了,你再也不会看到它了。我不写了,以后再也不写了!"

宋喻还当是什么事呢。

灯火如昔年:"……喻哥,其实要我说,我们高中生认真学习不好吗?喻哥,你的下次目标是年级前十吗?加油哦,晚安,我溜了。"

你老大喻哥:"……"

宋喻放下手机,拿着笔在一千字检讨上随便开了个头。

"一个字没写?"谢绥已经端着咖啡进来了,坐在他旁边问。

宋喻放下笔,想起一件事,说:"我写的时候回忆了一下游戏内容。我现在还挺好奇的,你真有秘密吗?能告诉我吗?"

谢绥微笑,语气却冷淡:"凭什么?"

宋喻:"……"

他转了一下笔:"你如果有烦心事,我可以为你出谋划策。"

谢绥笑起来,却说:"你不如拿你的秘密来换。"

宋喻一愣,瞳孔都大了一圈。他好奇又惊讶地说:"拿我的梦?"就像小学生交换秘密一样,宋喻不由自主压低了声音。

谢绥说:"嗯。"

宋喻不说只是怕别人瞎想,拿这个交换谢绥的秘密,谢绥亏大了。他满脸"你会后悔的"的表情,询问:"那我说了?"他小声说,"我梦到你变成大人后的事。"

谢绥似笑非笑,语气散漫道:"哦,知道了。"

宋喻:"……交换的秘密呢?!"

他怎么还耍起人来了。

"哈哈哈。"谢绥伏在桌子上笑个不停。

第十二章
从"小可怜"变成"危险人物"

谢绥笑够了才问:"梦到我在做什么?"

宋喻呵呵冷笑。

谢绥不说秘密,他也不会那么八卦。他就是觉得被摆了一道,特别气。

宋喻偏过头说:"骗你的,没梦到你。"

谢绥意味深长道:"哦。"他也不追问,视线落到宋喻手臂压着的报告纸上,笑道,"还写不出来?"

宋喻没理他。

谢绥说:"第一段的格式写错了。"

宋喻的注意力很容易被学习的事转移,他拿开手臂,问:"哪儿错了?我照网上抄的。"

谢绥从笔筒中拿出一支笔,笑着说:"拿过来,我给你改一下。"

宋喻听话地递过去后,才发现不对劲——他现在是不是被牵着鼻子走了?

一千字检讨东摘西抄,晚上一点的时候宋喻终于写完了。他回去喝了一杯牛奶就睡觉了,但是睡得一点儿都不安稳。

如宋喻所料,他今晚果然做梦了,乱七八糟的梦。

梦境发生在病房内。

消毒水的气味很淡，窗户打开，外面是草坪，一群穿着病服的小孩子在上面嬉笑。

阳光落进来，照在皮肤上，明亮温暖。

在和护士短暂地用英文交流后，穿黑色西装高挑挺拔的男人漫不经心地看了青年一眼，视线冰冷刺骨。

病床上的青年身型僵硬，面露尴尬，扶着额头，好像不敢看那个男人。

护士离开，病房里就只剩下他们。

"醒了？"男人动作优雅地拉开椅子坐下，气质矜贵清冷。他平淡道，"说说昨天的事。"

青年拿开扶额的手："这个，我可以解释，我真不是碰瓷。"

"不是碰瓷？"男人挑眉，语气里的嘲弄丝毫不掩，"宋家已经没落到这种地步了？"

青年说："……抱歉，我被人整了，我不能碰酒，谢谢你送我来医院，你真是个好人。"

男人低头看了一下手表，淡淡地说："你哥哥应该马上就过来了。"

青年瞪大了眼睛，语气有几分焦躁和祈求："你的损失我都可以赔偿，能不能别喊我哥。"

"不用。"男人起身道，"你赔不起。"

似乎不想再多花时间，男人长腿一跨，往门口走。

青年好像不想惊动家人，他揪着头发，急忙喊道："等等，真不需要喊我哥来，喊他来干什么，这不是耽误我们叙旧吗！"

青年勉强笑起来，说："谢少，别那么急着走，坐下好好聊聊，我们五岁的时候见过，你记得吗？"

房间里安静了一秒。

男人步伐一顿，转过身来，似笑非笑道："五岁？"

青年保持微笑，说："对，五岁，你还在我后面喊我哥哥来着，有印象没？"

谢少勾了一下唇，清冷的眼里没什么情绪，讽刺道："你是不是除了身体外，脑子也有点儿问题？"

青年深吸一口气，然后十分热情地说："我们小时候真见过。你别叫我哥过来，我好好跟你回忆一下，你小时候可可爱了。"

谢少幽深的眼眸看着他，慢条斯理道："那么怕见宋煦？"

青年一愣，浅色的瞳孔中迸发出希望的光，连声应和："对对对，我上周才在家里和他和我爸吵了一架，现在见面太尴尬了。我把这些说出来，你能不能——"

谢少："帮你多叫一个宋总，举手之劳。"

青年似乎要气死了！

碎片化的记忆。

之后是青年和他哥的对话。

二人似乎吵了一架，停歇的空当，他哥问："你遇上谢绥了？"

"对。"

他哥沉默了一会儿，说："这人危险得很，你尽量别和他来往。"

"危险没觉得，坏倒是真的，和他小时候一样。"青年生气地说。

宋煦说："你把你们的聊天内容跟我说一下。"

青年快快地交代了事情始末。

宋煦听完，皱眉思索了半天，迟迟开口："他还送你来医院，看来那天是心情不错了。或者说，其实他是记得小时候的事的。会跟你说那些话，不像我认识的他。"

"啊？"

宋煦很快回神，说："不管怎么样，你以后离他远点儿。"

"这没问题，反正他应该很快就回国了，这辈子见不到了。"青年笑着说。

病房，暖阳，笑容散漫的青年，梦境像是一面水幕，一种复杂的情绪在宋喻心间蔓延开。

不知道是第几次做这种奇怪的梦了，宋喻彻底确定了，只要梦里有谢绥，都不是什么好事。

周六早上一起来，他头痛欲裂，缓了半天才没那么难受。

下床，吃了早餐，宋喻看到手机上有一个未接来电，是孟光打来的。他喝着牛奶打回去。

电话那边很快接通，宋喻问："喂，表哥，有事吗？"

孟光说："喻喻，你什么时候回家？"

宋喻说："下午吧。"

孟光说："下午也行，浮光酒店这里今晚有个宴会，A市秦家那边来了个人，你应该认识，到时候和我一起去。"

宋喻微微一愣："秦家？谁？"

"秦家四少，就比你大一岁，秦陌。"

宋喻一口喝干净牛奶，"咚"的一声，重重地放下手里的杯子，语气冰冷，杀气腾腾地道："好。"

孟光说："怎么了，你们有过节？"

宋喻皮笑肉不笑地说："没，没什么。"

听到秦陌两个字，想起他在上一次梦里的所作所为，宋喻就气得肝疼。

但很快，他握着手机，眼里有些困惑。

这个"好朋友"按道理不该是下学期才出来吗，怎么现在就来C市了？

上一次梦里的他，行事没有底线。他得到谢绥的信任后，又把谢绥推往更深的黑暗。

宋喻开始只觉得这人有点儿奇怪，他的家世那么好，帮助谢绥获取一个安稳的环境很难吗？

身为旁观者他很困惑，但也能理解，可能他们的关系还没好到那个地步吧，毕竟帮不帮都是个人的选择，没有谁规定有能力就一定要去拯救他人。

直到梦中的剧情开始展现出他狰狞的面孔。

秦陌任由学校里的人对谢绥各种嘲讽侮辱，只在谢绥最绝望的时候才出手帮助。

几句安慰和可有可无的帮助，对谢绥来说却是人生的光，照亮他孑然独行的长夜。

秦陌打破了谢绥的冰冷外壳。当他逐渐信任秦陌时，秦陌却开始刻意带他去高档场所让他出丑，刻意用言语践踏他的尊严。

　　但那个时候谢绥已经把秦陌当成重要的朋友，被羞辱时还会反省是不是自己做错了什么。他迷茫又惶恐，在黑暗冰冷的世界里抓住了一丝光就不敢放手。

　　只是这个清冷固执的少年不知道，他抓住的其实不是光，是深渊的边缘。

　　想到那个在漆黑雨夜扶着柱子干呕的少年，宋喻就颇不是滋味地叹了一口气。

　　从一个"小可怜"变成"危险人物"，得有怎样的心路历程啊？

　　周六晚上八点。

　　宋喻打开车门。

　　他换了一身质地精良、修身合体的白色西装，打着蓝色领结，衬得整个人挺拔清俊。他的五官精致俊秀，面无表情的时候，显露出一种从小养尊处优的高傲和冷淡。

　　宋喻坐上副驾驶座，皱眉问："秦陌什么时候来的C市？他来C市干什么？"

　　孟光也不是特别明白，想了想，说："就前几天来的。其实我也好奇，这秦家的大少爷不在A市好好待着，来这干什么。你们认识不？认识的话可以去问问。"

　　宋喻："算了吧，认识他得多糟心。"

　　孟光笑出声："还说你们没过节，语气这么苦大仇深的。其实你要是不想去，我们可以就此打道回府，我带你去一个好地方。"

　　宋喻上次才被他坑了，狐疑地偏头看他一眼，摇摇头："与其听你唱歌，不如去被他糟心。"

　　孟光："……"

　　车行向浮光酒店。

　　酒店门口的花园典雅清新，喷泉的水反着路灯的光，晶莹闪烁。

停完车，孟光领着宋喻进去，接待人员站在金色的大门口收过请帖后，带他们先往二楼的休息室走。

"说起来，你来C市后，这还是第一次出现在众人的视线里。"孟光提到这儿，好奇地说，"其实我也搞不懂，你一出院就转学来C市，为的什么？"

宋喻说："换个环境安心学习。"

孟光挑了挑眉道："厉害啊表弟。"

这一次迎接秦陌的宴会是王家举办的，虽然因为王辞的事，王家和孟家有些龃龉，可同为C市有头有脸的家族，面子上要过得去，还是发了邀请函。

主角没到，宴会还没开始，但大厅内已经不少人开始寒暄。

他们来参加宴会，心里都打着跟秦陌扯上关系的主意。他们家里有和秦陌年龄相近的孩子，也都带了过来，意图心照不宣。

"你先在这里坐着，我去见几个人。"孟光叮嘱宋喻。

"行。"

休息室是几间连在一起的，共用一个露天阳台。

大人们都在下面社交，在二楼的多是被带过来的子女，玻璃门外传来阵阵笑声。

宋喻缩在沙发上玩手机，玩到一半，手机快没电了。他四处找了找，没找到充电器，打算出门去找服务员，没想到刚走到楼梯口，好巧不巧地遇到了白雪欣。

白雪欣这天打扮得很精致，衣裙华丽，妆容完美，一看就是有备而来。她看到宋喻，语气震惊："宋喻？你怎么在这里？"

她旁边跟着一个女生，皱眉道："欣欣，是你认识的人吗？这位……我怎么有点儿面生。"

C市的豪门就那么几家，她们从小到大在各种场合基本上见过，相互也都认识。

宋喻对白雪欣的印象就是"一个想接近谢绥的，脑子不太正常的女生"，他对她没什么好感，也没多大厌恶。他看了她一眼，点了点头，算是礼貌性回应，便准备下楼去找充电器。

白雪欣的脸色不是特别好看，旁边的女生却来了兴趣："你叫宋喻吗？名字好听人也帅，欣欣，你不把这位小帅哥介绍给我认识一下？"

她的话是娇俏地对白雪欣说，人却明目张胆地看着宋喻。

白雪欣在上次食堂的事后，对宋喻可以说是厌烦至极了。她想起学校的一些风言风语，语气冷淡不屑："好像是孟家的一个亲戚吧，暑假才来C市的，也没人介绍过。"

"亲戚""没人介绍过"，两句话就打消了旁边女生的兴趣。毕竟能和白雪欣玩到一块的人，思想都差不多。一个孟家的远方穷亲戚，确实不值得她们上心。

"哦，这样。"旁边女生淡淡地说。

宋喻找服务员借到一个充电器后，回了二楼休息室。但他出门这一会儿工夫，这里已经被人占了，他退而求其次，去外面阳台找了个角落坐着玩手机。

这里很大，离人群很远也不会有人来打扰他，他闲得无聊，于是发消息给谢绥。

你老大喻哥："月考之后换座位，你知道吗？"

谢绥："嗯。"

你老大喻哥："有没有什么想法，要不要继续和我做同桌？"

宋喻抛出橄榄枝。

谢绥："没什么想法，随意吧。"

你老大喻哥："……"

橄榄枝"咔嚓"一声断了。

宋喻握着手机，顿时气不打一处来。

随意？你随意个头！

知道当初我为了和你做同桌是怎么跟王辞斗上的吗！

你老大喻哥："你这人真不够意思！"

谢绥坐在出租车后座，窗外霓虹灯倒退，夜色深深。他嘴角勾起，缓缓打字："确切来说，是随你的意。"

宋喻发了一个问号。

谢绥:"继续当同桌我没意见,但怕你不愿意。"

你老大喻哥:"你直接说愿意呗。其实老师以前就问过我,要不要继续把我们安排在一起坐,我是没意见,就看你了。"

谢绥:"嗯,我也没意见。"

谢绥:"你现在在哪儿?"

宋喻一愣,话题转得那么快?他往后面一看,草坪和喷泉在月色和灯下光彩夺目。

宋喻:"我在浮光,一个酒店。"

谢绥:"我来找你。"

宋喻握着手机迷惑了,谢绥这人怎么回事?这大晚上的找他干什么?

会不会是谢绥遇到了什么事,正需要他的安慰?

反正宋喻来这个宴会,也只是想看一眼上回梦里那个秦陌而已,看完就走。

你老大喻哥:"成。不过今晚这里没有请帖进不来,你在门口等我,九点的时候,我出去找你。"

谢绥收到消息后,低笑出声。

笑罢,谢绥的眸光渐冷。

他今晚才知道秦陌会来C市,参加"浮光"的宴会。他就是担心宋喻会遇上秦陌,才在今晚特意弄到邀请函,想去把宋喻接出来。

上回梦里在高中被秦陌摆了一道,他记忆深刻。

哪怕之后秦陌在酒席上当面痛哭流涕地悔恨道歉,谢绥也只感觉厌恶。真的不需要道歉,毕竟,他都会还回来。

谢绥和秦陌打过交道,知道他骨子里的恶劣,喜欢玩弄人心,喜欢践踏别人的骄傲。

谢绥一点儿都不想宋喻碰到这么个疯子,免得他和曾经的自己一样被骗。

"喻哥?"

宋喻忽然听到有人喊他，抬头就看到江初年站在不远处，正惊讶又惊喜地看着他。她的头发稍稍卷了一下，穿了一身水蓝色裙子。

语文课代表？

虽然不熟，但宋喻还是很给同班同学面子，看她过来，还给她拉了一下椅子。

江初年坐到他旁边，眼里都是光："真的是你？本来我还不确定的。"

宋喻说："嗯。"

江初年说："喻哥，我看你坐在这里半天了也不去聊天，就在这里玩手机？"

宋喻懒洋洋道："信号好。"

江初年眼里露出了然的神情，心里已经把宋喻归为"第一次参加C市的这种宴会，谁都不认识，暗自尴尬的小可怜"，喻哥太惨了。她非常义气，拿出手机说："那我陪你一起，反正跟她们我也聊不起来。"

宋喻看她一眼，总觉得她多想了什么乱七八糟的事情。

这时旁边传来一声女生不屑的嗤笑，是被一群人众星捧月般拥着的白雪欣。

白雪欣本来是不想搭理宋喻的，但现在她最讨厌的两个人坐在一起，简直是天赐良机，不找下麻烦简直对不起那么好的机会。

其实她跟江初年不对付已经很久了，她们有相同的家世相同的年龄，她一向瞧不起江初年这种卖弄乖巧的人，但那些长辈们都喜欢江初年。

白雪欣红唇微张，嘲讽道："江初年，你终于找到你适合待的地方了？"

江初年翻了一个白眼。

露台上的人基本都相互认识，江初年一直憨头憨脑，没融入她们的圈子，宋喻又刚来C市，两个人在这里格格不入，成为众人的关注点，就尤其尴尬。

白雪欣手里拿着一杯饮品，笑着抿了一口，说："挺好的，一个暴发户的女儿,一个孟家的穷亲戚,坐到一块儿,倒是合适。"

江初年听到"暴发户"三个字勃然大怒,结果听到"合适"两个字后,火就瞬间消了。她悄悄地瞥了一眼身边秀逸的少年,红着脸道:"你别瞎说。"

宋喻:"……"

白雪欣:"……"

她真是服了这个女的!

一拳打在棉花上,白雪欣也不会罢休。她冷笑道:"你觉得我在夸你?你们不觉得尴尬吗?不该融入的圈子就不要试图融入,像两个丑小鸭,你们是过来当笑话的?一句话都插不上,就坐在那玩手机,知不知道,越掩饰不自在就越显得可怜。"

旁边的人都低笑出声。白雪欣抛开伪善敢当着这么多人的面说出这种话,那这里的人就没几个是纯善的。

旁边是个还羞红着脸,战斗力为零的同伴,指望她是指望不上了。宋喻慢条斯理地关掉手机,淡淡地问:"不该融入什么圈子?"

白雪欣放下手里的高脚杯,语气里是藏不住的优越感:"孟家带你来参加这个宴会,不代表你就是孟家人,我们谈什么你听得懂吗?下次这种场合你还是别来了吧。

"别怪我多嘴,现在人少,大家年龄相近,你还不算太丢脸。我是看在谢绥的面子上才提醒你一句,话难听了点儿,却也在理。无论是什么交际,都讲究门当户对。"

她说完,意味深长地一笑,眼里满是不屑。

宋喻懂了,嗤笑一声,说:"厉害,那我跟你说句话真是很不容易了。"

白雪欣的笑容还没露出来,宋喻就淡淡道:"我怕是要和我爸断绝父子关系,或者让他停十几个公司,才能和你门当户对,进行交际。"

看热闹的一群人:"……"

虽然她认定他是在吹牛,但是那种傲慢的语气还是把白雪欣气个半死。她怒不可遏:"你!"

江初年终于从害羞中回神。她烦不胜烦,冰冷地说:"你知道我最讨厌你什么吗?就是这副令人作呕,高高在上的姿态。"

白雪欣气笑了,捏紧杯子道:"我怎么高高在上了?好言劝他回家还被说?等会儿他当着所有人的面出丑你就懂我的苦心了。江初年,你每次宴会都一个人坐在旁边吃东西,没人理会,是想拉个同伙一起陪你难堪?

"就说我手里的东西,你喊得出名字吗?多少钱一瓶你们知道吗?只会死读书,老师没教过吧。"

"即使不说你,就说宋喻,怕是第一次见这种东西。"白雪欣微笑着把杯中的液体倒在地上,高傲地说,"但我不同。我跟你说它的产地、它的加工工艺,这天就聊不下去。

"餐饮、音乐、糕点、设计……太多东西是你没见过的。说了那么多,宋喻,你懂我意思了吗?"

宋喻哑然了片刻,吐出一个字:"牛。"

白雪欣气得差点儿捏碎高脚杯。她说了那么多!宋喻就说她牛?!

"怎么都在这里,聊什么呢?那么开心,快点儿下去,宴会要开始了。"温和带笑的声音传来,是一个穿蓝色西装的高挑青年走了过来。

宋喻觉得这人眼熟,后面才想起来,这是当初在"临水"有过一面之缘的韦家的少爷,跟他表哥是好友。

韦家掌管 C 市服务业的龙头企业,"临水"和"浮光"都是他家旗下产业。

白雪欣一扫得意扬扬的样子,娇羞地笑着打招呼:"韦哥哥。"

宋喻非常自然地说:"在听白小姐炫耀。"

白雪欣:"……"

韦侧不解地看着他们。

江初年一下子笑出声。

"我一辈子买不起的东西直接倒地上,她是真的很有钱。"宋喻合上手机,淡淡地说,"所以我提议今天晚上全场的消费由白小姐买单,大家都没意见吧?没意见,就这么定了。"

白雪欣:"……"

"扑哧——"

一声轻笑响起,从韦侧的身后走进来一个少年。

他穿着银色西装,留着黑色短发,笑起来让人觉得如沐春风。

少年很高,额前的头发上梳,显得人英俊挺拔,但眉眼却是温润的,笑起来亲和温柔。他眼眸弯起,正饶有兴致地看着宋喻。

露台上的人看到他都愣住了,一时间气氛有些尴尬。

韦侧啼笑皆非:"你们这是吵架了?"

白雪欣的脸色瞬间变得非常难看。她刚才敢说那些话是因为露台上都是熟人,她可不想让别人知道自己私底下的面目。

她立刻站起来,笑得烂漫,赶在宋喻说话之前慌忙转移话题:"韦哥哥,你来得正好,我们先下去吧,秦少不是要来了吗?别让他久等。"

韦侧听到这话挑眉往旁边看了一眼。

身着银色西装的少年微微笑着,声音清润:"不急,应该是我等你们。"

他的身份显而易见。

露台上众人瞬间安静了几分。

众人立刻确定了,眼前的少年就是从 A 市来的那位秦家四少。

白雪欣一下子如坠冰窖。

韦侧笑着对宋喻说:"刚刚到底发生了什么?"

宋喻在秦陌说话的时候霍然抬起了头,刺骨的视线穿过人群,浅色眼眸一片冷漠,冷冷地看着对面那人模狗样的家伙。

秦陌感受到了宋喻的视线,转头朝他勾唇微笑,看起来温柔又礼貌。

宋喻脑子里掠过很多片段,都是关于谢绥的,落寞的、迷茫的、惶恐的青春时代的他。

宋喻漠然收回视线,低下头。他压抑住内心的怒火,回复韦侧:"没发生什么。"

有这个人在,他什么都不想说。

这个时候,江初年决定要发挥一下自己的作用,笑嘻嘻地说:"没吵架,我们都挺和谐的,安安静静地听白小姐炫耀,喻哥还夸她牛来着。"

露台上的一群人顿时尴尬得恨不得找条地缝钻下去。

白雪欣觉得今晚自己要被这两个人气死了!

她慌乱地看了秦陌一眼,却发现对方的视线没落在自己身上,而是正看着宋喻。

她心中松了一口气,又觉得堵心,咬了一下唇,一扫之前的盛气凌人,委屈地说:"江初年,你太过分了,怎么随便往我身上泼脏水?我哪有炫耀?我只是看宋喻一直在玩手机,也不和我们交流,过来和他说说话罢了。"

江初年翻了一个白眼,说:"哦,不是炫耀,浪费东西是因为你开心?"

白雪欣装模作样地擦了一下眼角,说:"宋喻是第一次参加这种宴会,我身为他的学姐,关心他,怕他太尴尬,才过来打招呼,被你们曲解成什么意思了?韦哥哥,你不如听听其他人怎么说。"

她越说越委屈,眼眶都红了一圈,看起来是有几分楚楚可怜的样子。

江初年觉得自己再翻白眼估计得变成斗鸡眼了,只好呵呵一笑,对白雪欣的变脸技术表示甘拜下风。

只是露台上都是白雪欣的熟人,她和喻哥怎么说都可能被倒打一耙。可怜她喻哥,第一次参加 C 市的宴会,就遇到这种人。

韦侧这算是看明白了,哭笑不得地说:"真吵架了?你们这群小孩。"

宋喻看了眼时间,八点半。已经见了秦陌,他也没有留在这儿欢迎秦陌的心情,可以走人了。

"没吵架。"宋喻站起身,说话的语气也很自然,"吵架也讲究门当户对,我们哪里吵得起来呢?我想跟白小姐说句话真是太难了。"

他自然而然的话差点儿把白雪欣气死。

白雪欣觉得她今天去招惹宋喻就是个天大的错误。她心中呕血，指甲掐进肉里，低下头，眼神冰冷。

也就是仗着韦侧和秦陌来了，她需要维持形象，才任由宋喻那么气她！下次再见，她要宋喻好看！

韦侧一愣："吵架门当户对？"

宋喻下巴一扬，示意道："白小姐的言论。"

白雪欣张了张唇，眼中有泪光："我没有……"

韦侧隐约理清楚了现状。他看了白雪欣一眼，笑了起来，眼里却有点儿冷意："若真按白小姐的理论，怕是现场能和你说话的也只有秦陌了。"

宋喻："……"

那还不如和白雪欣说。

秦陌听了这话也笑了一声，然后温润如玉地说："宋喻，好久不见。"

他的这一声好久不见，让气氛凝固了几秒。

白雪欣怔住。

不只是她，整个露台上的人也愣住了，心中隐隐有一个颠覆认知的想法。

秦陌对宋喻说好久不见，他们以前见过？

宋喻能在 A 市和秦家的小公子认识？

宋喻："……"

其实他的表情没比白雪欣好到哪里去。

他烦得慌。

什么叫好久不见？以前就没见过，以后再见也是仇人。

宋喻压抑住内心的烦躁和怒火，把秦陌当透明人，态度是显而易见的冷漠，对韦侧说："我表哥在下面吗？"

韦侧说："在的，我就是替他来上面找你的。"

宋喻点头，往下走："我去跟他说一声，我有事要先走一步。"

秦陌被这样冷落，也只是好脾气地笑了笑，身上一点儿贵公子的气派都没有,就像个亲和的邻家哥哥——他也确实把自己放到了这个定位。

在宋喻和他擦肩而过时,秦陌突然笑着开口:"宋喻,我这次来C市,宋伯伯有专门跟我说起过你。"他静静地盯着宋喻,笑意浅浅,温柔道,"还跟我说在学校帮忙管着点儿你,怕你性格太顽劣,惹出事来。"

宋喻停下脚步,终于偏头看着秦陌。他扯了一下唇,嘲弄地说:"你最好别。"

秦陌笑意不减。

尽管秦陌还没做出什么恶事,仅凭上回梦里的未来也难定论这次会发生什么,但宋喻真的不想和他多说一句话。

韦侧说:"你要先走?这宴会还没开始呢。"

宋喻手里拿着手机和充电线,非常自然地说:"我顺路过来充电而已,充完了也该走了。"

韦侧:"……"

他真是被好友这个不走寻常路的表弟弄得哭笑不得,但他认定宋喻是因为刚才的事耍小孩子脾气,安慰道:"顺路过来充电你还专门穿那么正式?别气了,是她们说话太过分,那些势利的言论不值得放心上。"

他说罢偏头,警告地看了一眼白雪欣,提示道:"道个歉吧,你的野心很大,眼光还要练练。"

他毕竟比她们都年长,对白家这个女儿的作风也有所耳闻,白雪欣是什么心思他一眼就能看出来。

韦侧淡淡地说:"宋家你不知道的话,可以回去问问你父亲,或者,宋泽成知道吗?"

白雪欣瞪大眼睛,脸色苍白,身体摇摇欲坠。"宋泽成"这个名字犹如一巴掌扇在她的脸上,把她扇蒙了。

露台上的男男女女都脸色青白,表情难堪又尴尬。

他们刚才在一起嘲笑宋喻也没有得到好果子,他一句一句回敬,显得他们像傻子。

现在就更是……狗眼看人低的傻子。

他们笃定宋喻是孟家的一个穷亲戚，因为他在 C 市出现得莫名其妙，一点儿风声都没有，可见孟家对他不重视，他在学校也是成天和孟家那个司机的儿子混在一起，上课学习也跟普通高中生没两样。

如今……

每个人都恨不得找条地缝钻进去，充满难堪和悔恨。

"宋喻……"白雪欣声音颤抖地喊了一声。她心乱如麻，不知道该怎么做才好。

宋喻扯了一下嘴角。韦侧猜错了，他想走还真不是因为她们，刚才差点儿被气死的也不是他。对付白雪欣这种喜欢炫耀优越感的人，他看都懒得看一眼，让她自娱自乐吧。

他敷衍地对韦侧说："我穿得这么正式是去见朋友。"

白雪欣试图解释："喻哥……对不起，我其实刚才那些话……都是怕你不自在。我……"

江初年坐在位置上待了半天后，直接笑出声来。她看着狼狈无措的白雪欣，只觉得可怜又可悲。需要靠侮辱别人才能突出自己的优越感，白雪欣又蠢又坏，活该。

宋喻在想，秦陌就是这样装得温润有风度，所以才轻易获得了谢绥的信任吗？

成为谢绥唯一重视的朋友，然后站在他背后，用比别人还要狠一万倍的方式伤害他？

不行，今天他要给谢绥一些关于以后的提醒，保不准秦陌这人使阴的，在他不留意的时候又去伤害谢绥。

"你们聊，我先走了。"宋喻果断告辞。

"喻哥……"见宋喻一直不理自己，白雪欣面色焦急地喊了一声，往前走了一步。

结果她走得太急，踩到自己之前泼到地上的饮料，高跟鞋鞋跟一滑，整个人摔在了地上，还撞倒了桌子，桌子上面的碟子、杯子滚了一地。她又气又恼，胸口剧烈起伏，手指颤抖地按着地板，狼狈不堪。

江初年捂住嘴不让自己笑出声。

"自作自受"四个字，白雪欣今天还真是演绎得够生动。

这动静够大，吸引了宋喻的视线。

宋喻回头，却只是扬了一下手机，挑眉嗤笑道："记得买单。"

宋喻来去如风，只留给众人一个潇洒的背影。

韦侧愣住了，有些尴尬地偏头看秦陌。

这场宴会本就是为了欢迎秦陌而设，但现在宴会还没开始，宋喻就当着主角的面这么走了，丝毫不给面子，是人都会觉得难堪吧。他心里纳闷，这两人在A市是有过什么过节吗？怎么一见面火药味就那么重。

秦陌静静地看着宋喻离开，笑了一下。他面对韦侧疑惑的目光，也没什么表情，只淡淡说："宋家这位三少爷，还真是性情独特。"

他虽然语气平静，但里面的意思可不友善。

韦侧心中暗叹一声，这两人的梁子，估计是结下了。

只是秦家和宋家，哪一家都不好招惹，只希望以后这两位祖宗不要撞上。

他心里偏向宋喻多点儿，只能笑着敷衍，选择转移话题："时间也不早了，人都先下去吧，秦少，很多人都等着见你一面呢。"

秦陌恢复温柔礼貌的模样，笑："好。"

宴会大厅，服务员端着酒来来往往，华丽的灯光下男男女女衣香鬓影，喧哗嘈杂。宋喻四处望了望，没找到孟光，又不想再留在这里，就给他发了个短信："我先走了。"便走出了浮光。

迎面是入秋凉爽的夜风，吹散了他心里的一些烦躁。

宋喻神情有点儿冷淡，他皱起眉头，若有所思。

他见到秦陌了，对方是一个喜欢把自己装得特别温柔的人，梦里那人就以这副模样骗的谢绥？这次他不会让谢绥重蹈覆辙了。

宋喻打了个电话给谢绥："我出来了，你到了没？"他站在喷泉旁，站得笔直。

谢绥接到电话的时候，刚走进浮光酒店外的雕花铁门。他一抬眼就看到了宋喻。

谢绥随手将请帖丢进垃圾桶,对着电话笑说:"嗯,我到了。"

"在哪儿?"

"你转头。"

宋喻一抬头就看到谢绥站在路灯旁,模样清俊,身材挺拔。

宋喻也笑起来,走过去,扬了一下手机,问:"你想找我干什么?"

谢绥往"浮光"看了一眼,敛去眸里的冷戾,低头不甚在意地笑着说:"只是无事可做,就干脆来找你聊聊天。"

宋喻一脸嫌弃:"你这人会不会说话?"

谢绥忍笑:"那你想听什么?"

宋喻带着他往外面走:"先陪我去吃点儿东西。"

谢绥应了一声:"嗯。"

两人进了一家餐厅,找一个位置坐下,点完了菜单。

宋喻心里乱七八糟的,想跟谢绥说秦陌的事,但又不知道怎么开口,总不能直接说,你以后会被这人骗,离他远点儿吧——傻子才信。

思来想去,他决定换个方式。

"知道我为什么宴会还没开始就出来吗?"

"为什么?"

"因为我在里面遇到了一个特别讨厌的人。"宋喻在孟外婆家食不言寝不语的,早把他憋坏了,现在不在家,他就直接一边吃一边淡淡地说,"对方叫秦陌,大概率会转到景诚中学来,你以后看到避着点儿,他为人虚伪至极,虽然表面上看不出来,但凭我多年经验,断定他不是好人。"

从宋喻嘴里说出秦陌两个字的时候,谢绥便愣住了,视线也变得冰冷。听宋喻说完后面的话,他神情变得若有所思。

宋喻还在继续:"他对你说的话,对你做的事都别信,这人很虚伪。不要信他,也不要为他做任何事。"

谢绥漫不经心地问:"为他做哪些事?"

宋喻说起这个就气，可又不能和谢绥直说，便恼羞成怒道："为他受王辞那蠢货的气！"说完，他也愣了下，低头吃饭，"反正离他远点儿就是了。"

谢绥笑意微顿，漆黑的眸子凉如夜色。

王辞，从秦陌说到王辞。

在他开始留意宋喻后，盘横在他心中的困惑，好像有了答案。

他开始寻着蛛丝马迹一点一点地拼凑真相。

宋喻在临水305对他的接近与保护，后面跟他做同桌，还对王辞、欧依莲有很直白的厌恶。

谢绥深深看着他，笑起来，轻声说："好。"

他想，他今晚可以确定那个想法了——宋喻果然知道很多事，甚至……是未来的事。

宋喻也没察觉什么，继续说："等下我们去哪儿？"

谢绥心中想着事，说："你想去哪儿？"

宋喻点开和谢绥、马小丁、奚博文四人的聊天群，里面被马小丁的消息刷屏。

贞子不忘挖井人："没有人陪我玩游戏我要死了！"

贞子不忘挖井人："寂寞的游戏寂寞的我！有没有管管我这个小可怜啊！"

博闻强识："你吃错药了？"

贞子不忘挖井人："我想打个游戏副本找不到人。"

博闻强识："《至尊狂枭》还有副本？"

贞子不忘挖井人："不是《至尊狂枭》，你来不来？"

博闻强识："不来，我要写作业，你不是要以江初年为目标，打算好好学习的？"

贞子不忘挖井人："别提了，我的心都碎了。"

博闻强识："……"

宋喻心思一动，抬眸对谢绥说："去玩游戏怎样？"

谢绥将所有心思都隐藏，说："嗯。"

宋喻想一出是一出，在聊天群里发了条消息。

你老大喻哥:"我和谢绥来,地址。"

贞子不忘挖井人:"就上次那个奶茶店!喻哥你认真的?考虑清楚,不然好像是我带坏了你。"

你老大喻哥:"废话真多。"

贞子不忘挖井人:"那我等你,你可以追随最亮的星星的方向过来。"

宋喻:"……"

上次是像小象的云,这次是最亮的星星,马小丁的诗情画意总是那么讨打。